CB036317

CONTOS DA RAINHA DO CRIME

Publicado originalmente em 1933

AGATHA CHRISTIE

O CÃO DA MORTE

· TRADUÇÃO DE ·

Isabela Sampaio

Rio de Janeiro, 2023

Título original: *The Hound of Death*

Diretora editorial: *Raquel Cozer*

Gerente editorial: *Alice Mello*

Editora: *Lara Berruezo*

Editoras assistentes: *Anna Clara Gonçalves e Camila Carneiro*

Assistência editorial: *Yasmin Montebello*

Copidesque: *Julia Vianna*

Revisão: *Pérola Gonçalves*

Design gráfico de capa e miolo: *Túlio Cerquize*

Imagem de capa: *Shutterstock | Guido Vrola*

Diagramação: *Abreu's System*

Dados Internacionais de Catalogação na Publicação (CIP)
(Câmara Brasileira do Livro, SP, Brasil)

Christie, Agatha, 1890-1976
O cão da morte / Agatha Christie ; tradução Isabela Sampaio. – Rio de Janeiro : HarperCollins Brasil, 2023.

Título original: The hound of death
ISBN 978-65-5511-470-6

1. Ficção policial e de mistério (Literatura inglesa) I. Título.

22-139793 CDD-823.0872

Índices para catálogo sistemático:

1. Ficção policial e de mistério : Literatura inglesa 823.0872

Inajara Pires de Souza – Bibliotecária – CRB PR-001652/O

Rua da Quitanda, 86, sala 218 – Centro
Rio de Janeiro, RJ – CEP 20091-005
Tel.: (21) 3175-1030
www.harpercollins.com.br

Sumário

O cão da morte

Publicado originalmente na edição da obra *The Hound of Death* que saiu no Reino Unido pela Oldhams Press em 1933, disponível apenas coletando cupons de uma revista intitulada *The Passing Show*. Foi incluído na coleção americana *The Golden Ball and Other Stories* em 1971 e adaptado para o rádio em 2010 pela BBC.

Foi William P. Ryan, um correspondente americano, quem falou do assunto comigo pela primeira vez. Jantei com ele em Londres, na véspera de seu retorno a Nova York, e por acaso mencionei que, no dia seguinte, iria a Folbridge.

Ele levantou a cabeça e perguntou, sem mais nem menos:

— Folbridge, na Cornualha?

Só uma a cada mil pessoas sabe que existe uma aldeia chamada Folbridge na Cornualha. Os outros sempre partem do princípio de que nos referimos à Folbridge de Hampshire. Assim sendo, o conhecimento de Ryan me intrigou.

— Isso mesmo — respondi. — Você conhece?

— Ô, se conheço!

Em seguida, ele me perguntou se por acaso eu conhecia uma casa chamada Trearne por lá.

Meu interesse só fez aumentar.

— Conheço muito bem. Na verdade, é para lá que eu vou. É a casa de minha irmã.

— Ora, vejam só! — disse William P. Ryan.

Sugeri que ele parasse de mistério e se explicasse de uma vez.

— Pois bem — respondeu. — Para fazer isso, preciso revisitar uma experiência que vivenciei logo no início da guerra.

Suspirei. Os eventos que estou relatando se passaram no ano de 1921, e ninguém gostava de ouvir falar da guerra.

Estávamos, graças a Deus, começando a esquecer tudo aquilo... Além do mais, quando William P. Ryan desatava a falar de suas experiências no front, podia ser bem prolixo.

No entanto, não havia mais como pará-lo.

— No início da guerra, como imagino que você saiba, eu estava na Bélgica em nome do meu jornal e viajava com certa frequência. Pois bem, havia uma aldeiazinha... vamos chamá-la de X. Era um lugarejo minúsculo, mas contava com um convento bem grande. Não sei a que ordem pertenciam, mas eram daquelas freiras que se vestiam de branco. Enfim, pouco importa. Esse pequeno burgo estava bem no caminho do Exército Alemão. Os ulanos chegaram...

Eu me remexi no assento, desconfortável, mas Ryan ergueu a mão para me tranquilizar.

— Não precisa se preocupar — disse ele. — Não vou contar uma história de atrocidades germânicas. Até que poderia ter sido, mas não é o caso. Aliás, eu diria que quem saiu perdendo foram eles, que seguiram em direção ao convento e, ao chegarem lá, a coisa toda explodiu.

— Ah! — respondi, um tanto assustado.

— Bem esquisito, não? É claro que, em um primeiro momento, pensei que os boches estivessem comemorando alguma coisa e, no meio da brincadeira, causaram o desastre com os próprios explosivos. Mas, ao que parece, eles não tinham nada do tipo. Não eram especialistas em dinamite nem nada. Bem, se é assim, então eu lhe pergunto: o que um bando de freiras entende de explosivos de alta potência? Que freiras são essas, hein?

— É esquisito mesmo — concordei.

— Eu me interessei em ouvir o ponto de vista dos aldeões, que já tinham opinião formada. Segundo me informaram, tratava-se de um delicioso milagre moderno, cem por cento eficiente. Ao que parece, aquilo tinha acontecido graças a uma freira, uma espécie de santa em ascensão, famosa por entrar em transe e ter visões. A façanha, na opinião dos aldeões, tinha dedo dela. A freira invocou um raio para acabar com os malditos boches e fez picadinho deles. Acabou não só com o inimigo, mas com tudo ao redor. Um baita milagre!

"Não tive tempo de descobrir a verdade a respeito do assunto. Mas os milagres estavam em alta naqueles tempos: você deve se lembrar da questão dos anjos na Batalha de Mons e tudo mais. Escrevi uma matéria sobre o caso; temperei o texto com a dose certa de sentimentalismo, sem deixar passar o lado religioso, e enviei tudo ao jornal. Vendeu muito bem nos Estados Unidos. O povo de lá adorava esse tipo de coisa na época.

"Não sei se você vai conseguir me entender, mas, ao escrever sobre a história, acabei me interessando. Fiquei com vontade de descobrir o que de fato tinha acontecido. No local em si, não havia nada a ser visto — restaram somente duas paredes de pé e, em uma delas, a explosão havia deixado uma marca com a forma de um grande cão. Os aldeões morriam de medo daquela marca: diziam que era o Cão da Morte e não se atreviam a passar pela área depois do anoitecer.

"Como superstições são sempre interessantes, resolvi que queria conhecer a responsável por tamanha façanha. Aparentemente, ela não tinha morrido, mas ido para a Inglaterra com um grupo de refugiados. Eu me dei ao trabalho de rastreá-la e acabei por descobrir que estava em Trearne, Folbridge, na Cornualha."

Aquiesci com a cabeça.

— Minha irmã acolheu vários refugiados belgas no início da guerra. Uns vinte.

— Bem, eu sempre quis conhecer a dama, só me faltou tempo. Queria muito ouvir o lado dela a respeito do desastre. Mas, então, acabei me ocupando com outras questões e me esqueci do assunto. Além do mais, a Cornualha fica meio fora de mão. Na verdade, só fui me lembrar dessa história porque você mencionou Folbridge.

— Preciso perguntar à minha irmã — comentei. — Talvez ela saiba de alguma coisa. Se bem que, é claro, os belgas já foram repatriados há muito tempo.

— Sim, é claro. Mesmo assim, caso sua irmã tenha alguma informação, adoraria saber.

— Pode deixar comigo — respondi, cordial.

E a conversa terminou aí.

Só fui me lembrar da história dois dias após minha chegada a Trearne. Minha irmã e eu tomávamos um chá no terraço.

— Kitty, não havia uma freira entre seus refugiados belgas? — questionei.

— Não está falando da Irmã Marie Angelique, está?

— É possível que sim... Fale-me dela.

— Ah, meu Deus! Ela era uma criatura estranhíssima. Ainda está por aqui, sabia?

— O quê? Na casa?

— Não, não, na aldeia. O Dr. Rose... você se lembra do Dr. Rose?

Balancei a cabeça.

— Eu me lembro de um senhor de mais ou menos 83 anos.

— Ah! Aquele era o Dr. Laird, que já morreu. Dr. Rose está aqui faz poucos anos. É bem jovem e cheio de novas ideias. Desenvolveu um enorme interesse pela Irmã Marie Angelique. Ela sofre de alucinações e outras coisas estranhas e, ao que parece, do ponto de vista médico, é alguém instigante. A pobrezinha não tinha para onde ir e, na minha opinião, era um tanto excêntrica, se é que me entende... Bem, como eu ia dizendo, ela não tinha para onde ir e o Dr. Rose fez a gentileza de instalá-la na aldeia. Acho que ele está escrevendo uma monografia ou algo do tipo sobre ela. Essas coisas que os médicos escrevem, sabe? — Ela fez uma pausa e, em seguida, perguntou: — Mas o que você sabe sobre ela?

— Ouvi uma história bastante curiosa.

Contei-lhe a história de Ryan e Kitty ficou interessadíssima.

— Ela parece mesmo ser o tipo de pessoa que consegue detonar alguém... se é que me entende — comentou ela.

— Preciso conhecer essa jovem de qualquer maneira — falei, mais curioso que nunca.

— Faça isso. Eu gostaria de saber o que você pensa dela. Vá visitar o Dr. Rose primeiro. Que tal ir à aldeia depois do chá?

Aceitei a sugestão.

Encontrei o Dr. Rose em casa e me apresentei. Parecia um jovem agradável, mas alguma coisa em seu comportamento me repelia. Talvez fosse contundente demais para ser muito simpático.

No instante em que citei o nome da Irmã Marie Angelique, ele se empertigou, atento e com interesse óbvio. Segui em frente e lhe contei a versão de Ryan da história.

— Ah! — disse ele, pensativo. — Isso explica muita coisa.

Ele me olhou de relance e prosseguiu:

— Trata-se de um caso realmente extraordinário, interessantíssimo. Quando chegou aqui, a mulher estava em choque e sofria de uma agitação mental fora do comum. Ela teve alucinações das mais surpreendentes e, no geral, a personalidade dela é a mais incomum que se possa esperar. Por que o senhor não me acompanha para conhecê-la? Vale muito a pena, eu garanto.

Concordei sem titubear.

Partimos juntos. Nosso destino era um chalezinho na periferia da aldeia. Folbridge é um lugar muito pitoresco: fica na foz do rio Fol, mas a maioria das casas foi construída na margem leste, já que a oeste é íngreme demais para que se possa construir qualquer habitação. No entanto, algumas construções se empoleiram no penhasco, como o chalé do Dr. Rose, de onde se aprecia a vista das grandes ondas batendo nas rochas escuras.

O chalezinho ao qual nos dirigíamos ficava no interior da aldeia, sem vista para o mar.

— A enfermeira do distrito mora aqui — explicou o Dr. Rose. — Providenciei tudo para que a Irmã Marie Angelique se estabelecesse com ela. É bom que ela esteja sob cuidado profissional.

— O comportamento dela é normal? — perguntei, curioso.

— O senhor poderá tirar as próprias conclusões em instantes — respondeu ele com um sorriso.

Quando chegamos, a enfermeira, baixinha e atarracada, estava prestes a sair de bicicleta.

— Boa noite, enfermeira. Como vai sua paciente? — perguntou o médico.

— Como de costume, eu diria, doutor. Está ali, sentada, com as mãos cruzadas e a cabeça nas nuvens. Muitas vezes nem chega a responder quando lhe dirijo a palavra; ela ainda entende bem pouco de inglês.

Rose fez que sim e, enquanto a enfermeira ia embora de bicicleta, dirigiu-se até a porta, bateu e saiu entrando.

A Irmã Marie Angelique estava reclinada em uma poltrona perto da janela e virou a cabeça assim que entramos.

Tinha um rosto estranho — pálido, quase transparente, com olhos enormes que pareciam refletir uma tragédia infinita.

— Boa noite, irmã — cumprimentou o médico em francês.

— Boa noite, *monsieur le docteur.*

— Permita-me apresentar-lhe um amigo: Mr. Anstruther.

Fiz uma reverência e ela inclinou a cabeça com um leve sorriso.

— Como a senhora está hoje? — perguntou o médico, sentando-se ao lado dela.

— Mesma coisa de sempre. — Ela fez uma pausa e, em seguida, continuou: — Nada me parece real. Passaram-se dias, meses ou anos? Não dá para saber. Apenas meus sonhos me parecem reais.

— Então quer dizer que a senhora ainda sonha muito?

— Sempre... sempre... E os sonhos parecem mais reais do que a vida, entende?

— A senhora sonha com seu país? Com a Bélgica?

Ela negou com a cabeça.

— Não. Sonho com um país que nunca existiu, nunca. Mas o senhor sabe disso, *monsieur le docteur*. Já lhe contei várias vezes. — Ela parou e, em seguida, disse, abruptamente: — Mas talvez este senhor também seja médico... um médico especialista em doenças mentais?

— Não, não — respondeu Rose, para tranquilizá-la.

Porém, quando ele sorriu, não pude deixar de notar seus longos caninos pontiagudos, que lhe davam um aspecto lupino.

Ele prosseguiu:

— Imaginei que a senhora pudesse ter interesse em conhecer Mr. Anstruther. Ele conhece um pouco da Bélgica e já ouviu falar de seu convento.

Ela voltou o olhar para mim. Suas bochechas coraram de leve.

— Não é nada de mais, para dizer a verdade — tratei logo de explicar. — Faz alguns dias que jantei com um amigo que me descreveu as paredes do convento em ruínas.

— Então foi destruído!

Foi uma exclamação suave, proferida mais para ela mesma do que para nós. Em seguida, ela olhou para mim mais uma vez e perguntou, hesitante:

— Diga-me, *monsieur*, por acaso seu amigo lhe disse como... de que maneira o convento foi destruído?

— Houve uma explosão — respondi. Em seguida, acrescentei: — Os aldeões têm medo de passar pela região à noite.

— E por que é que têm medo?

— Por conta de uma marca que a explosão deixou em uma das paredes. Eles têm um medo supersticioso daquela marca.

Ela se inclinou em minha direção.

— Diga-me, *monsieur*... Vamos, vamos, me diga! Como é essa tal marca?

— Parece um cão imenso — respondi. — Os aldeões a chamam de Cão da Morte.

— Ah! — Um grito agudo escapou de seus lábios. — Então é verdade... é mesmo verdade. Tudo de que me lembro é verdade. Não foi só um pesadelo sombrio. Aconteceu! Realmente aconteceu!

— O que foi que aconteceu, irmã? — perguntou o médico em voz baixa.

Ela se voltou para ele, entusiasmada.

— *Eu lembro*. Eu estava nos degraus, agora lembro. Usei o poder como costumávamos usá-lo. Eu estava nos degraus do altar e avisei que não se aproximassem. Disse a eles para irem em paz. Eles não me deram ouvidos, fizeram pouco caso do meu aviso. Então... — A irmã se inclinou para a frente e fez um gesto curioso. — Então eu lancei o Cão da Morte sobre eles...

Ela se recostou na poltrona, trêmula dos pés à cabeça e de olhos fechados.

O médico se levantou, pegou um copo do armário, encheu-o de água até a metade e, em seguida, acrescentou algumas gotas de um frasquinho que tirou do bolso.

— Beba — disse ele com autoridade ao lhe entregar o copo.

Ela obedeceu mecanicamente, ou assim me pareceu. Seu olhar parecia distante, como se contemplasse uma visão íntima e secreta.

— Então é tudo verdade — disse ela. — Tudo. A Cidade dos Círculos, o Povo do Cristal, tudo. É tudo verdade.

— É o que parece — comentou Rose.

Ele falava em voz baixa e tranquilizadora, evidentemente para encorajar e não interromper a linha de raciocínio dela.

— Conte-me da Cidade — disse ele. — A Cidade dos Círculos, é isso?

A resposta da irmã foi distraída e mecânica:

— Isso. Havia três círculos: o primeiro para os escolhidos, o segundo para as sacerdotisas e o terceiro, o externo, para os sacerdotes.

— E no centro?

Ela prendeu a respiração. Quando falou, a voz saiu baixíssima, cheia de admiração inenarrável:

— A Casa do Cristal...

Enquanto sussurrava, a irmã levou a mão direita à testa e seus dedos traçaram uma figura ali.

O corpo parecia mais rígido. De olhos fechados, ela oscilava um pouco, até que, de repente, endireitou a postura com um solavanco, como se tivesse despertado de um transe.

— Que foi? — perguntou ela, confusa. — O que foi que andei dizendo?

— Nada — respondeu Rose. — A senhora está cansada. É bom descansar um pouquinho. Nós vamos deixá-la a sós.

Ao nos ver sair, ela ficou um pouco atordoada.

— Pois bem — disse Rose quando chegamos à área externa. — O que o senhor achou?

Ele me olhou de canto de olho.

— Creio que ela esteja bastante perturbada — respondi lentamente.

— O senhor achou que ela falava feito uma lunática?

— Não. Para dizer a verdade, ela me pareceu... bem, até convincente. Ao ouvi-la, fiquei com a impressão de que ela de fato tinha feito o que afirmava: uma espécie de milagre gigantesco. Ela acredita genuinamente no que diz. É por isso que...

— É por isso que o senhor acha que ela está desequilibrada. Pois bem. Mas, agora, tente enxergar as coisas de outro ponto de vista. E se ela de fato operou aquele milagre? E se de fato destruiu, com as próprias mãos, um prédio inteiro, com centenas de pessoas dentro?

— Com a simples força do pensamento? — perguntei com um sorriso.

— Eu não colocaria nesses termos. O senhor há de concordar que qualquer um poderia fazer picadinho de uma multidão com o simples toque de um detonador que controla um sistema de minas.

— Sim, mas trata-se de um ato mecânico.

— Verdade, é um ato mecânico, mas a essência não muda: é uma questão de aproveitar e controlar as forças da natureza. Uma tempestade e uma usina são basicamente a mesma coisa.

— Sim, mas para controlarmos a força da tempestade precisamos de meios mecânicos.

Rose sorriu.

— Permita-me desviar do assunto por um momento. Existe uma substância chamada gaultéria. Ela existe na natureza na forma vegetal, mas pode ser sintetizada quimicamente em laboratório.

— E?

— O que quero dizer é que existe mais de uma maneira de se chegar ao mesmo resultado. A nossa é, por assim dizer, sintética, mas nada impede a existência de outras. As façanhas dos faquires indianos, por exemplo, não são facilmente explicadas. O conceito de sobrenatural é relativo: para povos primitivos, nossas lanternas seriam, de certo, sobrenaturais. Tudo o que faz parte da natureza, mas cujas leis ainda não são compreendidas, enquadra-se nesse rótulo.

— O que o senhor quer dizer? — perguntei, fascinado.

— Que não posso excluir a possibilidade de que um ser humano *consiga* controlar uma imensa força destrutiva e usá-la para os próprios fins. À primeira vista, o acontecimento pode parecer sobrenatural, mas isso não significa que seja realmente o caso.

Eu o encarei, boquiaberto, e ele começou a rir.

— Não passa de especulação — disse Rose, descontraído. — Diga-me, o senhor notou o gesto que ela fez ao mencionar a Casa do Cristal?

— Ela levou a mão à testa.

— Exatamente. E ali traçou um círculo. Bem parecido com o modo como os católicos se benzem. Agora, Mr. Anstruther, vou lhe contar algo interessante. A palavra cristal ocorre com tanta frequência nas divagações de minha paciente que resolvi testar um experimento. Peguei um cristal emprestado de um amigo e, um belo dia, mostrei-lhe o objeto sem que ela esperasse, para testar a reação.

— E como foi?

— Pois bem, o resultado foi curioso e sugestivo. O corpo dela enrijeceu inteiro, da cabeça aos pés. Ela olhou para o objeto como se não pudesse acreditar nos próprios olhos. Em seguida, caiu de joelhos, murmurou algumas palavras e desmaiou.

— Quais foram as palavras?

— Palavras muito curiosas. Ela disse: "O Cristal! Então a Fé ainda está viva!".

— Extraordinário!

— Sugestivo, não? Há outro detalhe curioso. Quando voltou a si, depois do desmaio, ela não se lembrava de coisa alguma. Eu lhe mostrei o cristal e perguntei se ela sabia o que era aquilo, mas ela disse apenas que imaginava ser um daqueles cristais usados por videntes. Perguntei se já tinha visto algum antes e a resposta foi: "Nunca, *monsieur le docteur*". Nos olhos dela, porém, notei certa perplexidade e quis saber o que a afligia. A irmã respondeu: "É muito estranho. Nunca tinha visto um cristal desse antes e, mesmo assim... é como se eu o conhecesse muito bem. Há alguma coisa... Ah, se eu pudesse me lembrar...". Era visível que ela estava se esforçando demais, então aconselhei-a a não pensar mais no assunto. Isso foi há duas semanas. Desde então, estou esperando o momento apropriado. Amanhã pretendo prosseguir com outro experimento.

— Com o cristal?

— Com o cristal. Eu a farei olhar dentro dele. Acho que o resultado pode ser interessante.

— O que o senhor espera conseguir? — perguntei, curioso.

Eram palavras inocentes, mas tiveram um efeito inesperado em Rose. Ele se retesou, corou e, quando abriu a boca para falar, percebi que seu comportamento havia mudado. Agora estava mais formal, mais profissional.

— Pretendo esclarecer certos casos de transtornos mentais que não são bem compreendidos. O caso da Irmã Marie Angelique é dos mais intrigantes.

Então o interesse de Rose era puramente profissional? Eu tinha minhas dúvidas.

— O senhor se importaria se eu assistisse? — perguntei.

Talvez tenha sido coisa da minha cabeça, mas achei que ele hesitou antes de responder. Tive a repentina sensação de que Rose não queria minha presença.

— Pode assistir. Não tenho objeção alguma. — Em seguida, acrescentou: — Imagino que o senhor não vá ficar muito tempo na aldeia, certo?

— Só até depois de amanhã.

Creio que a resposta o agradou. Rose relaxou o rosto e começou a falar de experimentos recentes que havia conduzido com animais de laboratório.

Na tarde seguinte, encontrei-me com o médico no horário marcado e fomos juntos à casa da Irmã Marie Angelique. Rose esbanjava simpatia, como se tentasse apagar a má impressão do dia anterior.

— O senhor não deve levar muito a sério o que eu disse — observou com uma risada. — Eu não gostaria de ser julgado como um entusiasta das ciências ocultas. Meu pior defeito é ser apaixonado por argumentar a favor de algo.

— É mesmo?

— Sim. E, quanto mais intrincado o problema, maior minha predileção por ele.

Ele riu como alguém que se diverte com uma fraqueza qualquer.

Quando chegamos ao chalé, a enfermeira queria tirar alguma dúvida com Rose, então eu fiquei sozinho com a Irmã Marie Angelique.

Percebi que ela me analisava minuciosamente e, no fim das contas, falou:

— A enfermeira me disse que o senhor é irmão da dona daquele casarão, que me recebeu com tanto carinho quando cheguei da Bélgica. É verdade?

— É, sim — respondi.

— Ela foi muito gentil comigo. É uma boa pessoa. — A irmã ficou em silêncio, como se estivesse seguindo uma linha de raciocínio. E, então, disse: — *Monsieur le docteur* também é uma boa pessoa?

Fiquei um pouco constrangido.

— Ora, claro que é. Quer dizer... acho que é.

— Ah! — Ela fez uma pausa e, em seguida, disse: — Certamente foi muito gentil comigo.

— Tenho certeza disso.

De repente, ela olhou para mim com extrema intensidade.

— *Monsieur*... o senhor... o senhor que fala comigo agora... acredita que eu seja louca?

— Ora, irmã, tal ideia nunca...

Ela balançou a cabeça lentamente, interrompendo meu protesto.

— Eu sou louca? Não sei... as coisas que lembro... as coisas que esqueço...

Ela suspirou e, naquele momento, Rose adentrou o recinto.

O médico a cumprimentou com bom humor e explicou o que queria que ela fizesse:

— Veja bem, certas pessoas têm o dom de ler coisas em cristais. Imagino que a senhora possa ter o mesmo dom, irmã.

Ela ficou aflita.

— Não, não, não posso fazer isso. Tentar prever o futuro... é pecado.

Rose ficou surpreso. Não havia se preparado para aquele ponto de vista da freira. Mas ele foi astuto e mudou de tática.

— Não se deve olhar para o futuro, a senhora tem razão. Mas, por outro lado, olhar para o passado... é bem diferente.

— O passado?

— Sim. O passado guarda muitas coisas estranhas. Em certos momentos, conseguimos captar vislumbres, mas então tudo se perde de novo. Não se force a buscar nada no cristal, já que é proibido. Apenas segure-o nas mãos... isso. Agora, olhe para dentro dele... lá no fundo. Isso... mais fundo, mais fundo ainda. A senhora lembra, não? Lembra, sim. A senhora ouve minha voz. Farei algumas perguntas e a senhora me responderá. Está me ouvindo?

A Irmã Marie Angelique pegou o cristal e o segurou com curiosa reverência. Depois, ao encarar o objeto, o olhar ficou vítreo e vazio e sua cabeça tombou. Parecia estar dormindo.

Com cuidado, o médico tirou o cristal das mãos dela e o pôs em cima da mesa. Ele ergueu uma pálpebra da irmã e veio sentar-se ao meu lado.

— Devemos esperar até que ela acorde. Imagino que não vá demorar muito tempo.

Ele estava certo. Cinco minutos mais tarde, a Irmã Marie Angelique se mexeu e abriu os olhos desfocados.

— Onde estou?

— Está aqui... em casa. A senhora tirou um breve cochilo. Chegou até a sonhar, certo?

Ela fez que sim.

— Sim, sonhei.

— A senhora sonhou com o cristal?

— Sim.

— Conte-nos como foi.

— O senhor vai me achar louca, *monsieur le docteur*. Veja bem, no meu sonho, o Cristal representava um emblema sagrado. Cheguei até a ver um segundo Cristo, um Mestre do Cristal que morreu pela fé, vi seus seguidores serem perseguidos... Mas a fé resistiu.

— A fé resistiu?

— Sim. Por quinze mil luas cheias... quer dizer, por quinze mil anos.

— Quanto tempo durava uma lua cheia?

— Treze luas comuns. Aconteceu na época em que eu era sacerdotisa do Quinto Sinal na Casa do Cristal. Quinze mil luas haviam se passado e estávamos a poucos dias do advento do Sexto Sinal...

A irmã franziu a testa e uma expressão de medo atravessou-lhe o rosto.

— Cedo demais — murmurou ela. — Cedo demais. Um erro... Ah, sim, eu lembro! O Sexto Sinal!

Ela começou a se levantar, mas, em seguida, caiu, passou a mão pelo rosto e murmurou:

— Mas o que é que estou dizendo? Estou delirando. Essas coisas jamais aconteceram.

— Não fique nervosa.

Mas ela olhava para o médico perplexa e angustiada.

— *Monsieur le docteur*, não consigo entender. Por que tenho esses sonhos, essas fantasias? Eu só tinha 16 anos quando me converti à vida religiosa. Nunca viajei. Mesmo assim, sonho com cidades, com pessoas estranhas e hábitos ainda mais estranhos. Por quê? — Ela pressionou a cabeça com ambas as mãos.

— A senhora já foi hipnotizada, irmã? Ou já entrou em transe?

— Nunca fui hipnotizada, *monsieur le docteur*. Quanto à outra questão: quando eu rezava na capela, meu espírito era arrebatado do corpo e eu passava horas como morta. Era sem dúvida um estado beatífico, como dizia a Madre Superiora... um estado de graça. Ah, sim! — Ela prendeu a respiração. — Eu me lembro: nós chamávamos aquilo de estado de graça.

— Eu gostaria de testar um experimento, irmã — disse Rose com praticidade. — Talvez ajude a dissipar essas lembranças dolorosas e fragmentadas. Vou pedir que olhe mais uma vez para o cristal. Depois, eu direi uma palavra e a senhora responderá com outra. Continuaremos dessa maneira até que se canse. Concentre seus pensamentos no cristal, não nas palavras.

Quando desembrulhei o cristal e o entreguei à Irmã Marie Angelique outra vez, notei a reverência com que ela o tocava. O objeto repousava sobre um pano de veludo preto, entre as palmas finas da paciente. Seus olhos maravilhosamente profundos o perscrutavam. Após um breve momento de silêncio, o médico disse:

— Cão.

No mesmo instante, a Irmã Marie Angelique respondeu:

— Morte.

Não pretendo descrever o experimento com riqueza de detalhes. Direi apenas que o Dr. Rose proferiu diversas palavras que não faziam sentido ou que me pareceram sem importância. Outras palavras foram repetidas várias vezes, nem sempre com a mesma resposta.

Naquela noite, no chalé do médico, discutimos o resultado do experimento.

Ele pigarreou e estudou seu bloco de notas.

— Estamos diante de resultados interessantes... curiosíssimos. Em resposta às palavras "Sexto Sinal", obtivemos uma grande variedade: "destruição", "roxo", "cão", "poder", depois voltamos a "destruição" e, por último, "poder". Mais tarde, como o senhor deve ter percebido, inverti o método, e eis aqui os resultados. Em resposta à palavra "destruição", obtive "cão"; à palavra "roxo", "poder"; à palavra "cão", "morte" novamente e, à palavra "poder", "cão". Tudo parece se encaixar, mas, quando repeti "destruição", recebi "mar" como resposta, o que parece totalmente irrelevante. Às palavras "Quinto Sinal", obtive "azul", "pensamentos", "pássaro", "azul" novamente e, por fim, a frase bastante sugestiva: "Abrir a mente para a mente". A partir do fato de que "Quarto Sinal" suscitou a palavra "amarelo" e, mais tarde, "luz", e que "Primeiro Sinal" foi respondido com "sangue", deduzo que cada Sinal tem uma cor particular e talvez um símbolo particular. O do Quinto Sinal é "pássaro" e o do Sexto é "cão". No entanto, suponho que o Quinto Sinal represente aquilo que conhecemos como telepatia: a abertura da mente para a mente. O Sexto Sinal sem dúvida simboliza o Poder da Destruição.

— E qual é o significado de "mar"?

— Isso eu confesso que não consigo explicar. Citei a palavra mais tarde e a irmã me respondeu com um simples "barco". Quando proferi "Sétimo Sinal", ouvi em resposta "vida" na primeira vez e "amor" na segunda. Para "Oitavo Sinal", a resposta foi "nada". Sendo assim, concluo que os Sinais eram apenas sete.

— Mas o Sétimo Sinal não foi alcançado — comentei, em um rompante de inspiração. — Porque, com o Sexto, veio a "destruição"!

— Ah! O senhor acha? Mas talvez estejamos levando esses... delírios muito a sério. São interessantes apenas do ponto de vista médico.

— Aposto que intrigariam muitos estudiosos das ciências psíquicas.

O médico semicerrou os olhos.

— Meu caro senhor, não tenho a menor intenção de tornar essas informações públicas.

— Então qual é seu interesse?

— Puramente pessoal. Pretendo manter um diário do caso, é claro.

— Entendo. — Mas, pela primeira vez, tive a sensação de não ter entendido coisa alguma. Eu me levantei. — Bem, desejo-lhe uma boa noite, doutor. Volto à cidade amanhã.

— Ah! — Por trás da exclamação, percebi certa satisfação, talvez alívio.

— Boa sorte com suas investigações — prossegui em tom leve. — Não vá soltar o Cão da Morte em cima de mim da próxima vez que nos encontrarmos!

Enquanto eu falava, apertei sua mão. Rose levou um susto com minhas últimas palavras, mas se recuperou rapidamente. Ele exibiu os dentes pontiagudos em um sorriso e disse:

— Para um homem que ama o poder, que dádiva imensa seria! Ter a vida de cada ser humano na palma da mão!

O sorriso dele se alargou ainda mais.

Esse foi o fim de meu envolvimento pessoal no assunto.

Mais tarde, o bloco de notas e o diário do médico vieram parar em minhas mãos. Decidi reproduzir aqui algumas passagens sucintas, enfatizando que, quando chegaram às minhas mãos, já havia se passado algum tempo desde minha estadia em Folbridge.

5 de agosto. Descobri que, por "os Escolhidos", a Irmã M. A. refere-se aos indivíduos responsáveis pela perpetuação da espécie. Ao que parece, eram todos tidos em grande estima e mais respeitados do que os próprios Sacerdotes. Comparar com os primeiros cristãos.

7 de agosto. Convenci a Irmã M. A. a me deixar hipnotizá-la. Indução bem-sucedida de hipnose e do transe, mas não consegui estabelecer contato.

9 de agosto. Será que existiram no passado civilizações em comparação com as quais a nossa é insignificante? Seria estranho se fosse realmente o caso e eu fosse o único homem com a chave para a resposta...

12 de agosto. A Irmã M. A. não é sugestionável quando hipnotizada. No entanto, o estado de transe é alcançado com facilidade. Não entendo.

13 de agosto. A Irmã M. A. comentou hoje que "em estado de graça" a "porta deve estar fechada, para evitar que outra vontade assuma o comando do corpo". É interessante, porém enigmático.

18 de agosto. Então o Primeiro Sinal nada mais é do que... (palavras apagadas)... assim sendo, quantos séculos levare-

mos para alcançarmos o Sexto? Se ao menos houvesse um atalho para o Poder...

20 de agosto. Combinei com M. A. e a enfermeira uma visita a minha casa. Disse a ela que é necessário manter a paciente sob o efeito de morfina. Será que estou louco ou destinado a me tornar o Super-Homem, com o Poder da Morte em minhas mãos?

(As anotações terminam aqui.)

Creio que foi em 29 de agosto que recebi a carta. Foi direcionada a mim, aos cuidados de minha cunhada, em uma caligrafia diferenciada. Eu a abri com certa curiosidade. Eis o conteúdo:

> Cher monsieur... *Só o vi duas vezes, mas senti que o senhor é confiável. Não sei dizer se meus sonhos são verdadeiros ou não, mas, nos últimos tempos, eles se tornaram mais vívidos... E,* monsieur, *uma coisa é certa: o Cão da Morte não é um sonho... Nos tempos de que lhe falei (quer sejam reais ou não), o Guardião do Cristal revelou, cedo demais, o Sexto Sinal ao povo... O mal entrou no coração das pessoas. Qualquer um tinha o poder de matar à vontade, e matavam sem qualquer senso de justiça, dominados pela raiva. Estavam todos embriagados pelo desejo de Poder. Quando vimos isso, nós, que ainda éramos puros, compreendemos que, mais uma vez, o Círculo não se completaria e que não chegaríamos ao Sinal da Vida Eterna. O futuro Guardião do Cristal viu-se, então, forçado a agir: para que o velho morresse, e para que o novo, depois de inúmeras eras, ainda retornasse,* libertou o Cão da Morte e soltou-o no mar *(tendo o cuidado de não fechar o círculo). O mar assumiu a forma de um Cão e engoliu a terra por completo...*
>
> *Já me lembrei de tudo isso uma vez:* nos degraus daquele altar, na Bélgica...

O Dr. Rose pertence à Irmandade. Conhece o Primeiro Sinal e a forma do Segundo, por mais que apenas uns poucos escolhidos saibam o significado. Ele aprenderia o Sexto comigo. *Até o momento, consegui resistir a ele, mas estou ficando fraca.* Monsieur, *não é bom que um homem obtenha o poder antes do tempo. Muitos séculos ainda se passarão antes que o mundo esteja pronto para receber o poder da morte em suas mãos... Eu lhe imploro,* monsieur, *o senhor que acredita na bondade e na verdade, que me ajude... antes que seja tarde demais.*

Sua irmã em Cristo,

Marie Angelique

Deixei a carta cair. O chão sólido sob meus pés parecia menos sólido que o normal. Então, comecei a me recompor. As convicções da pobre mulher, sem dúvida sinceras, haviam *me* contagiado! Uma coisa, porém, era certa: Dr. Rose, em seu zelo pelo caso, estava abusando dos poderes de médico. Eu iria até lá e...

De repente, notei que havia uma carta de Kitty em meio às outras correspondências. Abri no mesmo instante.

— Algo terrível aconteceu — li em voz alta. — Você se lembra do chalezinho do Dr. Rose, agarrado ao penhasco? Foi varrido por um deslizamento de terra na noite passada. O médico e aquela pobre freira, a Irmã Marie Angelique, morreram. Os escombros amontoados pela praia são horríveis: uma massa fantástica de pedras que, vista de longe, lembra a forma de um grande *cão*...

A carta caiu de minha mão.

Os outros fatos podem ser coincidências. Um tal de Mr. Rose, que descobri ser um parente abastado do médico, morreu sem mais nem menos naquela mesma noite: atingido por um raio, pelo que dizem. Até onde se sabia, não houve tempestade alguma na região, mas uma ou duas pessoas declararam terem ouvido um trovão. A queimadura que marcou sua pele, causada pela descarga elétrica, tinha "uma forma bem estranha". De acordo com o testamento, seu sobrinho, o Dr. Rose, herdaria todos os bens.

Pois bem, vamos supor que o Dr. Rose tenha conseguido obter da Irmã Marie Angelique o segredo do Sexto Sinal. Sempre o achei um homem sem escrúpulos: certamente mataria o tio sem pensar duas vezes, se pudesse garantir que não seria incriminado. Contudo, uma frase da carta da irmã ressoou em meu cérebro: "...tendo o cuidado de não fechar o círculo". O Dr. Rose não havia tomado o mesmo cuidado — talvez por desconhecer os passos a serem dados, ou por duvidar da necessidade daquilo. Assim, a Força empenhada se voltou contra ele, completando o circuito...

Mas, é claro, tudo isso é bobagem! Todos os acontecimentos têm uma explicação natural. O fato de o médico ter acreditado nos delírios da Irmã Marie Angelique prova apenas que *ele* também não estava totalmente são.

Contudo, às vezes sonho com um continente no fundo do mar, no qual existiram habitantes que atingiram um estágio de civilização muito mais avançado que o nosso...

Ou será que a Irmã Marie Angelique se lembrava de todos os fatos *de trás para a frente*? Alguns dizem ser possível... Sendo assim, a tal Cidade dos Círculos estaria no futuro, não no passado.

Bobagem. É claro que tudo aquilo não passava de alucinação!

O sinal vermelho

Publicado originalmente na edição da obra *The Hound of Death* que saiu no Reino Unido pela Oldhams Press em 1933, disponível apenas coletando cupons de uma revista intitulada *The Passing Show*. Posteriormente, foi publicado pela Collins no Reino Unido e incluído na coleção americana *The Witness for the Prosecution and Other Stories* em 1948. Foi adaptado para a TV na série *The Agatha Christie Hour* em 1982.

— Mas que emocionante! — disse a bela Mrs. Eversleigh, arregalando os olhos lindos, mas um tanto vazios. — Todo mundo diz que as mulheres têm um sexto sentido. O senhor acredita nisso, Sir Alington?

O famoso alienista abriu um sorriso sarcástico. Tinha um desdém sem limites por moças bonitas e tolas, como era o caso da convidada. Alington West era a autoridade suprema no quesito transtornos mentais e estava bem ciente de sua posição e importância. Era um homem corpulento e ligeiramente pomposo.

— Muitas bobagens são ditas por aí, Mrs. Eversleigh. Qual é o significado de sexto sentido?

— Vocês, cientistas, são sempre tão difíceis! Às vezes, temos a sensação de conhecer as coisas... de senti-las, quer dizer, de uma forma inusitada. É uma experiência extraordinária e tenho certeza de que Claire entende o que quero dizer. Não é verdade, Claire?

Ela recorreu à anfitriã com um discreto beicinho e um dar de ombros.

Claire Trent não respondeu de imediato. A conversa acontecia durante um pequeno jantar ao qual compareceram, além de Claire e do marido, Violet Eversleigh, Sir Alington West e o sobrinho dele, Dermot West, um velho amigo de Jack Trent. Foi o próprio Jack Trent, um homem de rosto corado, sorriso bem-humorado e risada agradável, quem deu continuidade à conversa.

— Conversa fiada, Violet! Sua melhor amiga morre em um acidente de trem. Logo depois, você se lembra de ter sonhado com um gato preto na terça... Pronto! Você sentiu desde o início que alguma coisa iria acontecer!

— Ah, não, Jack, você está confundindo premonição com intuição. Vamos lá, o que acha, Sir Alington? Há de se admitir que premonições existem, não?

— Dentro de certos limites, talvez — retrucou o médico com cautela. — Mas não se deve ignorar o peso significativo das coincidências, nem a tendência a exagerar os detalhes de um determinado acontecimento quando o examinamos em retrospecto.

— Não acredito em premonição — disse Claire Trent de modo abrupto. — Nem em intuição, nem em sexto sentido ou em nenhuma dessas conversinhas de salão. A verdade é que passamos pela vida como um trem envolto em trevas e com destino desconhecido.

— Não é uma boa comparação, Mrs. Trent — comentou Dermot West, erguendo a cabeça pela primeira vez e entrando no debate. Os olhos cinza-claros emitiam um brilho curioso, que contrastava com o rosto bronzeado. — Além disso, a senhora se esquece dos sinais.

— Sinais?

— Claro: verde se estiver tudo bem, e vermelho... se houver perigo!

— Vermelho se houver perigo... que emocionante! — sussurrou Violet Eversleigh.

Dermot a ignorou e prosseguiu, impaciente:

— É só um modo de descrever o fenômeno, é claro. Perigo à vista! Sinal vermelho! Tome cuidado!

Trent o encarou com curiosidade.

— Dermot, você fala disso como se tivesse experiência, meu caro.

— E assim é, de fato... ou, melhor dizendo, foi.

— Conte-nos tudo.

— Darei um exemplo. Na Mesopotâmia, logo após o armistício, voltei para minha tenda certa noite com um pressentimento fortíssimo. Perigo! Tome cuidado! Mas não fazia a menor ideia do que era. Andei pelo acampamento, causei um rebuliço desnecessário, tomei todas as precauções contra um ataque de árabes hostis e voltei para minha tenda. Assim que entrei, o pressentimento tornou-se mais insistente que nunca. Perigo! No fim das contas, peguei um cobertor e fui me deitar ao ar livre, onde acabei dormindo.

— E então?

— Na manhã seguinte, quando entrei na tenda, a primeira coisa que vi foi uma faca bem grande, de cerca de meio metro de comprimento, cravada na cama. Logo descobri quem a havia enfiado ali: um dos criados árabes, cujo filho havia sido morto a tiros como espião. O que o senhor me diz, tio Alington? Não é um belo exemplo de sinal vermelho?

O especialista sorriu sem se comprometer.

— Uma história interessantíssima, meu caro Dermot.

— Mas uma que o senhor aceitaria sem certas reservas?

— Sim, sim. Não tenho dúvidas de que você teve uma premonição de perigo, como afirma. O que questiono é a origem da premonição. Você diz que vem de fora, como se uma força externa tivesse marcado sua psique. Hoje, porém, sabemos que quase tudo vem de dentro: de nosso subconsciente.

— O bom e velho subconsciente — exclamou Jack Trent. — É o famoso "pau para toda obra" de hoje.

Sir Alington prosseguiu, ignorando a interrupção.

— Meu palpite é que o homem árabe se entregou, talvez com um olhar. Embora seu eu consciente não tenha percebido, o subconsciente estava trabalhando a seu favor. O subconsciente jamais se esquece. Acreditamos também que ele consiga raciocinar e deduzir independentemente da vontade e da consciência. Portanto, o subconsciente acreditava que haveria uma tentativa de assassiná-lo e conseguiu levar esse medo à consciência.

— Parece convincente, devo admitir — disse Dermot com um sorriso.

— Mas bem menos emocionante — reclamou Mrs. Eversleigh.

— Também é possível que seu subconsciente tivesse noção do ódio que aquele homem sentia por você. Aquilo que no passado chamávamos de telepatia certamente existe, só que nós desconhecemos quase todas as suas leis.

— O senhor teria algum outro exemplo? — perguntou Claire a Dermot.

— Sim, mas nada de muito impressionante. Suponho que tudo possa ser explicado como coincidência. Certa vez, recusei um convite para visitar uma casa de campo por nenhum outro motivo a não ser o "sinal vermelho". Pois bem, naquela semana, a propriedade pegou fogo. A propósito, tio Alington, como é que o subconsciente se encaixa aqui?

— Receio que não se encaixe — disse Alington com um sorriso.

— Mas aposto que o senhor ainda tem uma boa explicação. Vamos, diga. Não há por que ficar cheio de dedos com seus parentes.

— Pois bem, meu sobrinho, me arrisco a sugerir que você recusou o convite pelo simples motivo de não ter sentido tanta vontade assim de ir. Então, depois do incêndio, você convenceu a si mesmo de que tinha recebido uma espécie de aviso, e é nessa explicação que você acredita piamente.

— Não tem jeito — comentou Dermot com uma risada. — Se dá cara o senhor ganha, se dá coroa eu perco.

— Não se preocupe, Mr. West — exclamou Violet Eversleigh. — Acredito sem reservas em seu Sinal Vermelho. A última vez que aconteceu foi na Mesopotâmia?

— Sim... até...

— Perdão?

— Nada.

Dermot ficou em silêncio. A frase que quase havia escapado era: "Sim, *até hoje à noite*". As palavras deram substância a um pensamento até então inconsciente, mas do qual não podia mais duvidar, de forma alguma. O Sinal Vermelho avolumava-se na escuridão. Perigo! Perigo imediato!

Mas por quê? Que perigo concebível poderia haver ali, na casa dos amigos? Ao menos que... bem, sim, havia uma fonte de perigo, afinal. Ele olhou para Claire Trent: a palidez, o físico esbelto e o jeito delicado de inclinar a cabeça dourada. Mas se tratava de um perigo que já existia há mais tempo, não era algo novo. E era pouco provável que terminasse em crise, pois Jack Trent era seu melhor amigo e, mais do que isso, era o homem que havia salvado sua vida em Flandres e fora indicado para ganhar uma cruz da Rainha Vitória por isso. Jack era um bom camarada, um dos melhores. Um azar danado que Dermot tivesse se apaixonado pela esposa dele. Mais cedo ou mais tarde ele a superaria, ou assim imaginava. Não podia continuar sofrendo como sofria naquele momento. A saída era dar tempo ao tempo. Era improvável que ela adivinhasse e, caso viesse a adivinhar, não daria corda. Uma estátua, uma linda estátua de ouro, marfim e coral rosa-claro... Uma mulher excepcional, não como outra qualquer...

Claire... Pensar no nome dela, proferi-lo para si mesmo, causava uma dor imensa... Ele precisava superar aquele sentimento. Já havia gostado de outras mulheres... "Mas não desse jeito!", disse uma voz. "Não desse jeito." Bem, aí estava. Não havia perigo algum ali — sofrimento, sim, mas não perigo. Não o perigo do Sinal Vermelho. Tratava-se de outra coisa.

Ele olhou para os outros comensais e, pela primeira vez, se deu conta de que aquela era uma reunião bem incomum. Era raro que seu tio, por exemplo, participasse de pequenos jantares informais como aquele. Não era como se ele e os Trent fossem velhos amigos. Até aquela noite, Dermot nem sequer sabia que o tio os conhecia.

Naturalmente, havia uma explicação: depois do jantar, chegaria uma médium notável para comandar uma "sessão". Sir Alington professava um interesse moderado pelo espiritualismo. Sem dúvida, aquela era a desculpa para a reunião.

A palavra chamou-lhe a atenção. *Desculpa*. Será que a sessão não passava de uma desculpa para justificar a presença do especialista no jantar? Se fosse o caso, qual era a verdadeira razão da visita? A mente de Dermot começou a trabalhar e ele juntou vários detalhes aos quais não havia prestado atenção anteriormente — ou, como o tio teria dito, o subconsciente estava lhe revelando informações que haviam escapado à mente consciente.

O célebre médico havia olhado para Claire de modo estranho, muito estranho, e mais de uma vez. Parecia sondá-la, e ela se sentia desconfortável diante daquele olhar perscrutador; as mãos se moviam em pequenos espasmos. Claire estava nervosa, terrivelmente nervosa, e seria possível que estivesse... *amedrontada*? Qual seria o motivo para temer?

Com um sobressalto, Dermot voltou à realidade e à conversa que acontecia à mesa. Mrs. Eversleigh havia incitado o alienista a falar de sua profissão.

— Minha cara senhora — dizia ele —, o que *é* a loucura? Posso lhe garantir que, quanto mais se estuda o assunto, mais difícil se torna a resposta. Todos nós estamos fadados a recorrer a uma certa dose de autoengano, mas o importante é ver até onde vamos. Se um sujeito se ilude pensando que é o czar da Rússia, é claro que precisamos calá-lo ou contê-lo. Mas há um longo caminho até alcançarmos esse estágio. E em que ponto devemos traçar o limite entre a sanidade e a loucura? Saiba que é impossível. E digo mais: se um homem que sofre de certo delírio não se manifesta a respeito, há grandes chances de não conseguirmos distingui-lo de um indivíduo normal. A extraordinária sanidade dos insanos é um tema fascinante.

Sir Alington bebeu o vinho com satisfação e abriu um sorriso radiante.

— Sempre ouvi dizer que são muito astutos — comentou Mrs. Eversleigh. — Os loucos, quero dizer.

— É verdade. E reprimir a ilusão muitas vezes tem efeitos catastróficos. Todas as formas de repressão são perigosas, como a psicanálise já nos ensinou. Um sujeito que demonstra uma excentricidade leve e inofensiva, e tem a oportunidade de se entregar a ela, raramente cruza a linha da sanidade. Mas o homem… — aqui ele fez uma pausa — ou a mulher que todos julgam ser alguém perfeitamente normal pode, na verdade, representar um perigo para a sociedade.

Ele percorreu a mesa com os olhos, com amabilidade, até chegar a Claire, e depois traçou o caminho de volta. Em seguida, bebeu mais um gole de vinho.

Um medo horrível tomou conta de Dermot: era *isso*, então, que ele queria dizer? Era *isso* que pretendia? Impossível, mas…

— E tudo por causa da repressão — disse Mrs. Eversleigh com um suspiro. — Entendo que é preciso ter o cuidado, portanto, de sempre expressar a própria personalidade. Os perigos que podemos correr ao fazer o contrário são terríveis.

— Minha cara Mrs. Eversleigh — explicou o médico —, você me entendeu mal. A causa do comportamento anômalo está no próprio cérebro, e pode suscitar de um acidente externo, como um golpe forte, ou de causas, infelizmente, congênitas.

— A hereditariedade é uma tristeza — comentou ela e, em seguida, suspirou. — Pessoas com tuberculose e tudo mais.

— A tuberculose não é hereditária — retrucou Sir Alington, curto e grosso.

— Ah, não? Sempre achei que fosse. Mas a loucura é! Ah, que horror. Que outras doenças também são?

— Gota — respondeu Sir Alington com um sorriso no rosto. — E daltonismo. Este último é um caso interessante: nos homens, é transmitido diretamente, mas, nas mulheres, fica latente. Portanto, embora tenhamos muitos homens que são daltônicos, duas condições são necessárias para que uma mulher seja: que o distúrbio esteja latente na mãe e presente no pai... ocorrência bastante rara. É o que chamamos de herança ligada ao sexo.

— Que interessante. Mas esse não é o caso da loucura, é?

— A loucura pode ser transmitida para homens e mulheres, sem distinção — disse o médico, solene.

Àquela altura, Claire levantou-se sem mais nem menos, e o gesto foi tão abrupto que a cadeira virou e caiu no chão. Ela estava bastante pálida e os espasmos nervosos dos dedos eram bem evidentes.

— Vocês... vocês se juntarão a mim em breve, não é? — implorou. — Mrs. Thompson chegará a qualquer momento.

— Só mais um cálice de vinho do Porto e então, no que me diz respeito, estarei com você — declarou Sir Alington. — Afinal, foi para conhecer a incrível Mrs. Thompson que eu vim, não é verdade? Rá, rá! Não que eu precisasse de incentivo. — Ele fez uma reverência.

Claire abriu um meio sorriso e foi à sala de estar com a mão no ombro de Mrs. Eversleigh.

— Receio ter dito coisas desagradáveis — comentou o médico, tornando a se sentar. — Peço que me perdoe, meu caro amigo.

— De forma alguma, não se preocupe — respondeu Trent, sem prestar muita atenção.

Ele parecia tenso e preocupado. Pela primeira vez, Dermot teve a sensação de estar com um estranho, não com o amigo. Entre aqueles dois havia um segredo que nem com um velho amigo se podia compartilhar. A coisa toda lhe parecia fantástica e inacreditável. Mas em que Dermot baseava suas suspeitas? Em alguns olhares e no nervosismo de uma mulher?

Eles bebericaram o vinho um pouco mais e chegaram à sala de estar bem a tempo de ver Mrs. Thompson chegar.

A médium era uma mulher corpulenta de meia-idade. Usava um horroroso vestido de veludo magenta e tinha uma voz retumbante de timbre comum.

— Espero não ter chegado atrasada, Mrs. Trent — disse ela, toda alegre. — A senhora disse nove horas, não foi?

— A senhora chegou bem na hora, Mrs. Thompson — retrucou Claire com a voz suave, quase sussurrada. — Aqui está nosso pequeno grupo.

Nenhuma apresentação a mais foi feita, como parecia ser de costume. A médium dedicou a cada um deles um olhar breve e penetrante.

— Espero obter bons resultados — comentou ela abruptamente. — Não sei expressar o quanto odeio não satisfazer as pessoas, por assim dizer. Isso me tira do sério. Mas confio que Shiromako (meu guia japonês, para que fique claro) conseguirá se manifestar esta noite. Estou me sentindo muito bem fisicamente, cheguei até a recusar meu molho favorito, o *welsh rabbit*, mesmo amando queijo grelhado.

Dermot escutava, meio entretido e meio enojado. Como aquilo tudo era prosaico! Mas, por outro lado, será que não estava julgando além da conta? Tudo, afinal, era natural... O poder que os médiuns alegavam ter era natural, ainda que incompreendido. Um cirurgião renomado teria cautela para não ser acometido por uma indigestão antes de uma operação delicada. Por que Mrs. Thompson não poderia ter o mesmo cuidado?

As cadeiras foram arranjadas em círculo; as luzes, dispostas de modo a serem reguladas com facilidade. Dermot notou que nenhum teste fora realizado para garantir a autenticidade do experimento e que até Sir Alington aceitou as condições existentes sem titubear. Não, a sessão de Mrs. Thompson não passava de um disfarce. O médico estava ali por outros motivos. A mãe de Claire, lembrou-se Dermot, morrera no exterior. Havia algo de misterioso sobre ela... Hereditariedade...

Com dificuldade, ele se forçou a se concentrar na cena que se desenrolava diante de seus olhos.

Todos se sentaram e as luzes foram apagadas, com exceção de uma vermelha em uma mesa distante.

Por um tempo, só se ouvia a respiração baixa e regular da médium. Pouco a pouco, foi ficando cada vez mais escandalosa. Então, de repente, do outro lado da sala, ouviu-se um baque forte, que deu um susto em Dermot. A batida continuou, mas do lado oposto, e depois aumentou de intensidade. Quando o barulho cessou, uma gargalhada zombeteira ecoou pelo ambiente. Depois houve silêncio, interrompido por uma voz muito diferente da de Mrs. Thompson. Era uma vozinha estridente e aguda, com uma inflexão estranha.

— Estou aqui, senhores — disse a voz. — Isso mesmo, estou aqui. Vocês têm algo a me perguntar?

— Quem é você? Shiromako?

— Sim. Eu Shiromako. Morto há muito tempo. Eu trabalho. Eu muito feliz.

Shiromako deu mais detalhes de sua vida, mas era tudo muito prosaico e desinteressante, e Dermot teve a impressão de já ter ouvido aquilo inúmeras vezes. Todos estavam felizes, bem felizes. Parentes dos ali reunidos enviaram mensagens aos entes queridos, mas tanto a identidade quanto os termos das mensagens em si eram tão vagos que se encaixavam em praticamente qualquer circunstância. Uma senhora já de idade, mãe de um dos participantes, tomou a palavra por certo tempo, transmitindo velhas máximas como se fossem informações inéditas de um assunto que certamente não dominava.

— Há mais uma pessoa que gostaria de falar agora — anunciou Shiromako. — Com uma mensagem muito importante para um dos cavalheiros.

Houve uma pausa e, em seguida, uma nova voz falou, prefaciando os comentários com uma risadinha demoníaca.

— Rá, rá! Rá, rá, rá! Melhor não ir para casa. Melhor não ir para casa. Vai por mim.

— Com quem você está falando? — perguntou Trent.

— Um de vocês três. Se eu fosse ele, não iria para casa. Perigo! Sangue! Não muito, mas o suficiente. Não, não vá para casa. — A voz foi ficando mais fraca. — *Não vá para casa!*

Em seguida, desapareceu. Dermot sentiu o sangue borbulhar. Estava convencido de que o aviso era para ele. De uma maneira ou de outra, a noite lhe armava uma emboscada.

A médium suspirou e, logo depois, grunhiu. Estava voltando a si. As luzes foram acesas e ela endireitou a postura na cadeira, piscando um pouco os olhos.

— Correu tudo bem, querida? Espero que sim.

— Muitíssimo bem, obrigada, Mrs. Thompson.

— Suponho que Shiromako tenha se manifestado, não?

— Sim, e outros também.

Mrs. Thompson bocejou.

— Estou exausta. Absolutamente destruída. Essas experiências drenam nossa energia. Bem, que bom que foi um sucesso. Estava com um pouco de medo de que algo acontecesse… algo desagradável. Sinto um clima estranho nesta sala.

Ela olhou ao redor e, então, deu de ombros, desconfortável.

— Não me agrada — comentou. — Por acaso houve alguma morte repentina entre vocês recentemente?

— Entre nós? O que quer dizer?

— Parentes, amigos próximos… não? Bem, se eu quisesse ser melodramática, diria que este lugar cheira a morte hoje à noite. Enfim, é só minha imaginação. Até logo, Mrs. Trent. Que bom que a senhora ficou satisfeita.

A médium vestida de veludo se retirou.

— Espero que a experiência o tenha interessado, Sir Alington — murmurou Claire.

— Uma noite interessantíssima, minha cara senhora. Muito obrigado pela oportunidade. Desejo uma boa noite a todos. Vocês vão sair para dançar, não vão?

— O senhor não vai se juntar a nós?

— Não, não. Faço sempre questão de ir para a cama às 23h30. Boa noite. Boa noite, Mrs. Eversleigh. Ah! Dermot, gostaria de ter uma palavrinha com você. Poderia vir comigo? Você pode reencontrar o restante do grupo nas Grafton Galleries.

— Claro, tio. Então nos vemos lá, Trent.

No curto trajeto até a Harley Street, tio e sobrinho trocaram pouquíssimas palavras. Sir Alington começou se desculpando por ter afastado Dermot do grupo e prometeu segurá-lo por apenas alguns minutos.

— Quer uma carona do motorista, rapaz? — perguntou ele enquanto desciam do carro.

— Ah, não se preocupe, tio. Vou pegar um táxi.

— Que bom. Não gosto que Charlson fique de plantão além do necessário. Boa noite, Charlson. Agora, onde raios eu botei a chave?

O carro se afastou enquanto Sir Alington revirava os bolsos em vão.

— Devo ter deixado em meu outro casaco — disse por fim. — Pode tocar a campainha, por favor? Me arrisco a dizer que Johnson ainda está acordado.

De fato, o imperturbável Johnson abriu a porta em menos de um minuto.

— Perdi minha chave, Johnson — explicou Sir Alington. — Leve dois uísques com soda para a biblioteca, sim?

— Pois não, Sir Alington.

O médico seguiu rumo à biblioteca a passos largos e acendeu as luzes. Depois, fez sinal para que Dermot fechasse a porta ao entrar.

— Não quero atrasar você, Dermot, mas precisamos tratar de um assunto. É impressão minha ou você sente uma certa... *tendresse*, por assim dizer, pela esposa de Jack Trent?

Dermot corou.

— Jack Trent é meu melhor amigo.

— Perdão, mas isso não responde à minha pergunta. É bem provável que você considere minhas opiniões a respeito de divórcio e assuntos relacionados altamente puritanas, mas deixe-me lembrá-lo de que você é meu único parente próximo, além de meu herdeiro.

— Ninguém falou em divórcio — afirmou Dermot, irritado.

— Claro que não, e por uma razão que talvez eu compreenda melhor que você. Não posso entrar em detalhes, mas gostaria de alertá-lo. Claire Trent não é mulher para você.

O jovem sustentou o olhar do tio com firmeza.

— Entendo, sim. E, se me permite dizer, talvez mais do que o senhor imagine. Eu sei por que o senhor estava naquele jantar hoje à noite.

— O quê? — O médico estava claramente espantado. — Como foi que você descobriu?

— Digamos que seja apenas um palpite. Tenho ou não razão ao afirmar que o senhor foi visitá-los a título profissional?

Sir Alington andava de um lado para o outro.

— Você tem razão, Dermot. Eu não poderia, é claro, revelar isso a você por conta própria, mas temo que logo o assunto será de conhecimento público.

Dermot sentiu um aperto no peito.

— Então quer dizer que o senhor... já tomou sua decisão?

— Sim, a insanidade corre nas veias da família... por parte de mãe. Um caso triste, muito triste.

— Não acredito, senhor.

— Eu entendo. Para um olho menos treinado, há pouquíssimos sinais aparentes, se é que há algum.

— E para um especialista?

— As evidências são irrefutáveis. Em um caso assim, a pessoa precisa ser internada o mais rápido possível.

— Meu Deus! — sussurrou Dermot. — Mas não podemos trancafiar alguém por nada.

— Meu caro Dermot! A internação só é indicada quando a liberdade de um paciente põe em risco a comunidade.

— Risco?

— Um risco gravíssimo. Todas as evidências apontam para uma forma peculiar de mania homicida. A mãe também sofria disso.

Dermot se afastou com um grunhido e enterrou o rosto nas mãos. Claire... com a pele pálida e os cabelos dourados!

— Dadas as circunstâncias — continuou o médico —, senti que era meu dever alertá-lo.

— Claire — murmurou Dermot. — Minha pobre Claire.

— Sim, de fato, devemos ter pena dela.

De repente, Dermot ergueu a cabeça.

— Eu não acredito.

— O quê?

— Eu disse que não acredito. Os médicos erram. Todo mundo sabe disso. E sempre enxergam evidências relacionadas a suas especialidades.

— Meu caro Dermot — exclamou Sir Alington, irritado.

— Já disse que não acredito. E, de qualquer maneira, por mais que fosse verdade, não me importo. Eu amo Claire. Se ela quiser me acompanhar, eu a levo para longe, bem longe de médicos intrometidos. Eu a defenderei, cuidarei dela com todo meu amor.

— Você não vai fazer nada disso. Está louco?

Dermot riu com desdém.

— *O senhor* diria que sim, me arrisco a dizer.

— Por favor, me entenda, Dermot. — O rosto de Sir Alington estava vermelho de fúria reprimida. — Se fizer isso, se resolver levar adiante essa ideia vergonhosa... é o fim. Vou parar de ajudá-lo financeiramente e escreverei um novo testamento deixando todos os meus bens para diversos hospitais.

— Faça o que quiser com seu maldito dinheiro — retrucou Dermot em voz baixa. — Eu vou ficar com a mulher que amo.

— Uma mulher que...

— Se disser uma palavra contra ela, juro por Deus que o mato! — gritou Dermot.

O tilintar dos copos fez os dois se virarem. Johnson havia entrado para servir as bebidas e, no calor da discussão, nenhum dos dois havia percebido a presença dele. Seu rosto tinha a expressão imperturbável de um bom criado, mas Dermot se perguntou o quanto ele tinha ouvido.

— Está ótimo, Johnson — disse Sir Alington, áspero. — Pode ir se deitar.

— Obrigado, senhor. Boa noite, senhor.

Johnson se retirou.

Os dois homens se entreolharam. A interrupção momentânea acalmara a tempestade.

— Tio — começou Dermot. — Eu não deveria ter falado com o senhor desse jeito. Do seu ponto de vista, percebo que o senhor está absolutamente certo. Mas o fato é que eu amo Claire Trent há muito tempo e, se até agora me abstive de expressar esses sentimentos, é apenas por ela ser esposa de Jack Trent, meu melhor amigo. Nas atuais circunstâncias, porém, tal fato não é mais importante. Quanto à questão financeira… é absurdo pensar que isso poderia me deter. Acho que nós dois já dissemos tudo o que havia a ser dito. Boa noite.

— Dermot…

— Não há mais razão para discutir. Boa noite, tio Alington. Eu sinto muito, mas é assim que as coisas são.

Dermot saiu às pressas e fechou a porta. O corredor estava imerso em escuridão. Ele o atravessou, seguiu até a rua e bateu a porta da frente atrás de si.

Um pouco adiante, havia um táxi que acabara de desembarcar um passageiro; Dermot o chamou e lhe deu o endereço das Grafton Galleries.

Na porta do salão de baile, ele parou por um instante, sentindo um turbilhão de emoções. O jazz estridente, as mulheres sorridentes… era como se tivesse entrado em outro mundo.

Será que sonhara com tudo aquilo? Parecia-lhe impossível que a conversa acalorada com o tio tivesse de fato acontecido.

Então, Dermot viu Claire passar flutuando por ele; parecia um lírio, com um vestido branco e prata que se ajustava como uma luva a sua figura esbelta. Não, aquilo não podia ser real.

A dança havia parado e ela chegara bem perto de Dermot, com um sorriso no rosto. Como em um sonho, ele a convidou para dançar e a pegou nos braços. A melodia estridente recomeçara.

Dermot a sentiu fraquejar um pouco.

— Está cansada? Gostaria de fazer uma pausa?

— Se você não se importa, sim. Será que poderíamos ir a algum lugar em que pudéssemos conversar? Tenho um assunto a tratar com você.

Não era um sonho, era real. Dermot voltou a si com um sobressalto. Como foi que ela lhe parecera calma e serena? Naquele momento, o rosto de Claire estava marcado pela angústia, pelo terror. O quanto ela sabia?

Ele encontrou um canto sossegado, onde os dois se sentaram lado a lado.

— Pois bem — disse, demonstrando uma leveza que não sentia. — Você tem um assunto para tratar comigo, certo?

— Certo. — Claire baixou os olhos e se pôs a brincar nervosamente com a bainha da saia. — Mas é... bem difícil.

— Conte-me, Claire.

— A questão é a seguinte: eu gostaria que você... se afastasse por um tempo.

Ele ficou pasmo. Não era aquilo que esperava ouvir.

— Você quer que eu me afaste? Por quê?

— É melhor sermos francos, não? Eu... eu sei que você é um... cavalheiro e meu amigo. Gostaria que você se afastasse porque eu... me apaixonei por você.

— Claire.

As palavras dela o deixaram mudo, incapaz de dizer qualquer coisa.

— Por favor, não pense que sou arrogante o suficiente para imaginar que você... possa vir a retribuir esse amor.

Eu simplesmente não estou muito feliz e... Ah! Prefiro que você se afaste.

— Claire, por acaso você não notou os sentimentos... os sentimentos fortíssimos que eu nutro por você desde que a conheci?

Assustada, ela olhou para Dermot.

— Você gosta de mim? Há muito tempo?

— Desde o início.

— Ah! — exclamou ela. — Por que não me contou? Se fosse antes, poderíamos ter ficado juntos! Por que me contar justo agora que já é tarde demais? Não, estou louca... não sei o que estou dizendo. Nós nunca poderíamos ter ficado juntos.

— Claire, o que quer dizer com "justo agora que já é tarde demais"? É... é por causa do meu tio? Por conta do que ele sabe e da opinião dele a respeito do caso?

Ela confirmou com a cabeça, desanimada, enquanto as lágrimas escorriam pelo rosto.

— Ouça, Claire, não acredite em uma palavra do que ele diz. Esqueça tudo isso. Fuja comigo para bem longe daqui. Vamos para os Mares do Sul, para ilhas tão verdes quanto joias. Lá você será feliz e eu cuidarei de você... ninguém poderá machucá-la. Nunca.

Ele a abraçou e a puxou para perto, sentindo-a tremer ao tocá-la. Então, de repente, Claire se desvencilhou dos braços de Dermot.

— Ah, não, por favor. Você não entende? Não posso agora. Seria horrível... horrível. O tempo todo quis me comportar de modo decente, e agora... seria horrível.

Ele hesitou, surpreso com aquelas palavras. Claire lhe lançou um olhar suplicante.

— Por favor — disse ela. — Eu quero ser boa...

Sem dizer nada, Dermot levantou-se e a deixou; as palavras dela não permitiam resposta alguma. Ele dirigiu-se para a saída e pediu o chapéu e o casaco. Foi então que topou com Jack Trent.

— Olá, Dermot! Está indo embora cedo.

— Sim. Não estou com disposição para dançar esta noite.

— É uma noite terrível — disse Trent, desolado. — Mas você não tem metade das minhas preocupações.

Por um instante, Dermot temeu que Trent quisesse desabafar. Aquilo não... tudo menos aquilo!

— Bem, até mais — disse ele com pressa. — Estou indo para casa.

— Para casa, é? E o aviso do espírito?

— Vou pagar para ver. Boa noite, Jack.

O apartamento de Dermot não ficava longe dali. Ele resolveu ir a pé, precisando do ar fresco da noite para ajudá-lo a esfriar a cabeça.

Destrancou a porta da casa ao chegar, acendeu a luz do quarto e, pela segunda vez na noite, a sensação que rotulara como Sinal Vermelho pairou sobre ele. Era tão urgente que, por um momento, até Claire desapareceu de seus pensamentos.

Perigo! Ele estava correndo perigo. Naquele exato momento, naquele mesmo quarto, ele estava correndo perigo.

Dermot tentou rir dos próprios medos para espantá-los, mas sem convicção. Até então, o Sinal Vermelho sempre havia se mostrado útil, salvando-o do desastre. Com um leve senso de condescendência em relação à própria superstição, ele revistou o apartamento. Era possível que um criminoso tivesse invadido o imóvel e ainda estivesse escondido em algum lugar. Contudo, a busca não revelou nada. Seu criado, Milson, estava ausente e o apartamento estava vazio.

Ele voltou ao quarto e se despiu lentamente, as sobrancelhas franzidas em preocupação. A sensação de perigo estava mais forte que nunca. Ao abrir uma gaveta para pegar um lenço, Dermot congelou. Havia uma protuberância estranha no meio da gaveta, algo rígido.

Seus dedos nervosos afastaram os lenços rapidamente e retiraram o objeto escondido ali embaixo. Era um revólver.

Dermot examinou a arma com completo espanto. Era um modelo estranho, e alguém a usara recentemente. Fora isso, não conseguiu averiguar mais nada. Alguém havia escondido aquele revólver na gaveta naquela mesma noite. Não havia coisa alguma ali quando Dermot se arrumou para o jantar — disso ele tinha certeza.

Estava prestes a devolver a arma à gaveta quando a campainha tocou, lhe dando um susto. Tocava insistentemente, e o som parecia ainda mais alto no silêncio do apartamento vazio.

Quem poderia ser àquela hora? Só havia uma resposta, uma resposta que vinha do fundo de sua alma, insistente:

— Perigo... perigo... perigo...

Guiado por um instinto desconhecido, ele apagou a luz, vestiu um sobretudo que pendia sobre uma cadeira e finalmente abriu a porta.

Havia dois homens ali fora. Atrás deles, Dermot avistou um uniforme azul. Um policial!

— Mr. West? — perguntou o primeiro dos dois.

Dermot teve a sensação de ter levado séculos para responder, mas, na verdade, foram só alguns segundos. Imitando a voz inexpressiva de seu criado, ele disse:

— Mr. West ainda não voltou. O que querem com ele a essa hora da noite?

— Ainda não voltou, é? Pois bem, então é melhor entrarmos para esperar aí dentro.

— Não, melhor não.

— Veja, meu caro, sou o Inspetor Verall da Scotland Yard e tenho um mandado de prisão contra seu patrão. Pode ver com os próprios olhos, se quiser.

Dermot olhou, ou fingiu olhar, o documento em questão e perguntou, espantado:

— Mas por quê? O que foi que ele fez?

— Assassinou Sir Alington West, da Harley Street.

Com a mente em polvorosa, Dermot abriu caminho para as visitas indesejadas e foi até a sala de estar, acendendo as luzes. O inspetor o seguiu.

— Reviste a casa — ordenou ele ao outro homem. Em seguida, voltou-se para Dermot.

— Fique aqui, meu caro. Nada de tentar avisar a seu patrão. Como você se chama, a propósito?

— Milson, senhor.

— A que horas você acha que seu patrão estará de volta, Milson?

— Não sei, senhor. Creio que ele foi a um baile. Nas Grafton Galleries.

— Faz uma hora que ele saiu de lá. Tem certeza de que não esteve aqui no meio-tempo?

— Creio que não, senhor. Acredito que eu o teria ouvido entrar.

Naquele momento, o segundo agente emergiu do aposento contíguo. Havia encontrado a arma e agora a mostrava ao inspetor, todo animado. A satisfação do superior não foi menor.

— Isso resolve tudo — disse o inspetor. — Ele deve ter entrado e saído de fininho, sem que você o ouvisse. Provavelmente está tentando escapar agora, então é melhor eu sair. Cawley, você fica aqui para o caso de ele voltar, e trate de ficar de olho nesse sujeito. Talvez saiba mais sobre o patrão do que está nos dizendo.

O inspetor saiu apressado e Dermot tentou extrair de Cawley detalhes a respeito do caso, o que foi fácil, uma vez que o agente tinha a língua solta.

— O caso é bem claro — revelou. — O assassinato foi descoberto quase imediatamente. Johnson, o criado, tinha acabado de se retirar ao quarto para dormir quando pensou ter ouvido um tiro. Ao descer, encontrou Sir Alington morto, com um tiro no coração. Ele nos ligou sem demora e nos contou toda a história.

— E isso lhe parece um caso claro? — arriscou Dermot.

— Certamente. O jovem West e o tio estavam tendo uma briga acalorada quando Johnson entrou para servir as bebidas. O velho ameaçava fazer um novo testamento e seu patrão afirmou que ia matá-lo. Nem cinco minutos depois, ouve-se o tiro. Ah, sim! Me parece claro o bastante. Que rapaz tolo.

Um caso claro o bastante, de fato. O coração de Dermot afundou quando se deu conta de que todas as evidências depunham contra ele. Perigo: tremendo perigo! E não havia saída a não ser fugir. Ele pôs a cabeça para funcionar. Por fim, ofereceu-se para fazer uma xícara de chá, que Cawley aceitou de bom grado. O agente já havia revistado o imóvel e sabia que não havia entrada nos fundos.

Após ser autorizado a ir à cozinha, Dermot pôs a chaleira no fogo e tilintou xícaras e pires diligentemente. Depois, esgueirou-se até a janela e a abriu. O apartamento ficava no segundo andar e, do lado de fora, havia um pequeno elevador de carga usado pelos fornecedores, sustentado por um cabo de aço.

Como um raio, Dermot voou pela janela e desceu o cabo de aço, que cortou suas mãos e as fez sangrar. Mesmo assim, seguiu em frente, movido pelo desespero.

Alguns minutos mais tarde, já estava saindo com cautela pelos fundos do prédio. Ao dobrar a esquina, deparou-se com uma figura parada na calçada. Para a sua surpresa, reconheceu Jack Trent, que já estava totalmente ciente do perigo da situação.

— Meu Deus! Dermot! Rápido, não fique aí parado.

Ele o pegou pelo braço e o conduziu por uma rua lateral, depois por outra. Eles viram um táxi solitário e o chamaram. Ao embarcarem, Trent deu ao motorista o próprio endereço.

— É o lugar mais seguro, por enquanto. Uma vez lá, podemos decidir o que fazer a seguir para despistarmos aqueles tolos. Vim à sua casa na esperança de alertá-lo antes da chegada da polícia, mas já era tarde demais.

— Eu nem sabia que você já tinha conhecimento de toda a história. Jack, você não acha...

— É claro que não, meu amigo, nem por um minuto. Mesmo assim, você se meteu em uma enrascada. Eles vieram com um monte de perguntas: a que horas você chegou nas Grafton Galleries, quando foi embora e por aí vai. Dermot, quem é que poderia ter matado seu tio?

— Não faço a menor ideia. Mas, seja lá quem for, imagino que tenha sido a mesma pessoa que pôs o revólver na minha gaveta. Deve ser alguém que está acompanhando nossos passos de perto.

— Aquela sessão foi bem esquisita. "Não vá para casa." O recado era para o velho West, coitado. Ele foi para casa e levou um tiro.

— Também se encaixa no meu caso — disse Dermot. — Eu fui para casa e encontrei um revólver plantado e um inspetor de polícia.

— Bem, espero que eu escape ileso — comentou Trent. — Chegamos.

Ele pagou a corrida, abriu a porta e conduziu Dermot ao escritório, um quartinho no primeiro andar.

Dermot entrou assim que a porta se abriu. Trent, por sua vez, acendeu a luz e o seguiu.

— Por enquanto, estamos seguros por aqui — observou. — Agora podemos raciocinar e decidir qual é a melhor saída.

— Fiz papel de bobo — disse Dermot, sem mais nem menos. — Eu deveria ter encarado o caso de frente. Agora vejo tudo com mais clareza. É claro que se trata de uma armação. Mas por que raios você está rindo?

Recostado na cadeira, Trent caiu na gargalhada. Havia algo de horrível naquele som, algo que se refletia no corpo dele inteiro. Os olhos emitiam um brilho estranho.

— Uma armação magistralmente orquestrada — disse Jack, sem fôlego. — Dermot, meu caro, você se deu mal.

Ele pegou o telefone.

— O que você vai fazer?

— Ligar para a Scotland Yard. Dizer a eles que o pássaro está na gaiola. Sim, tranquei a porta quando entrei e guardei a chave no bolso. Nem perca tempo olhando para essa outra porta atrás de mim. Ela dá para o quarto de Claire, que sempre a tranca por dentro. Sabe como é, tem medo de mim, e não é de hoje. Ela sempre sabe quando estou pensando naquela faca... naquela faca longa e afiada. Não, você não...

Dermot fizera menção de se atirar sobre ele, mas o outro sacara um revólver ameaçador.

— Este é o segundo — disse Trent com uma risada. — O outro eu coloquei na sua gaveta, depois de dar um tiro no velho West. Está olhando o que atrás de mim? A porta? É inútil. Por mais que Claire a abra, e talvez ela fizesse isso por *você*, eu lhe daria um tiro antes que pudesse se mover. Não no coração... não para matar, apenas um simples ferimento, para mantê-lo aqui. Sou um ótimo atirador, você sabe. Já salvei sua vida uma vez. Que tolice a minha! Não, não, quero que você seja enforcado... sim, enforcado. Não foi para você que reservei a faca. Foi para Claire... a bela Claire, tão branca e macia. O velho West sabia. Foi por isso que ele veio aqui hoje, para ver se eu estava louco ou não. Ele queria me prender, para que eu não chegasse perto de Claire com a faca. Mas fui mais esperto, roubei a chave da casa dele e a da sua também. Saí de fininho do baile assim que cheguei lá e fui até a casa dele. Quando você saiu, eu entrei e atirei no Sir Alington. Então fui à sua casa e deixei o revólver lá. Quando voltei às Gafton Galleries, você tinha acabado de chegar, então devolvi a chave ao bolso de seu casaco quando lhe dei boa-noite. Não me importo em lhe contar tudo. Não há mais ninguém ouvindo e, quando você estiver sendo enforcado, gostaria que soubesse que foi por minha causa... Não há escapatória. Eu acho graça... Meu Deus, que engraçado! O que está pensando? O que raios está olhando?

— Estou pensando em uma frase que você disse ainda agora. Teria sido melhor não voltar para casa, Trent.

— O que quer dizer?

— Olhe para trás!

Trent se virou de repente. Na soleira da porta que ligava os dois cômodos estavam Claire e o inspetor Verall...

Trent foi rápido. A arma disparou uma só vez e acertou o alvo. Ele caiu sobre a mesa e o inspetor correu para o lado dele, enquanto Dermot olhava para Claire como se estivesse em um sonho. Pensamentos desconexos atravessavam-lhe mente. O tio... a briga... o mal-entendido colossal... as leis de divórcio inglesas, que jamais teriam livrado Claire de um marido insano... "Sim, de fato, devemos ter pena dela." O plano dela e de Sir Alington, que Trent desvendara... Claire dizendo "Horrível... horrível..." para Dermot... Sim, mas agora...

O inspetor se pôs de pé novamente.

— Morto — declarou, aborrecido.

— Sim — Dermot se ouviu dizer. — Ele sempre foi um ótimo atirador...

O quarto homem

Publicado originalmente na edição da obra *The Hound of Death* que saiu no Reino Unido pela Oldhams Press em 1933, disponível apenas coletando cupons de uma revista intitulada *The Passing Show*. Foi adaptado em *Agatha Christie Hour* em 1982 e incluiu John Nettles, Michael Gough e Frederick Jaeger no elenco. Foi publicado nos Estados Unidos na obra *The Witness For The Prosecution and Other Stories*, em 1948.

O Cônego Parfitt estava ofegante. Correr para pegar o trem já não condizia com sua idade nem com seu tipo físico. Ele não tinha mais uma silhueta esbelta e, por isso, era mais propenso a ficar sem fôlego. Com muita dignidade, o próprio cônego justificava tal propensão dizendo: "*Meu coração*, sabe como é!".

Ele afundou no assento do canto do vagão de primeira classe e suspirou, aliviado. O calor do trem era mais do que bem-vindo, até porque nevava lá fora. Que sorte encontrar um assento de canto em uma longa noite de viagem. Sentar-se em outras posições seria uma tristeza. Aquele trem deveria ter um vagão-leito.

Os outros três cantos já estavam ocupados, e o Cônego Parfitt notou que o homem sentado do outro lado sorria para ele em sinal de reconhecimento. Era um sujeito de barba bem-feita e expressão questionadora, cujos cabelos começavam a ficar grisalhos nas têmporas. Ele era tão obviamente um advogado que ninguém poderia se enganar a respeito de sua profissão. E mais: Sir George Durand era de fato um advogado famosíssimo.

— Bem, Parfitt — comentou, alegre —, vejo que precisou correr para pegar o trem, não foi?

— Receio que seja péssimo para o meu coração — retrucou o cônego. — Que coincidência encontrá-lo, Sir George. Está indo para o norte?

— Newcastle — disse Sir George, lacônico. E acrescentou: — A propósito, o senhor conhece o Dr. Campbell Clark?

O homem sentado do mesmo lado do vagão que o cônego o cumprimentou com um gesto de cabeça educado.

— Nós nos encontramos na plataforma — prosseguiu o advogado. — Outra coincidência.

O Cônego Parfitt observou o Dr. Clark com interesse. Era um nome que ouvia com certa frequência. O Dr. Clark era pioneiro na área de medicina e saúde mental, e seu último livro, *O problema do inconsciente*, estava entre as obras mais debatidas do ano.

O Cônego Parfitt notou a mandíbula quadrada, os olhos azuis firmes e o cabelo ruivo sem traço de grisalho algum, mas ralo. As feições lhe davam a impressão de ser um homem com personalidade forte.

Automaticamente, o cônego deu uma olhada no assento à frente, esperando um aceno de reconhecimento dali também, mas o quarto ocupante era um completo desconhecido — um estrangeiro, imaginou ele. Era um homem magro, sombrio e de aparência insignificante. Estava embrulhado dentro de um grande sobretudo e parecia dormir profundamente.

— O senhor é o Cônego Parfitt, de Bradchester? — perguntou o Dr. Campbell Clark em um tom de voz agradável.

O cônego sentiu-se lisonjeado. Seus "sermões científicos" fizeram um grande sucesso — ainda mais depois de terem virado assunto na imprensa. Bem, era disso que a Igreja precisava: sermões modernos e atualizados.

— Li o seu livro com o maior interesse, Dr. Campbell Clark — comentou ele. — Se bem que, em um ou outro trecho mais técnico, tive dificuldade de acompanhar o raciocínio.

Durand se intrometeu.

— O senhor prefere uma boa conversa ou prefere dormir, cônego? — perguntou. — Devo confessar que sofro de insônia e, portanto, sou a favor da primeira opção.

— Ah, mas é claro! Sem a menor dúvida — disse o cônego. — Raramente durmo nessas viagens noturnas e o livro que trouxe comigo é bem chato.

— Eu diria que somos um trio representativo — comentou o médico com um sorriso. — A Igreja, a Lei e a Medicina.

— Não há assunto que não possamos comentar — disse Durand, abrindo um sorriso. — A Igreja fala do ponto de vista espiritual, eu falo do mundano e do jurídico e o senhor, doutor, tem à disposição o mais vasto campo de interesse, desde a patologia até a parapsicologia! Acho que, juntos, poderíamos solucionar qualquer problema.

— Nem tanto quanto o senhor imagina, creio eu — retrucou o Dr. Clark. — Existe outro ponto de vista, que o senhor deixou de lado, que é importantíssimo.

— E qual seria? — perguntou o advogado.

— O ponto de vista do homem comum.

— E é tão importante assim? O homem comum não costuma estar errado?

— Ah! Quase sempre. Mas o homem comum tem o que falta a todo especialista: um ponto de vista pessoal. No fim das contas, não se pode ignorar as relações pessoais. Para cada paciente que me procura que está de fato doente, há cinco que nada têm a não ser a incapacidade de conviver em harmonia com os habitantes da própria casa. De vez em quando, batizam essa incapacidade de "cãibra de escritor" ou "joelho de dona de casa", mas a essência é sempre a mesma, o atrito produzido por uma mente que bate de frente com a outra.

— O senhor deve ter um monte de pacientes "nervosos" — disse o cônego com desdém. Seus próprios nervos estavam muito bem, obrigado.

— Ah! E o que quer dizer com isso? — O médico virou-se para ele, rápido feito um raio. — Nervos! As pessoas usam a palavra e riem dela, assim como o senhor fez. "Não há nada de errado com Fulano de Tal", dizem elas. "São só os nervos." Mas, bom Deus, aí está a chave de tudo! Uma doença do corpo é diagnosticada e curada, mas, até o momento, pouco avançamos em relação ao conhecimento das causas dos mais de cem transtornos nervosos que existem no mundo desde o reino da Rainha Isabel.

— Nossa! — disse o Cônego Parfitt, impressionado com tais declarações. — É verdade?

— Já é um progresso perceber isso — prosseguiu o Dr. Campbell Clark. — Antigamente, o homem era considerado um mero animal, uma mistura de corpo e alma, com ênfase no corpo.

— Corpo, alma e espírito — corrigiu o clérigo com brandura.

— Espírito? — O médico abriu um sorriso estranho. — O que os párocos querem dizer com "espírito"? Vocês nunca deixaram isso claro. Durante séculos, esquivaram-se de oferecer uma resposta satisfatória.

O cônego limpou a garganta para começar a falar, mas, para sua decepção, não lhe deram oportunidade. O médico prosseguiu:

— Temos certeza mesmo de que a palavra certa é "espírito" e não "espíritos"?

— Espíritos? — questionou Sir George Durand, erguendo as sobrancelhas em espanto.

— Isso mesmo. — Campbell Clark olhou para ele e lhe deu um tapinha no peito. — O senhor tem certeza de que é o único ocupante desta estrutura? Porque trata-se disso, uma estrutura — disse Clark em um tom sério. — Uma confortável residência que devemos mobiliar por 7, 21, 41, 71 anos. E, no fim das contas, o inquilino é forçado a se mudar, primeiro aos poucos e então de uma vez, e a própria casa é reduzida a ruínas. Pelo tempo que lhe foi concedido, o senhor é o dono da residência, ninguém duvida, mas não é possível que sinta a presença de outras pessoas debaixo do seu teto, como servos de passos leves, que ninguém nota, exceto pelo trabalho que fazem, trabalho este que o senhor não tem consciência de exercer? E como explica as mudanças repentinas de humor que fazem do senhor, como diz o ditado, "outra pessoa"? Será que não poderiam ser "amigos" agindo internamente e transformando-o, por um tempo, em um "homem diferente"? Ninguém questiona que o senhor é o rei do castelo, mas pode ter certeza de que ali também habita o bobo da corte.

— Meu caro Clark — disse o advogado. — Assim o senhor me deixa desconfortável. A mente é mesmo um campo de batalha de personalidades conflitantes? É isso que a mais moderna ciência nos quer sugerir?

Foi a vez do médico de dar de ombros.

— O corpo é. Por que não o cérebro?

— Fascinante — disse o Cônego Parfitt. — Ah, a ciência! A maravilhosa ciência.

Enquanto isso, matutou: "Posso extrair um belo sermão dessa ideia".

Mas o Dr. Campbell Clark já havia se recostado no assento, como se o entusiasmo momentâneo tivesse desaparecido.

— Para dizer a verdade — acrescentou, em um tom frio e profissional —, é um caso de dupla personalidade que me leva a Newcastle hoje. Um caso interessantíssimo. De um paciente neurótico, é claro. Mas as manifestações são genuínas.

— Dupla personalidade — repetiu Sir George Durand, pensativo. — Não é um fenômeno muito raro, até onde eu sei. Vem com perda de memória, certo? Outro dia houve um caso desses nas Varas de Família e de Sucessões.

O Dr. Clark fez que sim.

— Naturalmente, o caso mais famoso foi o de Felicie Bault. Já devem ter ouvido falar.

— Claro — respondeu o Cônego Parfitt. — Eu me lembro de ter lido nos jornais, mas já faz muito tempo. Pelo menos sete anos.

O Dr. Clark concordou.

— Aquela garota ganhou muita popularidade na França. Cientistas do mundo todo foram visitá-la. Ela tinha nada menos que quatro personalidades diferentes, conhecidas como Felicie 1, Felicie 2, Felicie 3 e por aí vai.

— Não houve rumor de que era um truque? — questionou Sir George.

— As personalidades 3 e 4 de fato levantaram algumas dúvidas — admitiu o médico. — Mas os fatos marcantes do caso são indiscutíveis. Felicie Bault era uma camponesa bretã. Era a terceira de cinco filhos, com um pai bêbado e uma mãe que sofria de problemas mentais. Em um acesso de raiva movido pelo álcool, o pai estrangulou a mãe e acabou condenado ao exílio pelo resto da vida. Naquela época, Felicie tinha apenas 5 anos. Umas almas caridosas se interessaram pelas crianças e Felicie foi criada e educada por uma senhorita inglesa que dirigia um lar para órfãos. Por Felicie, porém, não havia muito a se fazer, pois a criança era descrita como lenta e estúpida, e só aprendeu a ler e a escrever a duras penas, além de ser desajeitada nos trabalhos manuais. Miss Slater, a senhorita que a abrigou, tentou encontrar um lugar para ela como criada e, quando Felicie atingiu a maioridade, foi levada para várias casas. Contudo, nunca durava muito tempo, por conta da dificuldade e da preguiça extrema.

O médico fez uma pausa. O cônego cruzou as pernas e puxou mais para perto o cobertor fornecido pelo trem. De repente, percebeu que o homem sentado à frente havia se movido bem discretamente e que seus olhos, antes fechados, agora brilhavam com uma luz zombeteira e indefinível. O cônego ficou surpreso. Era como se o homem ouvisse escondido a conversa e se regozijasse em segredo.

— Existe uma fotografia de Felicie Bault aos 17 anos — prosseguiu o médico. — A imagem mostra uma garota desajeitada do campo, de constituição pesada. Nada na foto indica que, em pouco tempo, ela viria a se tornar uma das pessoas mais famosas da França.

"Cinco anos mais tarde, aos 22, Felicie Bault sofreu de uma crise nervosa gravíssima e, enquanto se recuperava no hospital, os fenômenos mais esquisitos começaram a se manifestar. Os fatos que estou prestes a relatar têm o endosso de cientistas renomados. A personalidade conhecida como Felicie 1 era idêntica à Felicie Bault que todos conheciam pelos últimos 22 anos: escrevia mal e com dificuldade em francês, não sabia falar línguas estrangeiras e era incapaz de tocar piano. Felicie 2, por outro lado, era fluente em italiano e falava um alemão razoável. A caligrafia era bem diferente da de Felicie 1 e escrevia perfeitamente bem em francês. Sabia debater política e arte e era apaixonada pelo piano. Felicie 3 tinha muitos pontos em comum com Felicie 2. Era inteligente e, à primeira vista, uma moça instruída, mas, em termos morais, era o exato oposto. Parecia uma figura depravada — segundo os critérios parisienses, não os provincianos —, falava muito bem os jargões da capital e a linguagem chique do *demi monde*. Seu palavreado era vulgar e ela não perdia a oportunidade de se manifestar contra a religião e as ditas 'pessoas de bem', usando os termos mais blasfemos. Por fim, temos Felicie 4, uma donzela sonhadora, não muito brilhante, mas piedosa, que alegava possuir o dom da clarividência. Essa quarta personalidade era elusiva e insatisfatória e, segundo alguns, uma pegadinha forjada por Felicie 3 — em suma, ela se divertia à custa do povo crédulo. Posso dizer que, com a possível exceção de Felicie 4, cada personalidade era distinta e separada e não tinha conhecimento das outras. Felicie 2 era, sem dúvida, a dominante e, às vezes, conseguia se manter por quinze dias, mas então, sem mais nem menos, Felicie 1 surgia e ali ficava por um ou dois dias. Depois disso, talvez Felicie 3 ou 4 desse as caras, mas essas duas raramente conseguiam ficar no controle por mais do que algumas horas. Cada transição de uma personalidade para a outra era acompanhada por violentas dores de cabeça e um sono pesado. Em todo caso, havia perda total da lembrança dos estados anteriores e a nova personalidade no comando retomava de onde havia parado, alheia à passagem do tempo."

— Extraordinário — murmurou o cônego. — De fato, extraordinário. Isso mostra como temos pouquíssimo conhecimento das maravilhas do universo.

— Pelo menos sabemos que nele prosperam vigaristas bem astutos — disse o advogado em tom seco.

— O caso de Felicie Bault foi investigado por advogados, bem como médicos e cientistas — se apressou em dizer o Dr. Campbell Clark. — Maître Quimbellier, como devem se lembrar, realizou uma investigação minuciosa e confirmou o ponto de vista dos cientistas. E, afinal, por que ficamos tão surpresos? Existem ovos de duas gemas, não? E bananas gêmeas. Assim sendo, por que não haveria uma alma dupla (ou, nesse caso, quádrupla) dentro de um único corpo?

— Uma alma dupla? — protestou o cônego.

O Dr. Clark fixou-o com seus olhos azuis penetrantes.

— Do que mais poderíamos chamar, se admitirmos que a personalidade é a alma?

— É bom que essas anomalias raramente ocorram — observou Sir George. — Se fossem mais comuns, imaginem quantas complicações teríamos?

— A condição é bastante incomum — concordou o médico. — É uma pena que a morte repentina de Felicie tenha impedido os estudiosos de realizarem uma investigação mais completa.

— Foi uma morte estranha, se bem me lembro — disse o advogado, com cautela.

O Dr. Campbell Clark fez que sim.

— Uma questão inexplicável. Uma bela manhã, a jovem foi encontrada morta na cama. Era evidente que tinha sido estrangulada. Mas, para o choque de todos, foi provado sem sombra de dúvida que ela mesma havia se estrangulado, pois as impressões no pescoço correspondiam com as dos dedos. Trata-se de um método de suicídio que, embora não seja fisicamente impossível, requer um tremendo esforço muscular e uma força de vontade quase sobre-humana. Nunca se descobriu o que motivou a jovem a cometer tal ato. Claro que o equilíbrio mental dela sempre foi precário, mas... esses são os fatos. A cortina se fechou para sempre sobre o mistério de Felicie Bault.

Foi então que o homem sentado de frente para o cônego começou a rir.

Para os outros três, foi como se tivessem levado um tiro. Haviam se esquecido por completo de sua presença e deram um pulo de tão assustados. Quando olharam para o lugar que o homem ocupava, ainda empacotado dentro do sobretudo, ele tornou a rir.

— Peço perdão, senhores — disse ele em um inglês perfeito, mas com sotaque estrangeiro.

Ele se endireitou no assento, revelando um rosto pálido adornado por um bigode preto.

— Sim, peço que me perdoem — repetiu, fazendo uma reverência sarcástica. — Mas, francamente! Quando se trata de ciência, não existe ponto final.

— O senhor sabe algo do caso que estávamos debatendo? — questionou o médico, com educação.

— Do caso? Não. Mas eu a conhecia.

— Felicie Bault?

— Isso. E Annette Ravel. Percebo que nunca ouviram falar de Annette Ravel. No entanto, a história de uma é a história da outra. Acreditem: vocês não sabem coisa alguma da história de Felicie Bault se não conhecem também a história de Annette Ravel. — Ele pegou o relógio e conferiu o horário. — Falta meia hora para a próxima parada. Tenho tempo para contar a história, se tiverem interesse em ouvi-la.

— Por favor, conte-nos — disse o médico em voz baixa.

— Ficaremos encantados — comentou o cônego. — Encantados.

Sir George Durand se limitou a endireitar a postura para ouvir com toda a atenção.

— Meu nome, senhores — começou a dizer o companheiro de viagem desconhecido —, é Raoul Letardeau. Os senhores acabaram de falar de uma senhorita inglesa, Miss Slater, que trabalhava com obras de caridade. Eu nasci naquela aldeia bretã de pescadores e, quando meus pais morreram em um acidente de trem, foi Miss Slater quem veio a meu resgate e me poupou do orfanato. Havia cerca de vinte meninos e meninas morando na casa. Entre as crianças, estavam Felicie Bault e Annette Ravel. Devo explicar como era a personalidade de Annette, senhores, senão será impossível entender o caso. Ela era filha de uma daquelas mulheres conhecidas como *fille de joie*, que morrera de tuberculose após ser abandonada pelo amante. A mãe era dançarina e Annette também tinha o sonho de dançar. Quando a vi pela primeira vez, ela tinha 11 anos, e era uma coisinha insignificante cujos olhos às vezes pareciam provocar e, às vezes, prometer. Em suma, uma criatura de fogo e vida. E, imediatamente (sim, imediatamente), ela fez de mim um escravo. Dizia: "Raoul, faça isso para mim! Raoul, faça aquilo para mim!". Quanto a mim, eu obedecia. Já a venerava e ela sabia.

"Nós três íamos juntos à praia — Felicie sempre ia conosco. Lá, Annette tirava os sapatos e as meias e começava a dançar na areia. Por fim, quando tombava sem fôlego, ela nos contava o que queria ser e fazer quando crescesse: 'Vejam bem, eu serei famosa. Sim, famosíssima. Terei centenas e milhares de meias de seda do melhor tipo e viverei em um apartamento magnífico. Todos os meus amantes serão jovens e lindos, além de ricos. E, quando eu dançar, Paris inteira vai me prestigiar. A plateia todinha vai gritar e ficar ensandecida com o meu talento. Mas, no inverno, não dançarei. Em vez disso, irei para o sul, tomar banho de sol. Vou morar em um casarão cheio de laranjeiras e passar o dia deitada em almofadas de seda, comendo laranjas. Quanto a você, Raoul, jamais o esquecerei, por mais rica e famosa que eu me torne. Vou protegê-lo e ajudá-lo em sua carreira. Felicie vai ser minha criada... não, ela é muito destrambelhada: olhe só essas mãos grandes e ásperas.'

"Felicie se irritava com a provocação. Então, Annette seguia implicando com ela.

"'Felicie é uma verdadeira dama... tão elegante, tão refinada... Lá no fundo, bem lá no fundo, é uma princesa disfarçada... Rá, rá!'

"'Pelo menos meus pais eram casados, o que não se pode dizer dos seus', rebatia Felicie, rancorosa.

"'Sim, e seu pai matou sua mãe. Mas que beleza, ser filha de um assassino.'

"'Seu pai deixou sua mãe apodrecer', retrucava Felicie.

"'Ah, sim!'. Annette ficava pensativa. '*Pauvre Maman*. Nós devemos nos manter fortes e saudáveis. Fortes e saudáveis, sempre.'

"'Eu sou forte feito um cavalo', gabava-se Felicie.

"E, de fato, era mesmo. Tinha o dobro da força de qualquer outra garota da casa em que vivíamos e nunca ficava doente.

"Só que ela era estúpida, entendem? Estúpida feito um animal. Eu vivia me perguntando por que Felicie seguia Annette para baixo e para cima; concluí que ela sentia uma espécie de fascínio. Às vezes, acho que odiava Annette e, de fato, a menina não a tratava nada bem. Ela a provocava por ser lenta e estúpida e tirava sarro da companheira na frente dos outros. Já tinha visto Felicie ficar roxa de raiva. De vez em quando, pensava que ela fosse fechar os dedos no pescoço de Annette e enforcá-la até a morte. Ela não era sagaz o suficiente para rebater as provocações de Annette à altura, mas havia aprendido a dar uma resposta infalível: fazer alusões à própria saúde e força. Felicie descobrira que Annette invejava seu físico robusto e então, por instinto, passou a atacar o ponto fraco da inimiga.

"Um dia, Annette veio até mim felicíssima.

"'Raoul', disse ela. 'Hoje vamos nos divertir com a idiota da Felicie. Você vai ver, vamos morrer de rir.'

"'O que você vai fazer?'

"'Venha para trás do galpão que eu lhe direi.'

"Annette estava lendo um livro sobre hipnotismo, um dos primeiros trabalhos nessa área, parece. Boa parte do conteúdo era difícil demais para que ela pudesse entender.

"'Aqui diz que é necessário um objeto brilhante, então usei o puxador de latão de minha cama, que pode ser desaparafusado. Ontem à noite, ordenei a Felicie que olhasse para o objeto e não desviasse o olhar. Depois, eu o fiz girar. Raoul, que susto eu levei. Os olhos dela ficaram esquisitos, tão esquisitos... *Felicie, você sempre vai fazer o que eu mandar*, falei. *Sempre vou fazer o que você mandar, Annette*, respondeu Felicie. Aí eu disse: *Amanhã, ao meio-dia, você vai levar uma vela de sebo para o pátio e vai começar a comê-la. Caso alguém faça perguntas, você vai dizer que é o* galette *mais delicioso que já provou*. Ah, Raoul! Dá para acreditar?'

"'Mas ela jamais fará uma coisa dessas', objetei.

"'O livro diz que fará, sim. Não que eu acredite muito nisso, mas... Ah, Raoul! Se o livro estiver falando a verdade, imagine só que divertido!'

"Também achei muita graça da ideia. Espalhamos a notícia entre nossos colegas e, ao meio-dia, fomos todos ao pátio. Pontual feito um relógio, Felicie apareceu com um toco de vela na mão. Acreditem se quiserem, senhores, mas ela começou a mordiscá-la com gosto. Nós ficamos em polvorosa e nos revezamos para perguntar solenemente: ‘A comida está boa, hein, Felicie?’. E ela respondia: ‘Ah, claro, é o *galette* mais delicioso que eu já provei’. Àquela altura, quase explodíamos de tanto rir. As risadas foram tão altas que Felicie despertou e se deu conta do que estava fazendo. Ela piscou os olhos, confusa; olhou para a vela e depois para nós. Então, passou a mão pela testa.

“‘O que estou fazendo aqui?’, murmurou.

“‘Está comendo vela’, gritamos em resposta.

“‘Fui *eu* que fiz você comer. Fui *eu*’, exclamou Annette, e então se pôs a dançar.

“Felicie olhou ao redor por um instante. Em seguida, caminhou lentamente em direção a Annette.

“‘Então foi você quem me fez de boba? Agora me lembro. Ah! Vou matar você por isso.’

“Ela falou bem baixinho, mas Annette correu para se esconder atrás de mim.

“‘Salve-me, Raoul! Estou com medo dela. Foi só uma brincadeira, Felicie. Não passa de uma brincadeira.’

“‘Não gosto desse tipo de brincadeira’, disse Felicie. ‘Deu para entender? Odeio vocês. Odeio todos vocês.’

“De repente, Felicie começou a chorar e saiu correndo.

“Acho que Annette ficou assustada com o resultado do experimento e não tentou repeti-lo. Contudo, daquele dia em diante, a influência dela sobre Felicie só aumentou.

“Hoje, creio que Felicie a odiava, mas, ao mesmo tempo, não conseguia viver sem ela — seguia Annette para tudo que é canto, como se fosse um cachorrinho.

“Pouco depois, senhores, arrumaram um emprego para mim e eu saí do abrigo, para onde só voltava em certas datas comemorativas. O desejo de Annette de se tornar dançarina não foi levado a sério. Mas, como desenvolveu uma bela voz, Miss Slater concordou que ela deveria estudar canto.

"Annette não dormia em serviço. Trabalhava com afinco, sem descanso. Miss Slater tinha que impedir que ela se esforçasse demais. Certa vez, falou de Annette comigo.

"'Você sempre gostou de Annette', disse ela. 'Convença-a a não trabalhar tanto. Ela tem tido uma tossezinha ultimamente e não estou gostando disso.'

"Em pouco tempo, o meu trabalho me levou para longe. A princípio, recebi uma ou outra carta de Annette, mas depois não tive notícias. Mais tarde, passei cinco anos no exterior.

"Por obra do acaso, quando voltei a Paris, me chamou a atenção um cartaz que anunciava Annette Ravelli e mostrava uma fotografia da moça. Eu a reconheci na mesma hora e, naquela noite, fui ao teatro em questão. Annette cantava em francês e em italiano e era maravilhosa no palco. Depois do espetáculo, fui ao camarim, e ela me recebeu de imediato.

"'Ora, Raoul!', exclamou, estendendo as mãos pálidas para mim. 'Que maravilha! Onde foi que você esteve todos esses anos?'

"Eu até poderia ter lhe contado, mas ela não parecia muito disposta a ouvir.

"'Viu só aonde eu cheguei?', disse Annette, apontando, com um gesto triunfante, para os buquês espalhados pelo camarim.

"'A boa Miss Slater deve estar orgulhosa do seu sucesso.'

"'Aquela velha? Longe disso. Ela queria que eu fosse para o Conservatório e me tornasse uma corista decorosa. Mas eu sou uma artista. É aqui, no teatro de variedades, que consigo me expressar de verdade.'

"Naquele momento, um belo homem de meia-idade surgiu. Era um sujeito muito distinto e, pela maneira como se comportava, logo vi que era o protetor de Annette. Ele me lançou um olhar de soslaio, e Annette explicou tudo.

"'É um amigo de infância. Ele veio a Paris, viu minha foto em um cartaz *et voilà*!'

"O homem mostrou-se, então, muito afável e cortês. Na minha frente, tirou uma pulseira de rubis e diamantes do bolso e a prendeu no pulso de Annette. Enquanto me levantava para ir embora, ela me lançou um olhar triunfante e sussurrou: 'Alcancei a fama, viu só? Tenho o mundo inteiro à minha frente'.

"Mas, assim que saí do camarim, eu a ouvi tossir. Era uma tosse seca e aguda. Sabia bem o que significava aquela tosse. Tratava-se da herança da mãe tísica.

"Dois anos mais tarde, encontrei-a de novo. Ela havia procurado Miss Slater em busca de refúgio, pois o estágio avançado da tuberculose tinha acabado com a carreira dela. Os médicos disseram que não havia mais nada a ser feito.

"Ah! Nunca vou me esquecer da imagem que vi aquele dia! Annette estava deitada em uma espécie de cabana no jardim. Passava noite e dia ao ar livre, mas, mesmo assim, as bochechas estavam fundas e vermelhas; e os olhos, brilhantes e febris. A tosse assolava o corpo dela.

"Ela me cumprimentou com um desespero que me deixou petrificado.

"'Que bom ver você, Raoul. Você sabe o que eles dizem, não é? Que nunca vou melhorar. Falam isso pelas minhas costas, naturalmente. Na minha frente, são gentis e consoladores. Mas não é verdade, Raoul, não é verdade! Não vou me dar ao luxo de morrer. Morrer? Com a vida inteira pela frente? É a vontade de viver que importa. São os melhores médicos que dizem isso. Não vou ser uma dessas criaturas fracas que se entregam. Só de pensar nisso já me sinto melhor, infinitamente melhor. Está me ouvindo?'

"Ela apoiou-se nos cotovelos para dar mais ênfase às palavras, mas logo caiu de costas, acometida por um acesso de tosse que sacudiu seu corpo fraco.

"'A tosse... não é nada', disse Annette, arfando. 'E as hemorragias não me assustam. Eu vou surpreender os médicos. É a vontade que conta. Lembre-se, Raoul: eu vou viver.'

"Foi doloroso, entendem? Doloroso.

"Naquele momento, Felicie Bault surgiu com uma bandeja, trazendo-lhe um copo de leite quente. Ela entregou o copo a Annette e a observou beber com uma expressão que não consegui decifrar. Pensei ter visto nela uma espécie de satisfação presunçosa.

"Annette também percebeu aquele olhar e jogou o copo com raiva, quebrando-o em mil pedaços.

"'Está vendo? Ela sempre me olha assim. Está feliz que eu vou morrer! Sim, está radiante com isso. Ela, que é tão forte e saudável... Olhe só para ela, aquela ali nunca passou um dia de cama! Mas de que adianta? Qual é a utilidade daquela boa carcaça?'

"Felicie se agachou e recolheu os cacos de vidro.

"'Não me importo com o que ela diz', cantarolou. 'Que peso essas palavras podem ter? Sou uma moça respeitável, sou mesmo. Já ela, por outro lado... em breve conhecerá as chamas do purgatório. Eu, sendo cristã, não direi coisa alguma.'

"'Você me odeia', gritou Annette. 'Sempre me odiou. Ah, mas se eu quiser, ainda tenho você na palma da mão. Se eu mandar, você se ajoelha diante de mim, aqui na grama.'

"'Não seja absurda', disse Felicie, inquieta.

"'Mas você vai me obedecer. Vai, sim. Para me agradar. Ajoelhe-se. Quem está pedindo sou eu, Annette. Ajoelhe-se, Felicie.'

"Quer tenha sido pelo tom suplicante ou por outro motivo mais secreto, Felicie obedeceu. Ajoelhou-se lentamente, de braços estendidos e o rosto impassível e inexpressivo.

"Annette jogou a cabeça para trás e começou a rir, uma gargalhada após a outra.

"'Olhe só para ela, que cara de panaca! Como pode ser tão ridícula? Pode se levantar agora, Felicie, muito obrigada! Não adianta fazer cara feia. Eu sou sua ama, você faz o que eu mando.'

"Ela se recostou nas almofadas, exausta. Felicie pegou a bandeja e se afastou lentamente. Virou-se uma só vez para espiar por cima do ombro, e o ressentimento que ardia em seu olhar me assustou.

"Quando Annette morreu, eu não estava por lá. Mas, ao que parece, foi horrível. Ela lutou até o último suspiro, tentou com todas as forças derrotar a morte. Não parava de dizer, arfando: 'Eu não vou morrer... estão me ouvindo? Eu não vou morrer. Vou viver... viver...'.

"Miss Slater me contou tudo isso quando fui visitá-la, seis meses mais tarde.

"'Meu pobre Raoul', disse ela com carinho. 'Você a amava, não?'

"'Sempre... eu sempre a amei. Mas que bem isso teria feito a ela? Não vamos falar disso. Ela morreu... ela, que era tão alegre, tão cheia de vida...'

"Miss Slater teve muita sensibilidade e logo tratou de mudar de assunto. Ela estava bem preocupada com Felicie, como me contou. A moça havia sofrido um tipo de colapso nervoso e vinha agindo de modo muito estranho desde então.

"'Sabia', comentou Miss Slater, depois de um breve momento de hesitação, 'que ela está aprendendo a tocar piano?'

"Não sabia e fiquei muito surpreso com a notícia. Felicie... aprendendo piano! Eu podia jurar que ela não conseguiria distinguir uma nota da outra.

"'Dizem que ela tem talento', prosseguiu Miss Slater. 'Não dá para entender. Eu sempre a considerei uma... bem, Raoul, você mesmo sabe disso. Ela sempre foi uma garota com dificuldades.' Eu concordei com a cabeça. 'Às vezes, ela se comporta de maneira tão estranha que não sei o que pensar.'

"Alguns minutos mais tarde, entrei na *salle de lecture*. Felicie estava sentada ao piano, tocando a ária que eu tinha ouvido Annette cantar em Paris. Como os senhores hão de entender, isso me perturbou. E então, assim que notou minha chegada, ela parou de repente e me lançou um olhar zombeteiro e inteligente. Por um instante, pensei... Bem, não vou contar o que pensei.

"'*Tiens!*', disse ela. 'Então é você... *Monsieur* Raoul.'

"Não consigo descrever a maneira como ela disse isso. Para Annette, sempre fui apenas Raoul. Mas, desde o nosso reencontro na vida adulta, Felicie sempre me chamou de *Monsieur* Raoul. Só que o modo como ela disse aquilo foi diferente naquele momento... como se o título *Monsieur*, com uma leve ênfase, tivesse algo de cômico.

"'Ora, Felicie', balbuciei. 'Você parece bem diferente hoje.'

"'É mesmo?', disse ela, reflexiva. 'Que estranho. Mas não seja tão solene, Raoul... sim, vou chamá-lo de Raoul de agora em diante. Afinal, não brincávamos juntos quando crianças? A vida era feita de risos, naquela época. Mas vamos falar da pobre Annette... que está morta e enterrada. Será que está no purgatório ou em outro lugar?'

"Depois, cantarolou o trecho de uma música — estava meio fora de tom, mas as palavras me chamaram a atenção.

"'Felicie!', gritei. 'Você fala italiano?'

"'Por que não, Raoul? Talvez eu não seja tão estúpida quanto pareça.' Ao ver a confusão em meu olhar, ela desatou a rir.

"'Eu não entendo...', comecei a dizer.

"'Mas vou lhe contar. Sou uma ótima atriz, embora ninguém suspeite. Posso representar muitos papéis... e interpretá-los muito bem.'

"Ela riu mais uma vez e saiu correndo da sala antes que eu pudesse impedi-la.

"Antes de ir embora, eu a vi novamente. Estava dormindo em uma poltrona e roncava bem alto. Parei para observá-la, fascinado e enojado ao mesmo tempo. De repente, ela acordou de sobressalto. Seus olhos, opacos e sem vida, encontraram os meus.

"'*Monsieur* Raoul', murmurou mecanicamente.

"'Sim, Felicie, estou de partida. Mas, antes disso, será que poderia tocar mais uma música para mim?'

"'Eu? Tocar? Está zombando de mim, *Monsieur* Raoul.'

"'Você não se lembra de ter tocado uma música para mim hoje de manhã?'

"Ela balançou a cabeça.

"'E eu por acaso toco? Como é que uma pobre coitada como eu saberia tocar piano?' Ela fez uma pausa, como se precisasse pensar, e então indicou que eu me aproximasse. '*Monsieur* Raoul, coisas estranhas acontecem nesta casa! Alguém está pregando peças e mudando até os ponteiros do relógio. Sim, sei muito bem o que estou dizendo. E é tudo coisa dela.'

"'De quem?'

"'Annette. Aquela maldita. Quando estava viva, só sabia me atormentar. Agora que está morta, volta para acabar com minha paz.'

"Olhei fixamente para Felicie e vi que estava apavorada; seus olhos arregalados pareciam ter saltado das órbitas.

"'Ela é má. É realmente má, acredite em mim. Conseguiria arrancar o pão de sua boca, o cobertor de suas costas, *a alma de seu corpo*...'

"Sem mais nem menos, Felicie agarrou meu braço.

"'Tenho medo, confesso... tenho medo. Ouço a voz dela, mas não nos ouvidos... eu ouço aqui, na minha cabeça', disse, dando um tapinha na testa. 'Ela quer me afastar... quer me levar para bem longe daqui. E então o que vou fazer? O que será de mim?'

"A voz saiu tão aguda que pensei que ela fosse gritar. Felicie tinha nos olhos o terror de um animal perseguido e ameaçado...

"De repente, ela sorriu: um sorriso agradável, cheio de astúcia, que me fez estremecer.

"'Se a situação chegar a esse ponto, *Monsieur* Raoul, eu usarei toda a força destas mãos... tenho mãos muito fortes.'

"Eu nunca tinha reparado nas mãos de Felicie. Naquele momento, olhei para elas e senti um arrepio da cabeça aos pés — foi mais forte que eu. Dedos atarracados e brutais e, como ela dissera, terrivelmente fortes. Não consigo explicar a náusea que me dominou. Foi com mãos como aquelas que o pai de Felicie estrangulara a mãe dela...

"Aquela foi a última vez que vi Felicie Bault. Logo depois, fui para a América do Sul, de onde voltei dois anos após sua morte. Li alguma coisa nos jornais a respeito da vida e da morte repentina de Felicie. Mas foi hoje à noite que eu soube de mais detalhes, graças aos senhores! Felicie 3 e Felicie 4, certo? Ela era uma ótima atriz, minha nossa!"

De repente, o trem começou a desacelerar. O desconhecido sentado no canto se endireitou e abotoou o sobretudo.

— Qual é sua teoria? — perguntou o advogado, inclinando-se para a frente.

— Mal posso acreditar... — começou a dizer o Cônego Parfitt, mas logo parou.

O médico ficou em silêncio. Limitou-se a olhar fixamente para Raoul Letardeau.

— "Conseguiria arrancar o cobertor de suas costas, a alma de seu corpo..." — disse o francês, repetindo as palavras de Felicie. Então, levantou-se do assento. — Eu disse a vocês, senhores, que a história de Felicie Bault é a história de Annette Ravel. Vocês não a conheceram, meus caros. Eu a conheci. *Ela era muito apegada à vida...*

Com a mão na porta, pronto para descer do trem, Raoul virou-se de repente e, curvando-se, deu um tapinha no peito do Cônego Parfitt.

— *Monsieur le docteur* falou ainda agora que tudo *isso* — disse ele, dando uma batidinha na barriga do cônego que o fez estremecer —, não passava de uma residência. Diga-me, caso o senhor encontrasse um ladrão em sua casa, o que faria? Atiraria nele, não?

— Não! — exclamou o cônego. — Não, de forma alguma... quer dizer... não neste país.

Contudo, as últimas palavras foram ouvidas apenas pelo vento. A porta do vagão já havia se fechado.

O clérigo, o advogado e o médico ficaram sozinhos. O quarto canto estava vago.

A cigana

Publicado originalmente na edição da obra *The Hound of Death* que saiu no Reino Unido pela Oldhams Press em 1933, disponível apenas coletando cupons de uma revista intitulada *The Passing Show*. Foi publicado pela primeira vez nos Estados Unidos em *The Golden Ball and Other Stories*, 1971. Foi adaptado para TV na série *The Agatha Christie Hour* em 1982.

Macfarlane já havia reparado que o amigo, Dickie Carpenter, tinha uma estranha aversão a ciganas. Nunca lhe perguntara a razão, mas, quando o noivado de Dickie com Esther Lawes acabou, os dois homens passaram a trocar mais confidências que o normal.

Fazia mais ou menos um ano que Macfarlane estava noivo da mais nova das duas irmãs Lawes, Rachel, e era amigo delas desde a infância. Cauteloso e ponderado em todos os aspectos, ele havia relutado, a princípio, em admitir que o rostinho infantil e os olhos castanhos e sérios de Rachel o atraíam. Rachel não era uma beldade como Esther, de forma alguma! Mas com certeza era mais doce e autêntica. Com o noivado de Dickie com a irmã mais velha, o vínculo entre os dois homens se fortaleceu ainda mais.

E agora, depois de algumas semanas, o noivado fora rompido e Dickie, o simples Dickie, mergulhou em crise. Até então, tudo em sua vida havia corrido bem. A escolha de alistar-se na Marinha tinha sido feliz, porque havia algo de viking nele, um quê de antigo e direto, um tipo de natureza que não permitia as sutilezas do pensamento. Havia nele um anseio instintivo pela vida no mar. Dickie pertencia àquela espécie taciturna de jovens ingleses que detestam todo tipo de emoção e acham particularmente difícil explicar linhas de raciocínio em palavras...

Macfarlane, um escocês sisudo cuja imaginação celta havia se escondido em algum lugar, escutava e fumava enquanto o amigo tentava fazer malabarismos com um mar de palavras. Ele sabia que um desabafo estava por vir, mas não esperava que Dickie seguisse por esse caminho. Para início de conversa, nem havia mencionado Esther Lawes. Falaria apenas, ao que parecia, da história de um medo de infância.

— O começo de tudo foi um sonho que eu tive quando pequeno. Não era exatamente um pesadelo. Ela... a cigana, quero dizer... infiltrava-se nos mais belos sonhos, ou pelo menos no conceito de belo sonho do ponto de vista de uma criança, como uma festa e muitos doces. Por mais que eu estivesse me divertindo a valer, a certa altura eu sentia, eu *sabia* que, se levantasse a cabeça, *ela* estaria ali, como sempre, me observando... Com olhos tristes, sabe? Como se soubesse de algo que eu não sabia. Não sei explicar por que aquela sensação me abalava tanto, mas, de fato, mexia muito comigo! Toda vez! Eu acordava aos berros, apavorado, e minha babá sempre dizia: "Pronto! O Senhorzinho Dickie sonhou com a cigana de novo!".

— Você tinha medo de ciganas de verdade?

— Só fui ver uma mais tarde. Foi um caso estranho também. Eu estava perseguindo meu filhote de cachorro que tinha escapado. Saí pela porta do jardim e corri por uma das trilhas da floresta. Nós morávamos em New Forest na época, como sabe. Na perseguição, cheguei a uma espécie de clareira, onde havia uma ponte de madeira que atravessava um riacho. Bem ao lado da ponte, havia uma cigana com um lenço vermelho na cabeça, igualzinho ao sonho. Olhei para ela apavorado e ela me encarou de volta, com aquela expressão que eu conhecia tão bem, como se soubesse de algo que eu não sabia e sentisse muito por aquilo... Depois, ela me saudou com um aceno de cabeça e disse, bem baixinho: "*Se eu fosse você, não seguiria por essa direção*". Não sei dizer por quê, mas morri de medo daquilo. Passei correndo por ela e fui para a ponte. Imagino que estivesse podre... Fato é que a construção cedeu e eu fui parar no riacho. A correnteza era forte e quase me afoguei. Aquilo nunca saiu da minha cabeça. E senti que tudo tinha a ver com a cigana...

— Mas ela não avisou para você não atravessar a ponte?

— Pode-se dizer que sim. — Dickie fez uma pausa e, depois, prosseguiu. — Eu não lhe contei do sonho por achar que tem relação com o que aconteceu depois. Acredito que não tenha, pelo menos. Mas o sonho é o ponto de partida. Agora você pode entender de onde vem minha aversão às ciganas e o medo que seus avisos me causam. Bem, vamos à primeira noite em que fui à casa dos Lawes. Eu tinha acabado de voltar da costa oeste e era estranho estar de volta à Inglaterra. Os Lawes eram velhos amigos da minha família. Eu não via as meninas desde mais ou menos os 7 anos de idade, mas o jovem Arthur era um grande amigo meu e, após a morte dele, Esther começou a me escrever. Que belas cartas ela escrevia! Aqueles textos tinham o poder de me animar como mais nada conseguia. Eu sempre quis ser um escritor mais experiente para poder respondê-la à altura e estava ansioso para revê-la. Era esquisito conhecer uma garota por carta, mas não de outra maneira. Pois bem: assim que cheguei em casa, fui direto aos Lawes. Quando cheguei por lá, Esther não estava, mas esperava-se que voltasse à noite. Eu me sentei ao lado de Rachel no jantar e, ao dar uma olhada pela grande mesa, tive a estranha sensação de estar sendo observado. Comecei a me sentir desconfortável, e foi então que eu vi...

— Viu quem...?

— Mrs. Haworth... espere, chegarei lá.

Macfarlane estava prestes a dizer: “Achei que você quisesse me falar de Esther Lawes”, mas se conteve.

Dickie prosseguiu:

— Ela era bem diferente dos outros. Estava sentada ao lado do velho Lawes e o escutava com toda a seriedade do mundo, de cabeça baixa. Em volta do pescoço, ela usava um lenço de tule vermelho. Devia estar rasgado, acho, mas a impressão que dava era a de haver duas línguas de fogo avolumando-se atrás da cabeça... Perguntei a Rachel: "Quem é aquela mulher ali? A morena... de lenço vermelho". "Está falando de Alistair Haworth? Ela está de lenço vermelho, sim. Mas é loira. *Bem* loira." E era mesmo. O cabelo dela era de um amarelo claro e brilhoso, mas eu poderia ter jurado que ela era morena. Que peças estranhas os olhos nos pregam, não é mesmo? Depois do jantar, Rachel nos apresentou e saímos para caminhar no jardim. Conversamos sobre reencarnação...

— Não é seu assunto favorito, certo, Dickie?

— Creio que não. Eu me lembro de ter dito que me parecia uma forma muito sensata de explicar a sensação que se tem ao ver certas pessoas pela primeira vez e desconfiar que já as viu antes. Ela disse: "Você se refere aos amantes...". Suas palavras tiveram um tom estranho: suave e ávido ao mesmo tempo. Elas me lembraram de alguma coisa, mas eu não sabia do quê. Depois de mais um tempo de conversa, o velho Lawes nos chamou lá do terraço para dizer que Esther tinha chegado e queria me ver. Mrs. Haworth pôs a mão no meu braço e falou: "Você vai entrar?". "Vou", respondi. "É melhor." E então... então...

— Então?

— Falando assim parece até ridículo, mas Mrs. Haworth disse: "Eu não entraria, se fosse você...". — Ele fez uma pausa. — Fiquei apavorado, sabe? Morri de medo. Por isso falei do sonho... ela disse aquilo do mesmo jeito: baixinho, como se soubesse de alguma coisa que eu não sabia. Não era apenas uma mulher bonita que queria continuar no jardim comigo. A voz dela misturava bondade e tristeza. Era quase como se soubesse o que estava por vir... Imagino que tenha sido um tanto grosseiro, mas acabei dando meia-volta e a deixei para trás. Por pouco não saio correndo para a casa. Senti que, lá dentro, estaria em segurança. Foi então que percebi que aquela mulher me suscitou medo desde o primeiro instante. Foi um baita alívio ver o velho Lawes. Esther estava ali, ao lado dele... — Ele hesitou por um momento e depois murmurou, meio envergonhado: — Não duvidei: assim que a vi, soube que estava apaixonado.

A mente de Macfarlane logo reproduziu a imagem de Esther Lawes. Certa vez, ele ouviu alguém a definir nos seguintes termos: "Um metro e oitenta de perfeição judaica". A descrição era perfeita. Ela era extraordinariamente alta e esguia, o rosto tinha uma brancura de mármore e o nariz delicado e adunco dividia dois esplêndidos olhos escuros. Não era de se admirar que Dickie, com toda a sua simplicidade juvenil, a tivesse achado irresistível. Era um tipo de beleza que não acelerava o pulso de Macfarlane, mas que sem dúvida merecia reconhecimento.

— E então — prosseguiu Dickie —, nós ficamos noivos.

— Imediatamente?

— Bem, mais ou menos uma semana depois. E, em mais quinze dias, ela descobriu que não me amava, no fim das contas...

Ele deu uma risada breve e amarga.

— Foi na noite antes de eu embarcar. Estava voltando da aldeia pela trilha da floresta quando, de repente, eu *a vi*... Mrs. Haworth, claro. Ela usava uma boina escocesa, e... Por um instante, meu coração parou! Já lhe contei do sonho, então você vai entender... Depois, caminhamos juntos um tempinho. Não dissemos nada que Esther não pudesse ter ouvido, sabe?

— Não? — Macfarlane olhou para o amigo com curiosidade. Estranho como as pessoas revelam coisas que elas próprias desconhecem!

— E então, quando já ia me virando para voltar para a casa, ela me parou e disse: "Você chegará em breve, mas, *se eu fosse você, não gostaria de chegar lá tão rápido...*". E foi assim que eu *soube* que algo de ruim estava à minha espera... e, de fato... assim que cheguei, Esther me procurou e disse que descobriu não me amar de verdade...

Macfarlane murmurou algo em solidariedade.

— E Mrs. Haworth? — perguntou.

— Nunca mais a vi... até hoje à noite.

— Hoje à noite?

— Sim. Na casa de saúde. Fui ver minha perna machucada, sabe? A que sofreu o acidente com o torpedo. Andava preocupado com isso, mas, segundo o médico, uma simples cirurgia já daria conta do problema. Então, quando fui embora, topei com uma garota que usava um suéter vermelho por cima do uniforme de enfermeira. "*Eu não faria essa cirurgia, se fosse você...*", disse ela. Foi então que percebi que era Mrs. Haworth, mas ela passou tão rápido por mim que não consegui detê-la. Encontrei outra enfermeira e lhe perguntei dela. Mas a moça me informou que não havia ninguém com aquele nome na clínica... Estranho...

— Tem certeza de que era ela?

— Ah, tenho! Veja bem, ela é uma mulher muito bonita... — Ele fez uma pausa e, então, acrescentou: — Claro que vou fazer a cirurgia. Mas... se minha hora *de fato* chegar...

— Absurdo!

— Sei que é absurdo. Mas, mesmo assim, estou feliz de ter lhe contado toda essa história da cigana... E tenho a sensação de que há mais. Se eu conseguisse me lembrar...

Macfarlane percorreu a estrada íngreme que serpenteava pela encosta da colina. Quando chegou à casa que ficava quase no topo, contraiu a mandíbula e tocou a campainha.

— Mrs. Haworth está?

— Sim, senhor. Vou avisá-la. — A criada o deixou esperando em um cômodo comprido de teto baixo, cujas janelas davam para a paisagem desolada da charneca. Ele franziu a testa de leve. Será que estava fazendo o maior papel de bobo da história?

Então, tomou um susto. Lá de cima, alguém cantava:

A cigana
Vive na colina...

A voz se interrompeu e, enquanto o coração de Macfarlane disparava, a porta se abriu.

A beleza estonteante, quase escandinava, foi um choque. Apesar da descrição de Dickie, ele ainda a imaginava como uma cigana de cabelos pretos... De repente, Macfarlane lembrou-se das palavras de Dickie e do tom curioso com que as dissera: "Veja bem: ela é uma mulher muito bonita...". A beleza perfeita e indiscutível é rara, mas era exatamente isso que Alistair Haworth tinha.

Macfarlane se recompôs e seguiu na direção dela.

— Receio que a senhora não faça ideia de quem eu sou. Consegui seu endereço por meio dos Lawes. Mas... sou amigo de Dickie Carpenter.

Por alguns instantes, ela o observou de perto. Em seguida, disse:

— Eu estava de saída, para dar uma volta pela charneca. Gostaria de me acompanhar?

Ela abriu a porta francesa e saiu em direção à encosta. Ele a seguiu. Do lado de fora, um homem corpulento e de aparência um tanto estúpida estava sentado em uma cadeira de vime e fumava.

— Meu marido! Vamos dar uma volta, Maurice. Depois, Mr. Macfarlane vai voltar para almoçar conosco. Você vai, não?

— Fico muito agradecido.

Ele a seguiu colina acima e pensou: *Por quê? Por que raios ela se casou com* aquilo*?*

Alistair caminhou até um grupo de rochas.

— Vamos nos sentar aqui. E você vai me dizer o que veio falar comigo.

— A senhora já sabia?

— Sempre sei quando coisas ruins estão para acontecer. Você veio até aqui para me dar uma má notícia, não foi? A respeito de Dickie?

— Ele passou por uma pequena cirurgia. O procedimento foi um sucesso, mas o coração dele devia estar fraco. Acabou morrendo por conta da anestesia.

Macfarlane não sabia o que esperava ver no rosto dela... mas não passara por sua cabeça encontrar aquele semblante de extremo cansaço. Ele a ouviu murmurar:

— Esperar de novo... tanto tempo... tanto tempo... — Então, levantou a cabeça e disse: — Sim, você ia acrescentar mais alguma coisa?

— Era só isso. Alguém o avisou que seria melhor não operar. Uma enfermeira. Ele achou que fosse a senhora. Foi?

Ela balançou a cabeça.

— Não, não fui eu. Mas tenho uma prima que é enfermeira. Na penumbra, é bem parecida comigo. Me arrisco a dizer que foi isso. — Ela o olhou novamente. — Mas não importa, certo? — Então, sem mais nem menos, arregalou os olhos e prendeu a respiração. — Ah! Que graça! Você não entendeu...

Macfarlane estava intrigado. Ela não parava de encará-lo.

— Achei que tivesse entendido... *deveria* entender. Está com cara de quem entendeu...

— Entendi o quê?

— O dom, ou maldição, pode chamar como quiser. Acho que você tem. Olhe para aquele buraco nas rochas, olhe bem. Não pense em nada, apenas olhe... Ah! — exclamou ela ao notar o leve sobressalto de Macfarlane. — E aí... viu alguma coisa?

— Deve ter sido imaginação. Por um segundo, vi o buraco cheio de sangue!

Ela fez que sim.

— Eu sabia que você tinha. Esse é o lugar onde os antigos adoradores do sol sacrificavam suas vítimas. Já sabia disso antes de me contarem. E há momentos em que consigo sentir o que eles sentiam, quase como se tivesse estado lá pessoalmente... Há alguma coisa por aqui que me faz sentir como se estivesse voltando para casa... Mas é natural que eu tenha o dom, é claro. Sou uma Ferguesson. É comum na família. Minha mãe era médium até meu pai se casar com ela. Ela se chamava Cristine e era bastante famosa.

— Por "dom" a senhora quer dizer a capacidade de ver as coisas antes de acontecerem?

— Isso. Mas também serve para o passado... dá no mesmo. Eu vi, por exemplo, você se perguntando por que me casei com Maurice... Vi, sim, não adianta negar! Bem, me casei porque sempre soube que um perigo terrível paira sobre ele e queria salvá-lo... Assim são as mulheres. Com meu dom, devo conseguir evitar essa tragédia... se é que é possível... Mas não pude ajudar Dickie. E Dickie não entendia, sentia medo. Era muito jovem.

— Tinha 22 anos.

— Eu tenho 30. Mas não foi isso que quis dizer. Existem muitas formas de dividir as pessoas: por altura, comprimento, largura... Mas ser dividido pelo tempo é a pior de todas. — Ela caiu em um silêncio taciturno.

O repique baixo de um gongo os despertou de seus pensamentos.

Macfarlane observou Maurice Haworth durante o almoço. Não havia dúvidas de que era perdidamente apaixonado pela esposa. Dava para notar em seu olhar o apego e a devoção de um cachorrinho. Macfarlane percebeu também a reação da mulher, o carinho com que o tratava, quase como se fosse seu filho. Terminada a refeição, o visitante preparou-se para sair.

— Vou passar um ou dois dias hospedado na pousada. Posso visitá-la mais uma vez? Quem sabe amanhã?

— É claro. Mas...

— Mas o quê?

Ela esfregou os olhos rapidamente.

— Não sei. Eu... sinto que não devemos nos encontrar de novo, só isso... Boa noite.

Macfarlane foi descendo a rua devagar. Uma mão gelada parecia esmagar seu coração... era mais forte do que ele. Nada a ver com as palavras dela, é claro, mas...

Um veículo dobrou a esquina em alta velocidade. Ele se espremeu contra a sebe, bem na hora. Seu rosto empalideceu de medo.

Ao acordar na manhã seguinte, Macfarlane disse em voz baixa:

— Deus do céu, meus nervos estão em frangalhos.

Ele tentou examinar com imparcialidade os acontecimentos da tarde anterior: o veículo, o atalho para a pousada e a neblina que havia descido sem mais nem menos, fazendo com que ele se perdesse perto de um pântano perigoso. Mais tarde, o pedaço de chaminé que havia tombado do telhado da pousada e o cheiro de queimado que o acordara durante a noite — vindo das cinzas que haviam caído no tapete em frente à lareira. Mas não era nada! Nada de extraordinário, a não ser pelas palavras de Mrs. Haworth. Lá no fundo, Macfarlane tinha certeza de que ela *sabia*...

Ele pulou da cama com uma energia repentina. Precisava ir logo visitá-la. Aquilo quebraria o feitiço. Quer dizer, *se ele chegasse à casa dela são e salvo*... Meu Deus, como era tolo!

Mal conseguiu tocar no café da manhã. Às dez horas, já estava a caminho. Às 10h30, tocou a campainha. Só então se permitiu um longo suspiro de alívio.

— Mrs. Haworth está?

Era a mesma senhora que havia aberto a porta para ele no dia anterior. Mas o rosto dela estava diferente: marcado pela dor.

— Ah, senhor! Não ficou sabendo?

— Sabendo do quê?

— Dona Alistair, a pobrezinha. Ela tomava um tônico toda noite. O capitão está fora de si, coitado, está à beira do colapso. No escuro, ele acabou tirando o frasco errado da prateleira... Chegaram a chamar o médico, mas já era tarde demais.

Na mesma hora, Macfarlane lembrou-se das palavras dela: "Sempre soube que um perigo terrível paira sobre ele e queria salvá-lo. Com meu dom, devo conseguir evitar essa tragédia... se é que é possível...". Ah! Não era possível desafiar o destino. Estranha fatalidade de um dom que trouxera destruição onde tentava buscar salvação.

A velha criada prosseguiu:

— Pobrezinha! Tão meiga e gentil, tão preocupada em aliviar a dor de quem sofria. Não suportava ver alguém em apuros. — Ela hesitou e, depois, acrescentou: — O senhor gostaria de subir para vê-la? Pelo que ela me disse, acredito que o senhor a conhecesse há muito tempo. Há muito tempo *mesmo*...

Macfarlane seguiu a senhora escada acima e foi parar no quarto que ficava acima da sala de estar — foi ali que, no dia anterior, ele tinha ouvido alguém cantar. Havia um vitral no topo das janelas que projetava uma luz vermelha sobre a cabeceira da cama... *Uma cigana com um lenço vermelho na cabeça*... Bobagem. Os nervos estavam lhe pregando peças de novo. Ele deu uma última olhada demorada em Alistair Haworth.

— Uma moça deseja vê-lo, senhor.

— Hein? — Macfarlane lançou um olhar distraído para a dona da pousada. — Ah! Peço desculpas, Mrs. Rowse, ando vendo fantasmas.

— É mesmo, senhor? Coisas estranhas são vistas por essas bandas durante a noite. Temos a mulher de branco, o ferreiro do diabo, o marinheiro e a cigana...

— Como é que é? Um marinheiro e uma cigana?

— É o que dizem, senhor. Quando eu era moça, só se falava disso. Eles tiveram azar no amor antigamente... Mas já faz tempo que não saem por aí.

— Não? Eu me pergunto se, talvez, eles voltem a aparecer...

— Ah, senhor! O que está dizendo? E a moça?

— Que moça?

— A moça que veio ver o senhor. Está esperando na recepção. Apresentou-se como Miss Lawes.

— Ah!

Rachel! De repente, sentiu uma estranha contração, uma mudança de perspectiva. Havia se perdido em devaneios de outro mundo e se esquecido de Rachel, pois Rachel só pertencia a essa vida... Mais uma vez, aquela estranha mudança de perspectiva, o retorno a um mundo de apenas três dimensões.

Ao abrir a porta da recepção, viu Rachel e seus olhos castanhos sinceros. Sem mais nem menos, como um homem que acorda de um sonho, Macfarlane foi atingido por um agradável choque de realidade. Ele estava vivo... vivo! E pensou: *Só existe uma vida da qual podemos ter certeza! Esta aqui!*

— Rachel! — exclamou ele e, levantando o queixo dela, beijou-a nos lábios.

A lâmpada

Publicado originalmente na edição da obra *The Hound of Death* que saiu no Reino Unido pela Oldhams Press em 1933, disponível apenas coletando cupons de uma revista intitulada *The Passing Show*. Foi publicado pela primeira vez nos Estados Unidos na coletânea *The Golden Ball and Other Stories*, 1971.

Era, sem dúvida, uma casa antiga. A praça inteira era antiga e tinha aquele ar desdenhoso que às vezes se encontra nas cidades empoleiradas em torno de uma catedral. A casa número 19, porém, dava a impressão de ser a mais antiga de todas, envolta em uma solenidade patriarcal. Era a mais cinza, a mais altiva, a mais fria. Austera, ameaçadora e marcada por uma desolação típica das casas desabitadas há muito tempo, aquela residência reinava suprema sobre todas as demais.

Em qualquer outra cidade, teria ganhado a fama de mal-assombrada, mas a população de Weyminster era avessa a fantasmas e não os considerava respeitáveis, a menos que fossem uma herança de famílias nobres. Por isso, ninguém nunca se referia à casa número 19 como "mal-assombrada"; no entanto, ano após ano, seguia disponível para venda ou aluguel.

Mrs. Lancaster olhava para a casa com ar de aprovação enquanto o corretor tagarela, feliz com a possibilidade de se ver livre da residência de número 19, abria a porta e enchia a cliente de informações e comentários elogiosos.

— Há quanto tempo a casa está vazia? — interrompeu Mrs. Lancaster, pondo fim àquele dilúvio verbal.

Mr. Raddish (da Raddish e Flopow) ficou um tanto confuso.

— É… hum… faz um tempinho — respondeu ele.

— Foi o que pensei — disse Mrs. Lancaster em tom seco.

Fazia um frio desconfortável no corredor mal-iluminado. Uma mulher mais imaginativa teria estremecido da cabeça aos pés, mas aquela era uma mulher, sem dúvida, bem prática. Era alta, com uma cabeleira castanho-escura salpicada de cinza e olhos azuis bastante frios.

Ela inspecionou a casa toda, do sótão ao porão, e, de tempos em tempos, fazia perguntas pertinentes. Terminada a vistoria, voltou a um dos cômodos da frente, que davam para a praça, e lançou um olhar resoluto ao corretor.

— Qual é o problema desta casa?

Mr. Raddish foi pego de surpresa.

— Uma casa sem mobília é sempre um tanto melancólica — comentou ele em voz baixa, na defensiva.

— Bobagem — rebateu Mrs. Lancaster. — O valor do aluguel é ínfimo para um lugar como este. Puramente simbólico. Deve haver algum motivo. Imagino que a casa seja mal-assombrada, não?

Mr. Raddish levou um susto, mas não disse coisa alguma.

Mrs. Lancaster o encarou com atenção. Depois de alguns instantes, voltou a falar.

— É claro que não acredito em fantasmas e bobagens desse tipo, então, isso não vai me impedir de ficar com a casa. Só que os criados, infelizmente, são muito ingênuos e se assustam com facilidade. É por isso que estou pedindo ao senhor a gentileza de me explicar exatamente o que... que coisa assombra este lugar.

— Eu... hum... não sei mesmo — balbuciou o corretor.

— Tenho certeza de que o senhor deve saber — disse ela com toda a calma. — Não posso alugar a casa sem saber. O que foi que aconteceu por aqui? Um assassinato?

— Ah, não! — protestou Mr. Raddish, em choque só de imaginar que algo tão ultrajante pudesse acontecer em uma praça tão respeitável. — É... é só uma criança.

— Uma criança?

— Isso mesmo. Não conheço a história a fundo — disse ele, relutante. — Além disso, é claro, há diversas versões, mas creio que um homem chamado Williams alugou esta casa cerca de trinta anos atrás. Nada se sabia dele: não tinha criados nem amigos, e quase não saía durante o dia. Mas ele tinha um filho, um garotinho. Depois de dois meses na casa, o homem foi para Londres, mas, assim que pôs os pés na metrópole, foi logo reconhecido como um "procurado" pela polícia. Não sei exatamente de que foi acusado. Mas deve ter sido algo grave, porque, em vez de se entregar, o homem se matou com um tiro. Enquanto isso, o menino seguiu morando aqui, sozinho. Ainda lhe restava um pouco de comida e ele passou dia após dia à espera da volta do pai. Infelizmente, o sujeito havia ordenado ao filho que ele não poderia, sob hipótese alguma, sair de casa ou falar com estranhos. Era uma criaturinha fraca e debilitada, e nem sonhava em desobedecer à ordem. À noite, os vizinhos, que não sabiam da ausência do pai, ouviam-no chorar de soluçar na terrível solidão da casa vazia.

Mr. Raddish fez uma pausa.

— E... hum... o menino acabou morrendo de fome — concluiu, no mesmo tom de quem anuncia que começou a chover.

— E é o fantasma do menino que todos imaginam assombrar a casa? — perguntou Mrs. Lancaster.

— Não é nada de mais, acredite em mim. — Mr. Raddish apressou-se em assegurá-la. — Ninguém nunca *viu* nada. É ridículo, claro, mas as pessoas apenas afirmam ouvir... o choro... da criança, entende?

Mrs. Lancaster dirigiu-se à porta da frente.

— Gostei muito da casa — comentou. — Por esse preço, não encontrarei algo tão bom. Vou pensar no assunto e volto a falar com o senhor.

— É bem aconchegante, não é, papai?

Mrs. Lancaster olhava para a nova residência com aprovação. Tapetes alegres, mobília bem-polida e um monte de bugigangas haviam revolucionado o aspecto deprimente da casa de número 19.

O homem com quem falava era um senhor já de idade, magro e de ombros curvados, com semblante delicado e misterioso. Mr. Winburn não se parecia nem um pouco com a filha. Na verdade, era impossível imaginar contraste maior do que o oferecido pela praticidade resoluta de uma e pela abstração sonhadora do outro.

— É mesmo — respondeu ele com um sorriso —, ninguém sonharia que é uma casa mal-assombrada.

— Papai, deixe de besteira! É nosso primeiro dia aqui.

Mr. Winburn abriu um sorriso.

— Tudo bem, minha querida, vamos agir como se os fantasmas não existissem.

— E, por favor — continuou Mrs. Lancaster —, não diga uma palavra na frente de Geoff. Ele tem imaginação fértil.

Geoff era o filhinho de Mrs. Lancaster. A família era composta por Mr. Winburn, a filha viúva e Geoffrey.

A chuva começara a bater contra a janela: *tec-tec*, *tec-tec*.

— Ouça com atenção — disse Mr. Winburn. — Não parecem passinhos?

— Eu diria que está mais para chuva — respondeu Mrs. Lancaster com um sorriso.

— Mas isso, *isso* é o barulho de passos — exclamou o pai, curvando-se para ouvir direito.

Mrs. Lancaster riu com vontade.

— É só Geoff descendo a escada.

Até Mr. Winburn desatou a rir. Estavam tomando chá no salão e ele estava de costas para a escada. Em seguida, virou a cadeira em que estava sentado de frente para os degraus.

O jovem Geoffrey estava descendo, devagar e sem pressa, fascinado e intimidado pela nova casa. A escada era de carvalho polido, sem carpete. O menino atravessou o corredor e parou ao lado da mãe. Mr. Winburn levou um susto, pois tinha ouvido nitidamente outro par de pés na escada, como se alguém estivesse seguindo o neto. Eram passos arrastados, estranhamente sofridos. Em seguida, deu de ombros, incrédulo. *A chuva, sem dúvida*, pensou com seus botões.

— Estou de olho naquele pão-de-ló — comentou Geoff com o ar digno e distante de quem aponta um fato interessantíssimo.

A mãe entendeu o recado e tratou de atender ao pedido.

— Então, filho, o que está achando da casa nova? — perguntou ela.

— Estou gostando muito — respondeu Geoffrey de boca cheia. — Muito, muito, muito, muitíssimo. — Após a última afirmação, sinal bem claro de satisfação máxima, o menino ficou em silêncio, ansioso para devorar o pão-de-ló o mais depressa possível.

Depois de comer a última migalha, ele voltou a falar.

— Ah! Mamãe, Jane disse que há um sótão aqui, posso explorá-lo? Deve haver uma porta secreta. Jane diz que não, mas eu acho que sim. De qualquer maneira, eu sei que existem *canos*, *canos d'água* — disse ele, felicíssimo. — Posso brincar com eles? Ah! E a caldeira? Posso ver a *cal-dei-raaa-aa*? — O menino pronunciou a última palavra com tanto êxtase que o avô sentiu vergonha de não compartilhar do entusiasmo pueril do neto. Tudo o que ele via era água quente que, na verdade, não era nem um pouco quente, e uma pilha de contas a serem pagas ao encanador.

— Amanhã iremos ao sótão, meu bem — disse Mrs. Lancaster. — Por que você não faz uma bela casa ou uma locomotiva com seus blocos de brinquedo?

— Não quero construir uma *cassa*.

— *Casa*.

— Nem casa nem locomotiva.

— Que tal construir uma caldeira? — sugeriu o avô.

Geoffrey ficou radiante.

— Com canos?

— Isso, com vários canos.

Geoffrey correu para pegar os bloquinhos, feliz da vida.

Não parava de chover. Mr. Winburn estava escutando com atenção. Sim, o som que ele ouvira devia ter sido da chuva, mas que parecia o som de passos, parecia.

Naquela noite, teve um sonho estranho.

Sonhou caminhar por uma cidade. Parecia grande, mas era povoada inteiramente por crianças: não havia adultos, apenas crianças, e aos milhares. No sonho, elas viram um homem desconhecido, correram até ele e gritaram: "O senhor o trouxe?". O sujeito parecia ter entendido de quem as crianças estavam falando, porque balançou a cabeça em negativa, com o semblante triste. Diante daquela resposta, as crianças fugiram e começaram a chorar amargamente.

A cidade e as crianças desapareceram e ele acordou na cama, mas os soluços continuaram a ecoar em seus ouvidos. Embora já estivesse bem desperto, ainda ouvia aquele som com muita clareza. Então, lembrou-se de que Geoffrey dormia no andar de baixo, enquanto o choro vinha de cima. Ele se sentou e acendeu um fósforo. Os soluços cessaram no mesmo instante.

Mr. Winburn não contou à filha sobre o sonho nem sobre o que ouvira depois, mas estava convencido de que a imaginação não havia lhe pregado uma peça; na verdade, não demorou para o fenômeno se repetir em plena luz do dia. O vento assobiava pela chaminé, mas *aquele* som era diferente, inconfundível; pequenos soluços desesperados.

Como logo veio a descobrir, ele não era o único a ouvi-los. A empregada dissera à copeira que "a babá não devia estar tratando bem o patrãozinho", pois tinha ouvido a criança chorar de soluçar naquela manhã mesmo. Mas Geoffrey havia descido para tomar o café da manhã e almoçar radiante de alegria; e Mr. Winburn sabia que não era o neto quem andava chorando, mas a outra criança, cujos passinhos arrastados o haviam assustado mais de uma vez.

Mrs. Lancaster era a única que não ouvia. Talvez sua audição não fosse tão aguçada a ponto de captar sons de outro mundo.

No entanto, um belo dia, ela também teve uma surpresa.

— Mamãe — disse Geoff, melancólico. — Queria tanto que a senhora me deixasse brincar com aquele menininho...

Mrs. Lancaster olhou da escrivaninha para o filho e sorriu.

— Que menininho, querido?

— Não sei o nome dele. Estava sentado lá no chão do sótão, chorando, mas saiu correndo assim que me viu. Imagino que seja *tímido* — comentou, com um leve tom de desdém —, não é um menino *crescido*. Então, quando comecei a brincar com os bloquinhos no quarto, eu o vi de novo, me vigiando da porta. Ele parecia tristíssimo e acho que queria brincar comigo. Então eu disse: "Vem montar uma locomotiva comigo", mas o menininho não disse nada, só me olhou como se... como se estivesse vendo um monte de chocolates e a mãe lhe dissesse que não podia comer. — Geoff suspirou; evidentemente, também tinha lembranças similares. — Mas, quando perguntei a Jane quem era o menininho e disse que queria brincar com ele, ela respondeu que não havia menininho algum na casa e que eu não deveria contar mentiras. Não gosto mais de Jane, nem um pouquinho.

Mrs. Lancaster se levantou.

— Jane tem razão. Não existe menininho algum.

— Mas eu o vi. Ah, mamãe, me deixe brincar com ele! Parecia tão triste e sozinho... Quero muito animá-lo.

Mrs. Lancaster estava prestes a responder, mas o pai balançou a cabeça.

— Geoff — disse ele, com muito carinho —, o pobrezinho está *mesmo* sozinho, e talvez você possa fazer algo para ajudá-lo, mas precisa encontrar o caminho por conta própria. Como se fosse um quebra-cabeça, entende?

— Tenho que descobrir por conta própria porque estou ficando *grande*, não é?

— Isso, porque está ficando grande.

Quando o menino se retirou, Mrs. Lancaster voltou-se para o pai, sem a menor paciência.

— Papai, que absurdo! Logo o senhor, encorajando o menino a acreditar na conversa fiada das criadas!

— Nenhuma criada disse algo a ele — respondeu o senhor com delicadeza. — Ele viu o que eu *ouvi*, o que eu talvez pudesse ter visto se tivesse a idade dele.

— Mas isso é uma bobagem! Por que eu não vejo nem ouço nada?

Mr. Winburn sorriu, um sorriso curiosamente cansado, mas ficou em silêncio.

— Por quê? — insistiu a filha. — E por que o senhor lhe disse que ele poderia ajudar a... essa criatura? É... é impossível.

O senhor lhe lançou um olhar pensativo.

— Por que é impossível? — questionou. — Lembre-se das seguintes palavras:

Que Lâmpada tem o Destino para guiar
Seus filhinhos perdidos na Escuridão?
"Um sexto sentido", respondeu o Céu.

— É isso que Geoffrey tem: intuição, como todas as crianças. Só quando crescemos que a perdemos. Às vezes, durante a velhice, conseguimos recuperar um pouco dessa habilidade, mas é na infância que a Lâmpada brilha mais forte. É por isso que acho que Geoffrey pode ajudar.

— Não consigo entender — murmurou Mrs. Lancaster, sem forças.

— Nem eu, mas aquela... aquela criança está em apuros e quer... ser libertada. Como se faz isso? Não sei, mas... é horrível pensar nisso, não passa de uma *criança*, e chorando daquele jeito, desesperada...

***

Um mês depois daquela conversa, Geoffrey ficou muito doente. O vento do leste soprava forte e o menino tinha uma saúde frágil. O médico balançou a cabeça e disse que era grave. A sós com Mr. Winburn, foi ainda mais explícito, admitindo ser um caso perdido.

— Ele não teria vivido muito, sob hipótese alguma — acrescentou. — Os pulmões já não funcionavam bem há muito tempo.

Foi quando cuidava de Geoff que Mrs. Lancaster sentiu a presença da outra criança pela primeira vez. A princípio, os soluços pareciam se fundir ao vento; depois, pouco a pouco, foram se tornando mais distintos, inconfundíveis. Por fim, passou a ouvi-los em momentos de silêncio absoluto: soluços de criança... abafados, desesperados e desolados.

À medida que Geoff piorava, falava cada vez mais do "menininho".

— Quero ajudá-lo a ir embora, quero, sim! — gritava.

Após o delírio, veio uma fase letárgica. Geoffrey ficava imóvel na cama e mal respirava, mergulhado em um estado de apatia. Não havia o que fazer, a não ser esperar. Então, veio uma noite calma e de céu limpo, sem nenhum sinal de brisa.

De repente, a criança estremeceu, abriu os olhos e olhou para a porta aberta atrás da mãe. Ele tentou falar e, agachando-se ao lado do filho, Mrs. Lancaster ouviu as palavras sussurradas de Geoff.

— Está bem, estou indo — disse ele, e então sua cabeça afundou no travesseiro.

A mãe cruzou o quarto, apavorada, e foi atrás de Mr. Winburn. Em algum lugar ao redor deles, a outra criança ria. Uma risada alegre, satisfeita e triunfante ecoava entre as paredes.

— Estou com medo, estou com muito medo — grunhiu a mãe.

Mr. Winburn passou o braço ao redor dos ombros dela para protegê-la. Uma súbita rajada de vento os assustou, mas logo foi embora. Assim, o silêncio voltou a reinar na casa.

A risada havia cessado e, em seu lugar, veio um ruído fraco, tão fraco que mal dava para ouvi-lo. Contudo, o som foi ficando mais e mais audível, até que os dois conseguiram entender do que se tratava. Eram passos... passos leves, que se afastavam rapidamente.

Tec-tec, *tec-tec*, faziam aqueles pezinhos, tão familiares, enquanto corriam, vacilantes. Então, de repente, *outros* passos se juntaram para lhe fazer companhia, passos mais leves e apressados.

De comum acordo, pai e filha correram até a porta.

Tec-tec, *tec-tec*, e lá se iam os pezinhos invisíveis das duas crianças, *juntas*.

Mrs. Lancaster levantou a cabeça, aterrorizada.

— Agora são dois... *dois*!

Pálida de medo, olhou para a caminha que ficava no canto, mas Mr. Winburn gentilmente a convidou a olhar na direção oposta.

— Ali — foi tudo que ele disse.

Tec-tec, *tec-tec*... cada vez mais fraco e distante.

E então... silêncio.

O rádio

Publicado originalmente na edição da obra *The Hound of Death* que saiu no Reino Unido pela Oldhams Press em 1933, disponível apenas coletando cupons de uma revista intitulada *The Passing Show*. Posteriormente publicado nos Estados Unidos pela Collins em *The Witness for the Prosecution and Other Stories* em 1948, com o título “Where There’s a Will”.

— Acima de tudo, evite preocupações e emoções repentinas — disse o Dr. Meynell no tom tranquilizador típico de sua profissão.

Como muitas vezes acontece com quem é submetido a tais palavras reconfortantes, mas sem significado algum, Mrs. Harter ficou mais hesitante que aliviada.

— Há uma certa fraqueza no coração — prosseguiu o médico, com desenvoltura —, mas nada com que precise se preocupar. Eu lhe garanto. — E acrescentou: — Ainda assim, talvez seja interessante instalar um elevador. Que tal?

Mrs. Harter parecia preocupada.

O Dr. Meynell, por outro lado, estava satisfeito com a própria sugestão. A razão pela qual gostava mais de atender pacientes ricos que pobres era que podia dar asas à imaginação ao prescrever tratamentos para as enfermidades.

— Isso mesmo, um elevador — repetiu o médico, esforçando-se para pensar em algo ainda mais ousado, sem sucesso. — Assim, será possível evitar esforços desnecessários. Caso o tempo esteja bom, a senhora pode fazer caminhadas em áreas planas, mas evite subir ladeiras. E, acima de tudo — concluiu alegremente —, distraia-se. Não fique remoendo seus problemas de saúde.

Com Charles Ridgeway, o sobrinho da senhora, o médico foi ligeiramente mais explícito.

— Não me entenda mal. Sua tia ainda pode viver muitos anos, e provavelmente viverá. Por outro lado, qualquer choque ou esforço excessivo podem levá-la embora assim, em um piscar de olhos! — disse ele, e então estalou os dedos para enfatizar o argumento. — Ela precisa levar uma vida bem tranquila. Sem se esforçar ou se cansar demais. Mas, é claro, não aconselho que a deixe ociosa em casa, só pensando na vida. Ela precisa se manter distraída e de bom humor.

— Distraída — repetiu Charles Ridgeway, pensativo.

Charles era um rapaz atencioso. Além disso, era um jovem que não hesitava em ir atrás dos próprios interesses sempre que possível.

Naquela noite, propôs a instalação de um rádio.

Mrs. Harter, já bastante aborrecida com a ideia do elevador, não quis nem saber daquilo, a princípio. Mas Charles foi persuasivo.

— Não sei se me interesso por essas modernidades — disse Mrs. Harter, angustiada. — Além disso, as ondas... as ondas elétricas. Podem me fazer mal.

Com nobre superioridade, Charles deixou claro que aquela era uma opinião ridícula.

Talvez Mrs. Harter não entendesse do assunto, mas tinha um forte apego às próprias convicções e não se dava por vencida.

— Toda aquela eletricidade... — murmurou, receosa. — Diga o que quiser, Charles, mas a eletricidade *afeta* algumas pessoas. Eu sempre sinto uma dor de cabeça terrível antes de qualquer tempestade. Sei que estou certa.

E, ao dizer isso, Mrs. Harter assentiu com a cabeça, triunfante.

Mas Charles era um rapaz paciente. Também não largava o osso.

— Tia Mary, querida — disse ele —, deixe-me esclarecer a questão para a senhora.

Ele era uma autoridade no assunto e, mais do que esclarecer, deu-lhe uma aula. Falou de válvulas de emissão, de alta e baixa frequência, de amplificação e de capacitores.

Afogada em um mar de palavras que não compreendia, Mrs. Harter acabou se rendendo.

— Tudo bem, Charles. Se você realmente acha...

— Tia Mary, querida — disse Charles, entusiasmado. — É disso que a senhora precisa. O rádio será útil para distraí-la e evitar que fique se lamentando pelos cantos.

O elevador que o Dr. Meynell havia prescrito foi instalado pouco depois, e a angústia de todo o processo quase foi responsável pela morte da paciente. Assim como muitas senhoras de idade, Mrs. Harter não gostava da presença de desconhecidos em casa. Suspeitava que todos aqueles homens quisessem roubar a prataria.

Depois do elevador, veio o rádio. Mrs. Harter encarou o que, para ela, não passava de um objeto repulsivo: uma caixa enorme e deselegante, cheia de botões.

Foi necessário todo o entusiasmo de Charles para reconciliá-la com o aparelho.

Como já estava bem familiarizado com o funcionamento, Charles acionou alguns botões e explicou à tia como mexer no rádio.

Sentada em sua cadeira de espaldar alto, Mrs. Harter ouviu a explicação do sobrinho com paciência e educação, mas ainda estava convencida de que todas aquelas novidades seriam um incômodo.

— Ouça, Tia Mary, essa transmissão vem de Berlim, não é incrível? A senhora consegue ouvir o locutor?

— Só ouço chiados e estalos — retrucou Mrs. Harter.

Charles seguiu girando os botões.

— Bruxelas — anunciou com entusiasmo.

— É mesmo? — disse Mrs. Harter, sem um pingo de interesse.

Charles girou os botões novamente e um uivo sobrenatural ecoou pela sala.

— Imagino que agora a transmissão venha diretamente do canil — observou Mrs. Harter, uma senhora com senso de humor.

— Rá, rá! — retrucou Charles. — Está se divertindo, não está, Tia Mary? Que ótimo!

Mrs. Harter não pôde deixar de sorrir para ele. Gostava muito de Charles. Durante alguns anos, vivera com uma sobrinha, Miriam Harter — e planejava fazer dela sua herdeira. No entanto, a garota não correspondera às expectativas: era impaciente e não disfarçava o tédio que sentia na companhia da tia. Além disso, nunca parava em casa e vivia "zanzando por aí", como afirmava Mrs. Harter. No fim das contas, acabara se envolvendo com um rapaz que a tia reprovava veementemente. Miriam fora devolvida à casa da mãe com um bilhete sucinto, como se fosse uma mercadoria rejeitada. Ela se casara com o rapaz em questão e, todo ano, no Natal, Mrs. Harter lhe enviava uma caixa de lenços ou um enfeite de mesa.

Como as sobrinhas tinham se revelado um fracasso, Mrs. Harter voltou a atenção para os sobrinhos. Desde o início, Charles fora um sucesso. Era sempre muito educado e respeitoso, e ouvia com extremo interesse as histórias da juventude da tia. Nesse aspecto, era o exato oposto de Miriam, cujo tédio era aparente. Charles nunca se entediava, estava sempre alegre e de bom humor. Não cansava de dizer a Mrs. Harter, diversas vezes ao dia, que ela era uma senhorinha maravilhosa.

Muito satisfeita com a nova aquisição, Mrs. Harter escrevera ao advogado, passando-lhe as informações para a criação de um novo testamento. O documento foi enviado a ela e, em seguida, devidamente aprovado e assinado.

E agora, até mesmo na questão do rádio, Charles acabou se provando vitorioso.

Mrs. Harter, a princípio hostil ao novo dispositivo, passou a tolerá-lo e, por fim, rendeu-se com fascínio à novidade. Quando Charles estava fora, ela gostava do rádio ainda mais. A questão era que o sobrinho não resistia à tentação de explorar o aparelho e o monopolizava. Mrs. Harter gostava muito de se acomodar em sua poltrona e passar horas ouvindo um concerto sinfônico, ou então um documentário sobre Lucrécia Bórgia ou outra pessoa qualquer, feliz e de bem com a vida. Charles, por outro lado, era bem diferente. A paz e a harmonia iam por água abaixo com suas tentativas de sintonizar as estações estrangeiras. Portanto, as noites mais divertidas para a senhora eram aquelas em que o sobrinho saía para jantar com os amigos, pois podia aproveitar o rádio. Bastava ligar dois interruptores, sentar-se na poltrona de espaldar alto e desfrutar dos programas noturnos.

Cerca de três meses após a instalação do aparelho, ocorreu o primeiro fenômeno estranho. Charles estava fora, jogando bridge com os amigos.

O programa daquela noite era um especial de música popular. Uma soprano bem famosa estava cantando "Annie Laurie" e, no meio da música, aconteceu uma coisa esquisita. Houve uma interrupção repentina, a melodia cessou e, logo depois, até os estalos e os chiados de fundo sumiram. Um silêncio sobrenatural pairou sobre a sala e, então, ouviu-se um chiado baixinho.

Mrs. Harter teve a impressão — sem saber por quê — de que o rádio havia captado uma estação muito distante. Em seguida, ouviu-se, com nitidez, a voz de um homem, que falava com um leve sotaque irlandês.

— Mary… Está me ouvindo, Mary? É Patrick quem fala… Buscarei você em breve. Você estará pronta, não é, Mary?

Então, quase de imediato, os acordes de "Annie Laurie" voltaram a ecoar pela sala.

Mrs. Harter se retesou, segurando os braços da poltrona. Será que estava sonhando? Patrick! A voz de Patrick ali, naquela sala, falando com ela! Não, só podia ser um sonho, quem sabe uma alucinação? Devia ter adormecido por alguns minutos. Mas que coisa mais estranha, sonhar que o falecido marido falava com ela pelo rádio. Mrs. Harter ficou um pouco assustada. O que foi que ele dissera mesmo?

"*Buscarei você em breve. Você estará pronta, não é, Mary?*"

O que seria aquilo? Poderia ser uma premonição? Fraqueza cardíaca. Seu coração. Afinal de contas, já era uma senhora de idade.

— Foi um aviso, isso sim! — disse Mrs. Harter, levantando-se lenta e dolorosamente da poltrona. Em seguida, fez um comentário típico de sua personalidade: — Todo aquele dinheiro desperdiçado no elevador!

Ela não contou sobre a experiência a ninguém, mas, durante alguns dias, não pensou em outra coisa.

E então, a situação se repetiu. Mais uma vez, estava sozinha na sala. O rádio, que tocava uma seleção de músicas orquestradas, se interrompeu, do mesmo modo repentino de antes, para dar lugar ao silêncio e à sensação de distância. Por fim, ouviu-se a voz de Patrick, mas não como havia sido em vida; era uma voz distante, rarefeita, com tons sobrenaturais.

— *É Patrick quem fala, Mary. Buscarei você muito em breve...*

Em seguida veio um estalo e um chiado, e logo a música orquestrada voltou a tocar, como se nada tivesse acontecido.

Mrs. Harter olhou de relance para o relógio. Não, não havia adormecido daquela vez. Ela ouvira a voz do marido enquanto estava acordada e em plena posse das faculdades mentais. Não se tratava de alucinação, tinha certeza. Um tanto confusa, tentou se lembrar do que Charles lhe explicara a respeito da teoria do éter.

Seria possível que Patrick tivesse *de fato* falado com ela? Que a voz dele pudesse flutuar pelo espaço? Havia comprimentos de onda desconhecidos, ou algo do tipo. Ela se lembrava de ter ouvido Charles falando de "lacunas na escala". Talvez as ondas desconhecidas explicassem os supostos fenômenos espirituais, não? A ideia não era absurda. Patrick havia falado com ela, usando a ciência moderna para prepará-la para seu destino.

Mrs. Harter tocou a sineta para chamar a criada, Elizabeth.

Elizabeth era uma mulher alta e magra na casa dos 60 anos que escondia afeição e ternura pela patroa por trás da aparência rígida.

— Elizabeth — disse Mrs. Harter quando a fiel empregada apareceu —, você se lembra do que eu lhe disse? Gaveta superior esquerda de minha escrivaninha. Está trancada com aquela chave comprida de etiqueta branca. Já está tudo pronto lá.

— Pronto, senhora?

— Para o meu enterro — retrucou Mrs. Harter, bufando. — Você sabe muito bem do que eu estou falando, Elizabeth. Você mesma me ajudou a guardar tudo lá dentro.

O rosto de Elizabeth começou a se alterar.

— Ah, senhora — lamentou-se —, não fique remoendo esse tipo de coisa. Achei que estivesse bem melhor!

— Todos nós temos que partir um dia — disse Mrs. Harter com naturalidade. — Já tenho mais de 70 anos, Elizabeth, então deixe de ser boba. Se quiser chorar, vá chorar em outro lugar.

Elizabeth retirou-se, sem deixar de fungar.

Com uma sensação de afeto, Mrs. Harter observou-a se afastar.

— É uma velha boba, mas fiel — comentou ela —, muito fiel. Vejamos... quanto é que deixarei para ela mesmo? Cem libras, ou apenas cinquenta? Deve ser cem. Afinal, está comigo há um bom tempo.

A questão a preocupou tanto que, no dia seguinte, Mrs. Harter escreveu ao advogado lhe pedindo que enviasse o testamento para ela dar uma olhada. Foi no mesmo dia em que Charles a assustou com um comentário durante o almoço.

— Aliás, Tia Mary, quem é aquele sujeito esquisitão no quarto de hóspedes? — perguntou ele. — Digo, naquele quadro pendurado acima da lareira. O sujeito de barba e bigode.

Mrs. Harter lhe lançou um olhar austero.

— É seu tio Patrick quando era moço — disse ela.

— Ah, claro, Tia Mary, eu sinto muito. Não quis ser grosseiro.

Mrs. Harter aceitou o pedido de desculpas com um discreto gesto de cabeça.

Charles prosseguiu, um tanto hesitante:

— Só estava aqui pensando com meus botões. Veja...

Ele se interrompeu, indeciso, e Mrs. Harter perdeu a paciência.

— O que você ia dizer? Vamos, desembuche!

— Nada — respondeu Charles apressadamente. — Quer dizer, nada que faça sentido.

Naquele momento, Mrs. Harter não disse mais nada. Algumas horas mais tarde, porém, quando ficou a sós com o sobrinho, voltou a tocar no assunto.

— Gostaria muito de saber, Charles, o que o levou a me fazer aquela pergunta a respeito do retrato de seu tio.

Charles pareceu envergonhado.

— Já disse, Tia Mary. Era só coisa de minha cabeça... um absurdo qualquer.

— Charles, eu insisto que você me diga. — Daquela vez, o tom era autoritário.

— Bem, querida tia, já que a senhora insiste, eu imaginei ter visto aquele rosto... o rosto do homem do retrato, digo... olhando pela última janela ontem à noite, quando eu estava voltando para casa. Imagino que tenha sido alguma ilusão de ótica provocada pela luz. Fiquei me perguntando quem poderia ser, porque era um rosto tão... vitoriano, por assim dizer. Um rosto do início da era vitoriana. Então Elizabeth me informou que não havia visita na casa e, mais tarde, passei por acaso pelo quarto de hóspedes, onde vi o quadro acima da lareira. Era igual ao homem que eu tinha visto! Mas tudo é explicado com facilidade: não passa de um truque do subconsciente. Eu devo ter visto o retrato antes sem perceber e, depois, imaginei ter visto o rosto na janela.

— Na última janela? — perguntou Mrs. Harter, de súbito.

— Isso mesmo, por quê?

— Nada — disse Mrs. Harter.

Mas a verdade é que ela ficou chocada. Aquele cômodo havia sido o quarto de vestir do marido.

Naquela mesma noite, enquanto Charles estava fora, Mrs. Harter ouvia o rádio com uma impaciência febril. Caso ouvisse a voz misteriosa pela terceira vez, seria uma prova irrefutável de que estava, de fato, em contato com o outro mundo.

Por mais que o coração batesse mais acelerado, ela não ficou surpresa ao ouvir a mesma interrupção de antes, seguida pelo silêncio sombrio e, por fim, o recado da voz distante com o sotaque irlandês.

— *Mary... agora você está pronta... Na sexta-feira, buscarei você... Sexta-feira às 9h30... Não tenha medo, você não sentirá dor... Prepare-se...*

Então, a música orquestrada irrompeu outra vez pelo rádio, interrompendo a mensagem.

Mrs. Harter ficou imóvel por alguns minutos. O rosto empalideceu e os lábios adquiriram um tom de azul.

Por fim, levantou-se e foi até a escrivaninha. Com a mão trêmula, escreveu as seguintes palavras:

Hoje, às 21h05, ouvi distintamente a voz de meu falecido marido. Disse que me buscará na sexta-feira, às 21h30. Caso eu morra nesse mesmo dia e horário, gostaria de solicitar que tais fatos se tornem públicos, como prova irrefutável da possibilidade de comunicação com o mundo espiritual.
Mary Harter

Mrs. Harter releu o que havia escrito, guardou o documento em um envelope e anotou o endereço do destinatário. Em seguida, tocou a sineta e, em um piscar de olhos, Elizabeth já estava de prontidão. Mrs. Harter levantou-se da escrivaninha e entregou à criada o bilhete que acabara de escrever.

— Elizabeth — disse ela —, caso eu venha a morrer na noite de sexta-feira, gostaria que este bilhete fosse entregue ao Dr. Meynell. Não — advertiu ao notar que Elizabeth parecia prestes a protestar —, sem discussão. Você mesma já me disse várias vezes que acredita em premonições. Agora, quem está tendo uma premonição sou eu. E mais uma coisa: deixei cinquenta libras para você no meu testamento, mas gostaria que você recebesse cem. Se eu não tiver tempo de ir ao banco antes de morrer, Mr. Charles cuidará disso.

Mais uma vez, Mrs. Harter silenciou os protestos chorosos de Elizabeth. Determinada a cumprir seus desejos, ela falou disso com o sobrinho na manhã seguinte.

— Lembre-se, Charles, caso aconteça alguma coisa comigo, Elizabeth deve receber mais cinquenta libras.

— A senhora anda muito melancólica ultimamente, Tia Mary — comentou Charles, em um tom bem-humorado. — O que é que poderia lhe acontecer? Segundo o Dr. Meynell, todos nós vamos comemorar seu centésimo aniversário daqui a uns vinte e poucos anos!

Mrs. Harter abriu um sorriso afetuoso para o rapaz, mas não respondeu. Depois de alguns minutos, questionou:

— O que vai fazer na noite de sexta, Charles?

Charles olhou para a tia, um tanto surpreso.

— Na verdade, os Ewing me convidaram para jogar bridge, mas caso prefira que eu fique em casa...

— Não — respondeu Mrs. Harter, determinada. — De forma alguma. E falo sério. Essa é uma noite que eu gostaria de passar sozinha.

Charles lhe lançou um olhar cheio de curiosidade, mas a tia não deu maiores explicações. Mrs. Harter era uma senhora corajosa e determinada e sentia que precisava enfrentar o que quer que a esperasse sem a ajuda de ninguém.

Na noite de sexta-feira, a casa estava em um silêncio profundo. Como sempre, Mrs. Harter estava sentada na poltrona de espaldar alto em frente à lareira. Todos os preparativos haviam sido concluídos. Naquela manhã, fora ao banco sacar cinquenta libras em espécie e entregara o dinheiro a Elizabeth, apesar dos protestos chorosos da criada. Depois, havia organizado todos os seus pertences e sinalizado com etiquetas as joias que pretendia doar a amigos ou parentes. Também havia preparado uma lista de instruções para Charles: o jogo de chá Worcester deveria ir para a prima Emma; as jarras de Sèvres, para o jovem William, e assim por diante.

Naquele momento, olhava para o envelope comprido que tinha em mãos e tirava dele um documento dobrado. Era o testamento que Mr. Hopkinson lhe enviara, conforme solicitado por ela. Já o havia lido com atenção, mas resolveu dar uma última olhada para refrescar a memória. Era um documento curto e conciso. Para Elizabeth Marshall, em consideração aos fiéis serviços prestados, uma herança de cinquenta libras. Para uma irmã e um primo de primeiro grau, uma herança de quinhentas libras para cada. O restante seria herdado por seu querido sobrinho, Charles Ridgeway.

Mrs. Harter fez um sinal de aprovação com a cabeça repetidas vezes. Charles seria um rapaz muito rico quando ela morresse. Bem, ele fora muito bom para ela, sempre tão gentil, carinhoso, disposto a agradá-la com as palavras certas.

Ela olhou para o relógio. Eram 21h27. Pois bem, Mrs. Harter estava pronta. E sentia-se calma, muito calma. No entanto, por mais que repetisse aquelas últimas palavras para si mesma várias vezes, o coração batia em um ritmo estranho e descompassado. Ela mal se dava conta, mas estava com os nervos à flor da pele.

Nove e meia. O rádio estava ligado. O que será que ouviria daquela vez? Uma voz familiar anunciando a previsão do tempo ou a de um homem que morrera 25 anos antes?

Contudo, não ouviu uma coisa nem outra. Em vez disso, ouviu um ruído que lhe era familiar, mas que, dadas as circunstâncias, fez com que ela sentisse o coração virar uma pedra de gelo. Alguém tateava a porta...

O ruído se repetiu e uma rajada de ar frio dominou a sala. Mrs. Harter não tinha mais a menor dúvida a respeito do que estava acontecendo. Estava com medo... Não, era mais do que medo: ela estava apavorada.

E, sem mais nem menos, um pensamento lhe ocorreu: *25 anos é tempo demais. A essa altura, Patrick é um estranho para mim.*

O terror tomou conta dela.

Um passo suave do outro lado da porta, um passo hesitante. Em seguida, a porta foi se abrindo silenciosamente...

Mrs. Harter se pôs de pé, cambaleante, e fixou o olhar na porta. Alguma coisa escapuliu de sua mão e foi parar na lareira.

Ela ensaiou um grito, mas ele acabou entalado na garganta. Na penumbra do corredor, viu uma figura familiar, de barba e bigode castanhos e um antiquado casaco no estilo vitoriano.

Patrick viera buscá-la!

Seu coração deu um salto aterrorizado e parou. Mrs. Harter caiu sem vida no chão.

Foi ali que, uma hora mais tarde, Elizabeth a encontrou.

O Dr. Maynell foi convocado com urgência e Charles Ridgeway deixou o jogo de bridge às pressas. Mas, àquela altura, não havia mais o que pudessem fazer por Mrs. Harter.

Somente dois dias mais tarde Elizabeth se lembrou do bilhete deixado pela patroa. O Dr. Meynell leu a mensagem com grande interesse e a mostrou a Charles Ridgeway.

— Uma curiosa coincidência — disse ele. — Parece evidente que sua tia andava sofrendo de alucinações e acreditava ter ouvido a voz do marido morto. Deve ter ficado tão convencida de que as mensagens eram genuínas que perdeu o controle dos nervos. Quando chegou a hora marcada, a emoção foi fatal para ela.

— Autossugestão? — perguntou Charles.

— Algo parecido. Informarei o resultado da autópsia o mais rápido possível, embora eu mesmo não tenha a menor dúvida.

Dadas as circunstâncias, uma autópsia era desejável, por mais que fosse mera formalidade.

Charles concordou com a cabeça.

Na noite anterior, quando a criadagem já estava na cama, ele removera um certo fio que ligava o rádio ao seu quarto, no andar de cima. Como fazia frio, havia pedido que Elizabeth acendesse a lareira do cômodo e usara o fogo para queimar uma barba e um bigode castanhos. Depois, devolvera algumas peças de roupa vitorianas do tio ao baú que cheirava a cânfora, no sótão.

Até onde sabia, ninguém desconfiava dele. O plano lhe ocorrera no instante em que o Dr. Meynell havia declarado que, com os devidos cuidados, a tia ainda poderia viver por muitos anos. E tudo correra muito bem. Um simples choque repentino poderia ser fatal, de acordo com Dr. Meynell. Charles, aquele rapaz tão atencioso, tão idolatrado por senhoras de idade, riu consigo mesmo.

Quando o médico foi embora, Charles cuidou mecanicamente de seus afazeres. Arrumou tudo para o funeral e se preparou para receber parentes que vinham de longe. Um ou dois deles precisariam passar a noite na casa, e Charles se certificou de que tudo corresse bem. Enquanto isso, não parava de matutar.

Que sorte a dele!, era nisso em que mais pensava. Ninguém, muito menos a falecida tia, suspeitava do problema em que Charles se metera. Suas atividades, protegidas do mundo a sete chaves, o levaram a um passo da prisão.

A menos que conseguisse juntar uma soma considerável em alguns meses, o escândalo e a ruína bateriam à porta. Pois bem, agora a questão estava resolvida. Charles sorriu para si mesmo, satisfeito. Graças a uma simples "pegadinha" — na qual não havia nada de criminoso —, conseguira se salvar. Havia se tornado um homem rico, e disso ele não tinha a menor dúvida, já que Mrs. Harter nunca escondera suas intenções.

Interrompendo aquelas reflexões, Elizabeth enfiou a cabeça na porta para avisar que Mr. Hopkinson gostaria de falar com ele.

Finalmente, pensou Charles. Ele disfarçou a vontade de assobiar, assumiu uma expressão grave e dirigiu-se à biblioteca. Ao chegar lá, cumprimentou o velho advogado que cuidava dos interesses de Mrs. Harter havia mais de 25 anos.

A convite de Charles, o advogado sentou-se e, com uma tosse seca, deu início ao assunto que iam discutir.

— Não entendi o motivo de sua carta, Mr. Ridgeway. Aparentemente, o senhor acredita que o testamento de Mrs. Harter esteja sob nossos cuidados, é isso?

Charles o encarou.

— Claro... já ouvi minha tia falar disso.

— Ah! Entendo, entendo. O testamento *estava* sob nossos cuidados.

— *Estava*?

— Isso mesmo. Na última terça-feira, Mrs. Harter nos escreveu pedindo que o enviássemos a ela.

Charles sentiu um desconforto. Previa problemas pela frente.

— Sem dúvida encontraremos o documento em meio a outros — prosseguiu o advogado com tranquilidade.

Charles ficou em silêncio. Não confiava na própria língua. Já havia examinado os papéis da tia e estava certo de que o testamento não estava entre eles. Alguns minutos mais tarde, após ter recuperado a compostura, confessara aquilo ao advogado. A própria voz lhe parecia irreal e ele sentiu um frio na barriga.

— Alguém já verificou os pertences de Mrs. Harter? — perguntou o advogado.

Charles respondeu que a criada da tia, Elizabeth, cuidara daquilo. Diante da sugestão de Mr. Hopkinson, Elizabeth foi convocada. Ela chegou no mesmo instante e se empertigou com uma expressão sombria ao responder a todas as perguntas que lhe foram feitas.

Elizabeth havia examinado todas as roupas e os itens pessoais da patroa. Estava certa de que não havia testamento nem qualquer outro documento do gênero entre os pertences.

Sabia como era o testamento: a patroa o tinha em mãos na manhã de sua morte.

— Tem certeza? — perguntou o advogado, com um toque de aspereza.

— Sim, senhor. Foi ela quem me falou do testamento e insistiu em me entregar cinquenta libras em dinheiro. O documento estava dentro de um envelope azul e comprido.

— Exatamente — disse Mr. Hopkinson.

— Se bem que, agora que penso nisso — prosseguiu Elizabeth —, o mesmo envelope azul estava em cima dessa mesa na manhã seguinte, mas vazio. Eu o peguei e o coloquei na escrivaninha.

— Eu me lembro de ter visto o envelope lá — comentou Charles.

Ele se levantou e foi até a escrivaninha. Depois de alguns minutos, voltou com o envelope em mãos e o entregou a Mr. Hopkinson, que o examinou e fez que sim com a cabeça.

— É o envelope que usei para enviar o testamento na última terça-feira.

Os dois encararam Elizabeth.

— Mais alguma coisa, senhor? — perguntou ela, com educação.

— No momento, não. Obrigado.

Elizabeth dirigiu-se até a porta.

— Espere um minuto — disse o advogado. — Havia fogo na lareira aquela noite?

— Sim, senhor, a lareira vive acesa.

— Obrigado. Isso é tudo.

Quando Elizabeth foi embora, Charles debruçou-se sobre a mesa com a mão trêmula.

— O que o senhor acha? Aonde quer chegar?

Mr. Hopkinson balançou a cabeça.

— Ainda devemos ter esperança de que o documento apareça. Caso contrário…

— Caso contrário o quê?

— Receio que só haja uma conclusão possível. Sua tia mandou buscar o testamento para que pudesse destruí-lo. Como não queria que Elizabeth saísse perdendo, entregou-lhe a parte dela da herança em dinheiro.

— Mas por quê? — gritou Charles, desesperado. — Por quê?

Mr. Hopkinson tossiu. Era uma tosse seca.

— O senhor não teve nenhum tipo de... hum... desentendimento com sua tia, teve, Mr. Ridgeway? — murmurou.

Charles arfou.

— Não, de forma alguma — exclamou ele, com toda a sinceridade. — Nós sempre tivemos uma ótima relação, até o fim.

— Ah! — disse Mr. Hopkinson, sem olhar diretamente para ele.

Para surpresa de Charles, o rapaz se deu conta de que o advogado não acreditava nele. E se aquele velho idiota tivesse ouvido rumores? E se tivesse chegado aos ouvidos dele que Charles estava envolvido com maracutaias? Sendo assim, seria natural presumir que esses rumores tivessem chegado aos ouvidos de Mrs. Harter e provocado uma desavença entre tia e sobrinho, não?

Mas não era o caso! Charles teve um dos piores momentos da carreira. Todo mundo caía em suas mentiras, mas, agora que dizia a verdade, era tratado com desconfiança. Ah, que ironia!

É claro que a tia não havia queimado o testamento! É claro...

Então, sem mais nem menos, uma imagem voltou a sua mente. O que era aquilo que seus olhos estavam vendo? Uma velhinha com a mão apertada contra o peito... algo escapulindo... um papel... caindo sobre as brasas...

Charles empalideceu. Em seguida, ouviu uma voz rouca, que percebeu ser dele mesmo, perguntar:

— E se o testamento nunca for encontrado?

— Temos um testamento anterior, datado de setembro de 1920. Nele, Mrs. Harter deixa tudo para a sobrinha, Miriam Harter, agora Miriam Robinson.

O que aquele velhote estava dizendo, afinal? Miriam? Miriam, casada com aquele sujeito aleatório e mãe de quatro bebês chorões? Todo aquele plano engenhoso para a herança ir parar nas mãos de Miriam?

De repente, o telefone tocou atrás dele. Charles atendeu e ouviu a voz do médico, gentil e sincera.

— É você, Ridgeway? Achei que gostaria de ouvir os resultados, a autópsia foi concluída. A causa da morte é aquela que eu imaginava. Mas, para dizer a verdade, o problema cardíaco era muito mais grave do que eu suspeitava quando ela ainda estava viva. Com todos os cuidados possíveis, ela não viveria por mais que dois meses, no máximo. Talvez, de certa forma, essa notícia possa consolá-lo.

— Desculpe — disse Charles —, será que o senhor poderia repetir?

— Ela não viveria por mais que dois meses — repetiu o médico, falando um pouco mais alto. — No fim das contas, tudo acaba se resolvendo da melhor maneira, meu caro amigo...

Mas Charles já havia batido o telefone no gancho. Em seguida, ouviu a voz do advogado, como se viesse de uma grande distância:

— Meu Deus, Mr. Ridgeway, o senhor está se sentindo bem?

Malditos sejam todos eles! O advogado metido a besta. Aquele médico peçonhento. Não havia mais esperança. Agora, nada poderia salvá-lo da prisão.

Charles teve a sensação de que havia alguém brincando com ele; brincando de gato e rato. Alguém que, àquela hora, devia estar rindo...

A testemunha de acusação

Publicado originalmente nos Estados Unidos em 1925 com o título "Traitor's Hands" no *Flynn's Weekly*. Desde sua publicação como conto na edição britânica de *The Hound of Death* em 1933, foi adaptado para cinema, TV e rádio.

Mr. Mayherne ajustou o pincenê e pigarreou com a tosse seca de sempre. Então, olhou mais uma vez para o homem parado diante dele, o homem acusado de homicídio doloso.

Mr. Mayherne era um homenzinho elegante e educado, que se vestia com muito esmero, para não dizer excesso de vaidade, e tinha olhos cinzentos penetrantes que deixavam claro que de bobo não tinha nada. De fato, como advogado, tinha a reputação de estar entre os melhores. Quando falou com o cliente, foi com uma voz seca, mas não impiedosa.

— É meu dever enfatizar mais uma vez que o senhor corre grave perigo e que, entre nós, é necessário que tudo fique às claras.

Leonard Vole, que encarava a parede branca à frente com olhos atordoados, desviou o olhar para o advogado.

— Eu sei — disse ele, sem forças. — O senhor vive repetindo a mesma coisa. Mas ainda tenho dificuldade de processar que estou sendo acusado de assassinato, *assassinato*. Um crime tão covarde...

Mr. Mayherne era do tipo prático, não emotivo. Ele tossiu de novo, tirou o pincenê, limpou-o com cuidado e, em seguida, devolveu-o ao nariz. Então, disse:

— Claro, claro. Preste atenção, meu caro Mr. Vole, nós faremos tudo que estiver a nosso alcance para tirá-lo desta situação. Seremos bem-sucedidos, garanto, mas preciso estar ciente de todos os fatos. Assim, terei uma ideia precisa dos riscos que o senhor corre perante a justiça e decidiremos a melhor linha de defesa.

O jovem ainda o encarava com a mesma mistura de confusão e desesperança. Até então, Mr. Mayherne julgara que seria um caso bem difícil e estivera certo da culpa do prisioneiro. Mas, naquele momento, começava a ter dúvidas pela primeira vez.

— O senhor me julga culpado — disse Leonard Vole em voz baixa. — Mas, pelo amor de Deus, eu juro que não sou! Sei que as coisas estão feias para o meu lado. Eu me sinto preso em uma rede: quanto mais tento me livrar, mais acabo me enredando. Mas eu não matei ninguém, Mr. Mayherne! Eu não matei ninguém!

Na posição em que se encontrava, um homem só poderia se declarar inocente, Mayherne sabia daquilo. Contudo, mesmo contra sua vontade, as palavras do rapaz o atingiram. Talvez, no fim das contas, Leonard Vole fosse de fato inocente.

— Tem razão, Mr. Vole — disse o advogado, solene. — As coisas estão feias para o seu lado. No entanto, eu lhe darei um voto de confiança. Agora, vamos aos fatos. Quero que me conte com suas próprias palavras, e nos mínimos detalhes, como foi que o senhor conheceu Miss Emily French.

— Um dia, eu estava na Oxford Street e vi uma senhora de idade atravessando a rua. Ela carregava vários pacotes e, no meio da travessia, derrubou todos no chão. Chegou a tentar recolhê-los, mas notou um ônibus vindo em sua direção e quase foi atropelada, por pouco não chega à calçada. Foi só então que se deu conta, com um susto, dos gritos da multidão ao redor. Juntei os pacotes, limpei a lama deles da melhor maneira possível, tornei a amarrar o barbante que havia se soltado de um, e os devolvi a ela.

— Então não foi o senhor quem salvou a vida dela.

— Ah, meu Deus, não! Só fiz uma gentileza. Ela me agradeceu calorosamente e elogiou meus bons modos, que não combinavam com o comportamento da maioria dos jovens de hoje em dia... não me lembro das palavras exatas. Então, tirei o chapéu para cumprimentá-la e segui meu caminho. Jamais imaginei reencontrá-la, mas a vida é uma caixinha de surpresas. Naquela mesma noite, topei com ela em uma festa na casa de um amigo. Ela me reconheceu de imediato e queria que nos apresentassem. Assim, descobri que se chamava Emily French e que vivia em Cricklewood. Conversamos um pouco. Ela me parecia ser o tipo de senhora que se apegava às pessoas com muita facilidade. Acabou se apegando a mim por conta de um gesto simples, que qualquer um poderia ter feito. Ao ir embora, ela me deu a mão com muito afeto e me convidou para visitar sua casa. Respondi, é claro, que adoraria, e então ela insistiu que eu escolhesse o dia. A ideia de visitá-la não me entusiasmava, mas teria sido falta de educação recusar o convite, por isso, marcamos para o sábado seguinte. Depois que ela se retirou, alguns amigos me contaram mais alguns detalhes a respeito dela. Descobri que era uma senhora rica e excêntrica, e que morava com uma criada e nada menos que oito gatos.

— Entendo — disse Mr. Mayherne. — Desde o primeiro momento, então, o senhor já havia se informado a respeito da fortuna dela.

— Se o senhor estiver insinuando que eu perguntei... — começou a dizer Leonard Vole, de cabeça quente, mas Mr. Mayherne o silenciou com um gesto.

— É meu trabalho tentar prever a linha de raciocínio que o outro lado poderá seguir. Um observador comum não teria desconfiado que Miss French fosse uma mulher rica. Ela vivia de forma simples, quase humilde. E, a menos que lhe dissessem o contrário, qualquer um tenderia a julgar que Miss French passava por problemas financeiros; era o que parecia à primeira vista. Quem contou ao senhor que ela era uma mulher abastada?

— Meu amigo George Harvey, o anfitrião da festa.

— Caso lhe perguntássemos, ele se lembraria de ter contado isso ao senhor?

— Não sei. Afinal, já faz algum tempo.

— Entendo, Mr. Vole. Veja bem, o primeiro objetivo da acusação será provar que o senhor passava por dificuldades financeiras. É verdade ou não?

Leonard Vole corou.

— É verdade — respondeu em voz baixa. — Eu estava em uma maré de azar naquela época.

— Entendo — repetiu Mr. Mayherne. — Enquanto estava, como eu disse, passando por dificuldades financeiras, o senhor conhece uma velhinha rica e faz questão de cultivar a amizade dela. Nossos problemas seriam resolvidos se pudéssemos afirmar que o senhor não fazia ideia de que ela tinha dinheiro e que só a visitou por pura bondade…

— O que é a verdade.

— Eu me arrisco a dizer que sim; não estou levantando dúvidas quanto a isso. Mas, como sempre, tento enxergar as coisas da perspectiva do lado de lá. Muita coisa depende da memória de Mr. Harvey. O senhor acha que ele se lembrará dessa conversa? Será que poderíamos induzi-lo a acreditar que aconteceu depois?

Leonard Vole refletiu por alguns minutos. Depois, disse com firmeza, apesar da palidez no rosto:

— Creio que não seja um bom caminho, Mr. Mayherne. Vários dos convidados ouviram as declarações dele e alguns até zombaram de mim por ter conquistado uma senhorinha rica.

O advogado tentou esconder a decepção com um vago aceno de mão.

— Uma pena — respondeu. — De todo modo, eu o parabenizo por falar tão francamente, Mr. Vole. É no senhor que confio como guia. Nesse caso, tem razão. Insistir na estratégia que sugeri seria desastroso. Assim sendo, temos que pensar em outra linha de raciocínio. O senhor conheceu Miss French, foi visitá-la e o relacionamento se solidificou. Precisamos arrumar uma justificativa clara para esse comportamento. Por que o senhor, um jovem de 33 anos, bem-apessoado, entusiasta dos esportes e cheio de amigos dedicaria tanto tempo a uma senhora já de idade, com quem não tinha quase nada em comum?

Leonard Vole agitou as mãos em um gesto nervoso.

— Não sei dizer… realmente não sei. Após a primeira visita, ela insistiu que eu voltasse, confessando que estava sozinha e infeliz. Era impossível recusar. Ela demonstrava tanto apego e carinho por mim que acabei me vendo em uma posição embaraçosa. Veja bem, Mr. Mayherne, eu sou um homem fraco, um atrapalhado, incapaz de dizer não. E, acredite se quiser, mas após a terceira ou quarta visita, comecei a me afeiçoar de verdade à senhorinha. Minha mãe faleceu quando eu ainda era menino e fui criado por uma tia, que também morreu antes de meus 15 anos. Se eu lhe dissesse que estava mesmo gostando de ser mimado e paparicado, me arrisco a dizer que o senhor começaria a rir.

Mr. Mayherne não riu. Em vez disso, tirou o pincenê e começou a limpá-lo; sinal de que estava concentrado.

— Aceito sua explicação, Mr. Vole — disse por fim. — Creio que seja psicologicamente provável. Por outro lado, será que o júri concordaria? Por favor, continue sua história. Quando foi que Miss French lhe pediu que o senhor cuidasse dos interesses dela pela primeira vez?

— Depois da terceira ou quarta visita que fiz. Ela não entendia muito de finanças e estava preocupada com alguns investimentos.

Mr. Mayherne ergueu a cabeça de supetão.

— Tome cuidado, Mr. Vole. A criada, Janet Mackenzie, afirma que a patroa levava jeito para os negócios e que cuidava pessoalmente de todas as transações. O banco também confirma essa versão.

— Não há o que eu possa fazer a respeito — retrucou Vole, muito sério. — Foi isso que ela me disse.

Mr. Mayherne estudou o cliente em silêncio durante alguns minutos. Por mais que não tivesse a menor intenção de demonstrar, sua crença na inocência de Leonard Vole se fortaleceu ainda mais. Ele conhecia muito bem a mentalidade de senhoras de idade. Conseguia visualizar, com nitidez, Miss French apaixonada pelo jovem bonitão e em busca de pretextos para que ele a visitasse. Nada mais lógico que fingir ignorância nos negócios e implorar ajuda com as finanças. Como era uma mulher com experiência de vida, sabia muito bem que qualquer homem se sente lisonjeado ao ter a própria superioridade atestada. Leonard Vole havia caído feito um patinho. Também era provável que Miss French não pretendesse esconder do amigo que era rica. Emily French era uma mulher obstinada, determinada a pagar pelo que queria. Tudo isso passou como um raio pela cabeça de Mr. Mayherne, mas ele não deixou transparecer tais pensamentos. Em vez disso, fez mais uma pergunta:

— E o senhor cuidou dos negócios dela, como ela pediu?

— Cuidei.

— Mr. Vole — disse o advogado —, vou lhe fazer uma pergunta muito séria e é essencial que eu saiba da verdade nua e crua. O senhor passava por dificuldades financeiras. E tomava conta dos interesses de uma senhora que, segundo ela mesma, nada entendia de negócios. Por acaso o senhor já usou, para sua vantagem exclusiva, os meios e possibilidades que Miss French havia colocado a seu dispor? O senhor já obteve algum lucro pessoal ilícito com qualquer uma dessas operações? — O cliente já ia dizer algo, mas Mr. Mayherne o impediu. — Pense bem antes de responder. Duas possibilidades se apresentam diante de nós. A primeira é provar que o senhor é uma pessoa perfeitamente honesta e que, portanto, jamais cometeria um assassinato para se apossar de um dinheiro que, de todo modo, poderia ter sido obtido com muito mais facilidade de outras maneiras. Se, por outro lado, a acusação descobrir alguma falha em seu comportamento… ou, para ser franco, se descobrir que o senhor estava enganando a velhinha de qualquer modo possível, devemos argumentar que o senhor não tinha motivos para matá-la, justamente porque Miss French já era uma fonte de renda lucrativa. Percebe a diferença? Agora, por favor, pense um pouco e me dê a resposta.

Mas Leonard Vole não pensou nem por um segundo.

— Minha conduta com os negócios de Miss French sempre foi a mais correta. Eu sempre agi em seu melhor interesse, e qualquer um que se der ao trabalho de investigar descobrirá ser verdade.

— Obrigado — respondeu Mr. Mayherne. — O senhor me tira um peso das costas. Acho que é esperto demais para mentir sobre um assunto tão delicado.

— É evidente que — disse Vole, impaciente — o maior ponto a meu favor é a falta de motivação. Vamos supor que eu cultivasse a amizade de uma velhinha abastada na esperança de ganhar dinheiro… É essa a teoria que o senhor sustenta, não? A morte dela, naturalmente, só me prejudicaria.

O advogado fixou os olhos em Leonard Vole e, em seguida, repetiu o ritual mecânico do pincenê. Só tornou a se manifestar depois que os óculos voltaram ao lugar de origem.

— Mr. Vole, por acaso não sabe que Miss French deixou um testamento do qual o senhor é o principal beneficiário?

— O quê? — O prisioneiro se levantou na mesma hora. A consternação era evidente e nada forçada. — Meu Deus! O que o senhor está dizendo? Ela deixou o dinheiro para mim?

Mr. Mayherne fez que sim. Vole voltou a se sentar e enterrou a cabeça entre as mãos.

— O senhor realmente não sabia?

— Se eu sabia? Claro que não. Eu não fazia ideia.

— O que o senhor diria se eu lhe contasse que a criada, Janet Mackenzie, jura de pé junto que não é bem assim? Segundo Janet, a patroa lhe dissera com todas as letras que havia consultado o senhor a esse respeito e revelado suas intenções.

— O que eu diria? Que ela está mentindo! Não, espere, me precipitei. Janet é uma senhora de idade. Era fiel à patroa como um cão de guarda e não gostava de mim. Além disso, era também ciumenta e desconfiada. Eu diria que Miss French confidenciou suas intenções a Janet e que, das duas, uma: ou ela entendeu errado o que a patroa lhe contara ou, então, estava certa de que eu tinha convencido Miss French a incluir meu nome no testamento. Me arrisco a dizer que, a essa altura, Janet acredita que foi a própria patroa quem lhe contou isso.

— O senhor não acredita que ela o odeie a ponto de mentir deliberadamente?

Leonard Vole tomou um susto.

— Não, claro que não! Por que ela faria isso?

— Não sei — respondeu Mr. Mayherne, pensativo. — O fato é que ela não gosta do senhor.

O jovem infeliz limitou-se a lamentar.

— Estou começando a entender agora — murmurou ele. — É assustador. Vão dizer que eu a bajulei para induzi-la a escrever um testamento deixando todo o dinheiro para mim. Então, vão dizer que fui à casa dela naquela noite e a encontrei sozinha. No dia seguinte, encontraram o corpo... Ah, meu Deus! É horrível!

— O senhor está errado em pelo menos um ponto: havia mais alguém na casa — afirmou Mr. Mayherne. — Janet, como o senhor deve se lembrar, já deveria ter ido embora. De fato, já tinha ido. Mas, por volta das 21h30, voltou para buscar o molde de uma blusa que havia prometido mostrar a uma amiga. Ela entrou pela porta dos fundos, subiu, pegou o que precisava e saiu de novo. No entanto, ouviu vozes na sala de estar e, por mais que não tivesse entendido o que diziam, ela jura que eram de Miss French e de um homem.

— Às 21h30 — disse Leonard Vole. — Às 21h30... — Em seguida, levantou-se de supetão. — Então estou salvo! Salvo!

— Como assim, está salvo? — exclamou Mr. Mayherne, atônito.

— *Às 21h30, eu já estava em casa!* Minha esposa pode provar isso. Eu me despedi de Miss French por volta de 20h55. Cheguei em casa mais ou menos às 21h20. Minha esposa já estava à minha espera. Ah, graças a Deus! E abençoado seja o molde de blusa de Janet Mackenzie.

Em meio a tanto entusiasmo, Vole não havia percebido que a expressão séria no rosto do advogado permanecia inalterada. No entanto, as palavras seguintes o trouxeram de volta à terra:

— Quem, então, assassinou Miss French? O que o senhor acha?

— Ora, um ladrão, sem dúvida, como se suspeitou a princípio. O senhor deve se lembrar de que a janela foi aberta à força. Ela foi assassinada com um pé de cabra que, mais tarde, foi encontrado no chão, ao lado do corpo. Além disso, vários itens sumiram da casa. Mas, graças às suspeitas absurdas de Janet e à antipatia que sente por mim, a polícia acabou abandonando essa pista.

— Não vai funcionar, Mr. Vole — afirmou o advogado. — Os itens perdidos eram triviais e não passam de um disfarce para atrapalhar as investigações. Quanto às marcas na janela, não são suficientes para provar a invasão de um bandido. Além do mais, pense um pouco. O senhor afirma que não estava mais na casa às 21h30. Quem, então, era o homem com quem Miss French conversava na sala de estar, segundo Janet? Não vai me dizer que Miss French falaria de amenidades com um ladrão, certo?

— Não — disse Vole. — Não… — Parecia confuso e desanimado. — Mas, de todo modo — acrescentou, tentando se animar —, estou fora disso agora. Tenho um *álibi*. O senhor precisa falar com Romaine, minha esposa, imediatamente.

— Claro — concordou o advogado. — Eu já teria feito isso, se ela não estivesse ausente no momento em que o senhor foi preso. Entrei em contato com a Scotland Yard e fui informado de que ela volta hoje à noite. Assim que eu sair daqui, vou procurá-la.

Vole assentiu e uma expressão satisfeita dominou seu rosto.

— Isso, Romaine lhe contará tudo. Meu Deus! É realmente uma sorte.

— Perdoe-me, Mr. Vole, mas o senhor gosta muito de sua esposa, certo?

— É claro.

— E ela gosta muito do senhor?

— Romaine é muito leal a mim. Ela faria qualquer coisa para me ajudar.

Vole falava com muito entusiasmo, mas o advogado sentiu o coração afundar. Que peso teria o testemunho de uma esposa dedicada?

— Quando o senhor chegou em casa, às 21h20, não havia mais ninguém presente? Uma criada, por exemplo?

— Não temos criada.

— E não encontrou alguém no caminho de volta?

— Ninguém que eu conhecesse. Fiz parte do trajeto de ônibus. Talvez o motorista possa se lembrar.

Mr. Mayherne balançou a cabeça, em dúvida.

— Então quer dizer que ninguém pode confirmar o testemunho de sua esposa?

— Não. Mas é mesmo necessário?

— Acho que não, acho que não — respondeu Mr. Mayherne, sem perder tempo. — Agora, mais uma coisa. Miss French sabia que o senhor era casado?

— Ah, sabia.

— No entanto, o senhor nunca a visitou acompanhado de sua esposa. Por quê?

Pela primeira vez, a resposta de Leonard Vole foi incerta e hesitante.

— Bem... não sei dizer.

— O senhor está ciente das alegações de Janet Mackenzie? Diz ela que a patroa não sabia de seu casamento e que planejava se casar com o senhor no futuro.

Vole deu uma risada.

— Que absurdo! Temos uma diferença de idade de quarenta anos.

— Não seria a primeira vez — retrucou o advogado em tom seco. — O fato é o mesmo: sua esposa e Miss French nunca se conheceram, certo?

— Certo… — Parecia relutante mais uma vez.

— Se me permite dizer, acho difícil entender tal comportamento — falou o advogado.

Vole corou, hesitou por alguns instantes e, em seguida, manifestou-se:

— Vou pôr as cartas na mesa. Eu estava passando por problemas financeiros, como sabe. E esperava que Miss French pudesse me emprestar um pouco de dinheiro. Ela gostava de mim, mas não tinha o menor interesse nas dificuldades de um jovem casal. Percebi, desde o primeiro momento, que ela havia formado uma certa imagem do meu casamento: segundo ela, nós dois não nos dávamos bem e morávamos em casas separadas. Mr. Mayherne… eu queria o dinheiro, pelo bem de Romaine. Por isso, optei por não dizer coisa alguma e deixar Miss French acreditar no que quisesse. Ela falava de mim como se eu fosse um filho adotivo. Não havia nada, nada mesmo, que sugerisse a ideia de casamento. Isso deve ser coisa da cabeça de Janet.

— E isso é tudo?

— Sim… isso é tudo.

Será que houvera um toque de hesitação naquelas palavras? O advogado acreditava que sim. De todo modo, levantou-se e estendeu a mão.

— Até mais, Mr. Vole. — Em seguida, olhou bem para o rosto abatido do jovem e disse mais umas palavras, por impulso, como não era seu costume: — Eu acredito em sua inocência, apesar de todos os fatos que depõem contra o senhor. Espero conseguir prová-la e fazer justiça.

Vole sorriu para ele.

— O senhor verá que meu álibi funciona — comentou com alegria.

Mais uma vez, o jovem mal se deu conta de que o advogado nada disse.

— O julgamento depende muito de como será o testemunho de Janet Mackenzie — disse Mr. Mayherne. — Ela odeia o senhor. Isso está bem claro.

— Não entendo por que ela me odiaria — protestou o jovem.

O advogado balançou a cabeça e se retirou.

— E agora — disse a si mesmo —, vamos procurar Mrs. Vole.

Ele não gostava do rumo que as coisas estavam tomando.

Os Vole moravam em uma casinha miserável perto de Paddington Green. E foi para lá que Mr. Mayherne se dirigiu.

Quem abriu a porta foi uma mulher alta e desarrumada, evidentemente uma criada.

— Mrs. Vole já voltou?

— Voltou faz uma hora. Mas não sei se o senhor pode vê-la.

— Se puder entregar meu cartão a ela — disse Mr. Mayherne em voz baixa —, eu tenho certeza de que vai querer me receber.

A mulher lançou-lhe um olhar duvidoso, limpou a mão no avental e pegou o cartão. Em seguida, bateu a porta na cara dele e o deixou esperando do lado de fora.

No entanto, voltou alguns minutos mais tarde, tratando-o de modo ligeiramente diferente.

— Pode entrar, por favor.

Ela o conduziu até uma salinha de estar. Enquanto Mr. Mayherne examinava um quadro na parede, tomou um susto com o aparecimento repentino de uma jovem. Ela era alta e pálida, e tão silenciosa que ele não a ouvira.

— Mr. Mayherne? O senhor é o advogado do meu marido, não? Acabou de vir da prisão? Por favor, sente-se.

Foi só quando ela falou que Mr. Mayherne percebeu que a jovem não era inglesa. Agora, ao olhá-la mais de perto, notou as maçãs do rosto salientes, os cabelos tão pretos que pareciam azuis e os discretos movimentos das mãos que vez ou outra acompanhavam suas palavras e denotavam uma atitude estrangeira. Uma mulher estranha, muito tranquila. Tão tranquila que chegava a causar um certo desconforto. Desde o início, o advogado se deu conta de estar diante de algo que não compreendia.

— Agora, cara Mrs. Vole — começou ele —, a senhora não deve ceder ao desespero...

De repente, parou de falar. Era mais que óbvio que Romaine Vole não tinha a menor intenção de se deixar abater. Era a imagem da calma e da serenidade.

— Por favor, o senhor poderia me contar tudo que há para saber? — pediu ela. — Preciso saber de tudo. Nem pense em me poupar, estou preparada para ouvir o pior. — A jovem hesitou e, então, com um tom de voz baixo e uma ênfase curiosa que o advogado não entendeu, repetiu: — Estou preparada para ouvir o pior.

Mr. Mayherne falou da conversa que tivera com Leonard Vole. Ela ouviu tudo com muita atenção e, de tempos em tempos, assentia com a cabeça.

— Entendo — disse ela quando o advogado terminou. — Ele quer que eu diga que voltou às 21h20 aquela noite?

— Ele não chegou nesse horário? — perguntou Mr. Mayherne bruscamente.

— A questão não é essa — retrucou ela com frieza. — Minhas palavras seriam de alguma utilidade? Acreditariam em mim?

Mr. Mayherne foi pego de surpresa. Ela já havia compreendido a questão principal.

— É isso que quero saber — disse ela. — Será suficiente? Existe mais alguém que possa confirmar minha evidência?

Ela se manifestava com uma ânsia reprimida que o incomodava.

— Até o momento, não temos mais ninguém — respondeu ele, relutante.

— Entendo — disse Romaine Vole.

Durante alguns minutos, ela permaneceu calada. Um sorrisinho discreto se insinuava em seus lábios.

A inquietação do advogado só aumentava.

— Mrs. Vole... — começou a dizer. — Eu sei como a senhora deve se sentir...

— Sabe, é? — perguntou ela. — Tenho minhas dúvidas.

— Dadas as circunstâncias...

— Dadas as circunstâncias... pretendo agir como achar melhor.

Ele a olhou com espanto.

— Mas, minha cara Mrs. Vole, a senhora está transtornada. Por ser uma esposa tão leal...

— Como?

A dureza de seu tom o assustou. Ele repetiu, hesitante:

— Por ser uma esposa tão leal...

Romaine Vole fez que sim lentamente, sem deixar de lado aquele sorriso estranho.

— Ele lhe disse que eu era uma esposa leal? — perguntou ela em voz baixa. — Ah, claro! Imagino que sim. Como os homens são estúpidos! Estúpidos, estúpidos, estúpidos!

De repente, ela se pôs de pé. Toda aquela emoção reprimida que o advogado sentia no ar agora estava concentrada no tom de voz de Romaine.

— Eu o odeio, isso sim! Eu o odeio, odeio, odeio! Gostaria de vê-lo pendurado na forca.

O advogado recuou diante da jovem e da paixão que ardia em seus olhos.

Ela deu um passo à frente e prosseguiu, com veemência:

— Talvez eu veja *mesmo*. E se eu lhe disser que ele não voltou para casa às 21h20, mas às 22h20? Ele contou ao senhor que não sabia nada a respeito do dinheiro que herdaria. E se eu lhe disser que ele sabia, sim, de tudo, e que contava com esse dinheiro, e que cometeu o assassinato para faturá-lo de uma vez? E se eu lhe disser que ele admitiu tudo isso para mim assim que chegou em casa aquela noite? E que havia sangue no paletó? E então, o que me diz? E se eu repetir tudo isso no tribunal?

O olhar dela parecia desafiá-lo. Com uma dificuldade considerável, ele disfarçou a consternação crescente que sentia e se arriscou a falar de forma lógica.

— A senhora não pode testemunhar contra seu marido…

— Ele não é meu marido!

As palavras saíram tão rapidamente que ele imaginou ter entendido errado.

— O que disse? Eu…

— Ele não é meu marido.

O silêncio foi tão intenso que daria para ouvir um alfinete caindo no chão.

— Eu era atriz em Viena. Meu marido está vivo, mas trancado em um hospício. Por isso, não pude me casar com Leonard. Agora, isso me deixa feliz.

Ela assentiu com o mesmo gesto de desafio.

— Gostaria que me dissesse uma coisa — disse Mr. Mayherne, que conseguiu manter o ar frio e indiferente de sempre. — Por que a senhora está tão zangada com Leonard Vole?

Ela balançou a cabeça e abriu um sorriso discreto.

— Ah, claro, o senhor gostaria de saber. Mas não lhe contarei. Vou manter em segredo…

Mr. Mayherne deu a tossezinha seca de sempre e se pôs de pé.

— Não faz sentido prolongarmos esta conversa — observou ele. — Eu lhe darei notícias depois de conversar com meu cliente.

Ela se aproximou do advogado e fixou os maravilhosos olhos escuros nos dele.

— Diga-me, o senhor acreditava mesmo na inocência dele quando veio aqui hoje?

— Acreditava, sim — respondeu Mr. Mayherne.

— Pobrezinho — disse ela com uma risada.

— E ainda acredito — concluiu o advogado. — Boa noite, *madame*.

Ele retirou-se da sala, levando consigo a lembrança do semblante assustado da jovem.

— Esse caso vai dar trabalho — murmurou Mr. Mayherne consigo mesmo ao caminhar pela rua.

Tudo naquele caso era extraordinário. Não por acaso uma mulher extraordinária como Romaine estava envolvida. Era perigosa. Quando não gostam de alguém, as mulheres podem ser mais cruéis que o diabo.

O que ele poderia fazer? Não havia uma base que sustentasse a inocência daquele pobre coitado. Era possível, claro, que ele tivesse de fato cometido o crime…

— Não — disse Mr. Mayherne para si mesmo. — Não… há quase provas demais contra ele. Não acredito naquela mulher. Ela inventou toda a história, mas não a repetirá no tribunal.

Daquilo, porém, ele não tinha tanta certeza.

O inquérito foi breve e dramático. As principais testemunhas da acusação foram Janet Mackenzie, criada da falecida, e Romaine Heilger, cidadã austríaca e amante do acusado.

Mr. Mayherne presenciou o testemunho condenatório de Mrs. Heilger, que revelava mais ou menos o que ela já lhe dissera quando conversaram.

O acusado adiou sua defesa e foi levado a julgamento.

Mr. Mayherne estava em um beco sem saída. O julgamento contra Leonard Vole prometia ser mais feio do que se esperava. Até mesmo o conselheiro do rei, questionado pela defesa, deu poucas esperanças:

— Se conseguíssemos desmantelar o testemunho daquela austríaca, talvez algo pudesse ser feito — disse, em dúvida. — Mas é um mau negócio.

Mr. Mayherne concentrou as energias em um único ponto: partindo do pressuposto de que Leonard Vole estava dizendo a verdade e que havia saído da casa da vítima às 21h, quem era o homem que Janet ouvira conversando com Miss French às 21h30?

A única luz no fim do túnel era um sobrinho inconsequente da vítima que, no passado, havia persuadido e depois ameaçado a tia para extorquir somas de dinheiro dela. Como o advogado veio a descobrir mais tarde, Janet Mackenzie sempre tinha sido muito apegada ao rapaz e fazia questão de defendê-lo perante a patroa. Era muito possível que ele fosse o homem que estivera na casa às 21h30; ainda mais agora que estava desaparecido.

Em todas as outras linhas de investigação, as buscas do advogado haviam sido infrutíferas. Ninguém tinha visto Leonard Vole entrar em sua própria casa nem sair da casa de Miss French. Ninguém tinha visto um outro homem entrar ou sair da casa em Cricklewood. Não havia mais o que procurar.

Mas, na véspera do julgamento, Mr. Mayherne recebeu uma carta que mudou totalmente o rumo de seus pensamentos.

Chegou no correio das seis. Parecia o garrancho de um semianalfabeto, escrito em papel comum e colocado dentro de um envelope encardido com o selo torto.

Mr. Mayherne precisou ler algumas vezes para entender o significado.

Caro senhor,

Você é o tal do advogado que defende aquele camarada. Se quer ver quem realmente é aquela vadia estrangeira e todas as mentiras que ela contou, apareça em Stepney hoje à noite, no 16 da pensão Shaw. Vai lhe custar duzentas libras. Procure Mrs. Mogson.

O advogado leu e releu aquela estranha missiva. Poderia muito bem ser uma farsa, claro, mas, quanto mais pensava a respeito, mais se convencia de que era uma mensagem sincera e, além disso, a única esperança do acusado. O depoimento de Romaine Heilger muito o prejudicara, e a linha de defesa que considerava adotar — de que não se devia dar crédito às declarações de uma mulher de conduta imoral — era bastante fraca, na melhor das hipóteses.

Mr. Mayherne estava decidido. Era seu dever salvar o cliente a todo custo. Precisava ir à pensão Shaw.

Não tinha sido fácil encontrar o lugar — um edifício caindo aos pedaços em uma periferia fedorenta —, mas, por fim, conseguiu chegar. Ao perguntar por Mrs. Mogson, indicaram-lhe um quarto no terceiro andar. Ele bateu à porta, mas, como não obteve resposta, bateu de novo.

Depois da segunda batida, Mr. Mayherne ouviu passos arrastados do lado de dentro. Em seguida, a porta foi aberta com cautela, apenas uma frestinha, e uma figura curvada enfiou a cabeça para fora.

De repente, a mulher — pois era mesmo uma mulher — deu uma risadinha e escancarou a porta.

— Ah, é você, querido — disse, com a voz ofegante. — Não tem ninguém aí atrás, certo? Não vai tentar me enganar? Muito bem. Pode entrar, pode entrar.

Com certa relutância, o advogado entrou no quartinho imundo. Havia um lampião a gás, uma cama desarrumada no canto, uma mesa simples de madeira e duas cadeiras bambas. Pela primeira vez, Mr. Mayherne pôde dar uma boa olhada na inquilina do apartamento insalubre. Era uma mulher de meia-idade, corcunda, com uma massa emaranhada de cabelos grisalhos e um lenço bem enrolado ao redor do rosto. Ela notou o olhar espantado do advogado e deu a mesma risadinha monótona de antes.

— Está se perguntando por que escondo minha beleza, querido? He, he, he. Tem medo de cair em tentação, é? Mas vou lhe mostrar… vou lhe mostrar.

Ela puxou o lenço e Mr. Mayherne recuou involuntariamente ao ver a mancha vermelha disforme que era seu rosto. Em seguida, a mulher voltou a se cobrir com o lenço.

— Então não quer me beijar, querido? He, he. Não é de surpreender. Mas eu já fui uma moça bonita, e nem faz tanto tempo quanto imagina. Vitríolo, querido, vitríolo... foi isso que me desfigurou. Ah! Mas eles vão se ver comigo...

Então, ela se pôs a despejar uma torrente de obscenidades que Mr. Mayherne tentou, em vão, conter. Por fim, a mulher calou-se, abrindo e fechando as mãos de maneira nervosa.

— Já chega disso — disse o advogado com severidade. — Vim aqui porque tenho motivos para acreditar que a senhora pode me passar informações que ajudarão a inocentar meu cliente, Leonard Vole. Estou certo?

Ela lhe lançou um olhar astuto.

— E o dinheiro, querido? — questionou ela, ofegante. — Duzentas libras, lembra?

— É seu dever testemunhar, e pode até ser intimada a prestar depoimento.

— Nada feito, querido. Sou apenas uma velha que não sabe de coisa alguma. Mas me dê duzentas libras que eu lhe dou uma ou duas pistas.

— Que tipo de pista?

— Que tal uma carta? Uma carta *dela*. Não importa como fiz para consegui-la, é assunto meu. Vai valer a pena. Mas eu quero minhas duzentas libras.

Mr. Mayherne lhe lançou um olhar frio e tomou uma decisão.

— Eu lhe darei dez libras, nada mais. E apenas se a carta for de fato o que diz.

— Dez libras? — protestou ela, gritando descontroladamente.

— Vinte — disse Mr. Mayherne —, e é minha oferta final.

Ele se levantou e fez menção de sair. Em seguida, olhando mais de perto para a mulher, puxou a carteira e contou 21 libras.

— Está vendo? É tudo que tenho. É pegar ou largar.

Ele já sabia que, ao ver o dinheiro, ela não resistiria. E, de fato, a mulher o amaldiçoou e gritou cheia de cólera, mas, por fim, cedeu. Caminhou até a cama e retirou algo da parte de baixo do colchão esfarrapado.

— Pronto. Maldito seja! — resmungou ela. — Você vai querer ver a que está por cima.

A mulher lhe jogou um maço de cartas, que Mr. Mayherne desamarrou e examinou com a frieza metódica de sempre. A mulher, que o olhava com impaciência, não viu qualquer sinal em seu rosto impassível.

Ele leu cada carta de cabo a rabo e, então, voltou à que estava por cima para relê-la. Em seguida, amarrou a pilha com cuidado.

Eram cartas de amor, escritas por Romaine Heilger, para um homem que não era Leonard Vole. A carta que ele havia relido trazia a mesma data da prisão do acusado.

— Eu disse a verdade, querido, não disse? — perguntou a mulher em tom lamentoso. — A carta será o fim dela, certo?

Mr. Mayherne pôs o maço no bolso e lhe fez uma pergunta:

— Como foi que a senhora conseguiu essas cartas?

— É um assunto meu — disse ela com um olhar malicioso. — Mas tenho mais uma pista. Eu ouvi o que aquela sem-vergonha falou no tribunal. Descubra onde *ela* estava às 22h20, horário que afirmou estar em casa. Vá ao Lion Road Cinema e pergunte por lá. Certamente eles se lembram… uma moça tão íntegra quanto aquela… maldita seja!

— Quem é o homem? — perguntou Mr. Mayherne. — Há apenas o primeiro nome aqui.

A voz da mulher foi ficando cada vez mais rouca e intensa. Ela abria e fechava as mãos sem parar, até que, por fim, apontou para o próprio rosto.

— Foi ele que fez isso comigo, muitos anos atrás. Ela o roubou de mim… na época, não passava de uma menininha. E, quando fui atrás dele e tentei trazê-lo de volta, ele jogou aquela porcaria na minha cara. E ela riu… maldita! Já faz anos que a odeio. Eu a espiei, eu a persegui, e agora chegou a hora! Ela vai pagar caro por isso, não vai, senhor advogado? Ela vai sofrer?

— Provavelmente será presa por perjúrio — respondeu Mr. Mayherne, com calma.

— Ela tem que ir para trás das grades, é isso que eu quero. Já está de saída, é? Cadê meu dinheiro? Cadê aquele dinheirão?

Sem dizer uma palavra, Mr. Mayherne pôs as notas na mesa. Em seguida, respirou fundo, deu meia-volta e retirou-se do quartinho esquálido. Ao olhar para trás, viu a velha feliz da vida com o dinheiro.

O advogado não perdeu tempo. Encontrou o cinema na Lion Road com relativa facilidade e, ao ver a fotografia de Romaine Heilger, o porteiro a reconheceu no mesmo instante. Na noite em questão, pouco depois das dez da noite, ela fora ao cinema com um homem. O porteiro não prestara muita atenção no acompanhante, mas se lembrava bem da mulher, até porque ela havia parado para lhe pedir informações do filme que estava em cartaz. Os dois ficaram até o final, cerca de uma hora mais tarde.

Mr. Mayherne estava satisfeito. O depoimento de Romaine Heilger era uma sucessão de mentiras do início ao fim. Mentiras nascidas do ódio que ela nutria pelo acusado. O advogado se perguntou se um dia viria a descobrir o motivo por trás daquele ódio. O que será que Leonard Vole fizera contra ela? O cliente pareceu ter ficado chocado quando Mayherne lhe contou sobre a atitude da mulher, porém, após o espanto inicial e a repetida declaração de que aquilo não era possível, o advogado tivera a impressão de que os protestos do cliente não eram de todo sinceros.

Vole *sabia*, disso Mayherne estava convencido. Ele sabia, mas não tinha intenção alguma de revelar os fatos. O segredo entre Leonard e Romaine permanecia um mistério. O advogado se perguntou se, um dia, viria a descobrir a verdade.

Mr. Mayherne olhou de relance para o relógio. Já era tarde, mas não havia tempo a perder. Ele chamou um táxi e passou um endereço ao motorista.

— Sir Charles deve ser informado agora mesmo — murmurou consigo mesmo ao entrar.

O julgamento de Leonard Vole pelo assassinato de Emily French despertou um enorme interesse. Para início de conversa, o prisioneiro era jovem e atraente; então, havia sido acusado de cometer um crime particularmente repugnante e, por fim, a principal testemunha contra ele, Romaine Heilger, era uma atração por si só. Havia fotografias dela em vários jornais e muitos rumores a respeito de sua história de vida.

Os trabalhos iniciaram-se com relativa tranquilidade. Primeiro, houve uma exposição de uma série de evidências técnicas. Em seguida, Janet Mackenzie foi chamada para testemunhar, e a história que contou era, na maior parte, a mesma já conhecida. No interrogatório, a defesa conseguiu fazer com que se ela contradissesse algumas vezes a respeito da relação entre Vole e Miss French. Mr. Mayherne enfatizou ainda que, embora Mackenzie tenha ouvido a voz de um homem na sala de estar, nada indicava que fosse a de Vole, e conseguiu insinuar a dúvida de que boa parte das declarações feitas pela mulher pudessem ter sido motivadas por ciúme e antipatia.

Em seguida, a próxima testemunha foi chamada.

— Seu nome é Romaine Heilger?

— Sim.

— A senhora é cidadã austríaca?

— Sim.

— Ao longo dos três últimos anos, a senhora viveu com o acusado se passando por esposa dele?

Por um momento, os olhos de Romaine Heilger encontraram os do homem no banco dos réus. A expressão da mulher era curiosa e indecifrável.

— Sim.

O interrogatório seguiu em frente. Palavra por palavra, os fatos que condenavam Leonard Vole foram expostos. Na noite em questão, afirmou ela, o acusado havia saído levando consigo um pé de cabra. Ele voltara às 22h20 e confessara ter matado a senhora. Os punhos estavam manchados de sangue, então Vole queimara a camisa no fogão. Depois, ele ameaçara a mulher, ordenando que ela ficasse em silêncio.

À medida que a narrativa avançava, a atitude do júri, que a princípio havia demonstrado uma ligeira simpatia pelo jovem acusado, passou a ser de total hostilidade contra ele. O próprio Vole estava cabisbaixo e melancólico, como se já soubesse que o caso estava perdido.

Um observador mais atento, contudo, teria notado que o promotor estava tentando conter a animosidade de Romaine. Sem dúvida, ele preferiria um depoimento mais imparcial.

Temível e, ao mesmo tempo, enfadonho, o advogado de defesa se levantou.

Ele se aproximou da mulher e a repreendeu, dizendo que a história que ela havia contado não passava de uma mentira maliciosa do início ao fim, que ela nem sequer estava em casa no horário em questão e que era apaixonada por outro homem; por isso, tentava deliberadamente condenar Vole à morte por um crime que ele não havia cometido.

Romaine negou todas as alegações com uma insolência descarada.

Em seguida, chegou a hora do desfecho surpreendente: o advogado exibiu a todos a carta, que foi lida em voz alta enquanto o tribunal inteiro parecia prender a respiração.

Max, meu amado, foi o destino que colocou aquele homem nas nossas mãos! Ele foi preso por assassinato... sim, pelo assassinato de uma velhinha! Justo Leonard, que não faria mal a uma mosca! Finalmente terei minha vingança. Que fracote! Direi que ele chegou em casa naquela noite com manchas de sangue na roupa, que confessou tudo para mim. Eu o mandarei para a forca, Max. E, quando estiver pendurado, saberá que foi Romaine quem o condenou à morte. E então... felicidade, meu bem! Enfim a felicidade!

Havia especialistas no tribunal preparados para garantir que a caligrafia era de Romaine Heilger, mas não foi necessário. Diante daquela prova, Romaine perdeu as estribeiras e se pôs a confessar tudo. Leonard Vole tinha mesmo voltado para casa no horário que informara, 21h20, e ela inventara toda aquela história para arruiná-lo.

Com a derrocada de Romaine Heilger, a acusação viu seu trunfo desaparecer. Sir Charles chamou as testemunhas restantes e o próprio acusado contou sua versão da história, de maneira simples e direta, sem cair em contradição.

A acusação fez de tudo para explorar os elementos que ainda lhe restavam, mas sem grande sucesso. A recapitulação feita pelo juiz não foi de todo favorável ao acusado, mas o júri reagiu e não precisou de muito tempo para chegar ao veredito.

— Consideramos o acusado inocente.

Leonard Vole estava livre!

O pequeno Mr. Mayherne levantou-se sem perder tempo. Precisava parabenizar o cliente.

Quando deu por si, já estava limpando vigorosamente o pincenê; tentou se controlar. Na noite anterior, a esposa lhe dissera que aquilo estava se tornando um hábito. Como são curiosos, os hábitos. Muitas vezes, as pessoas nem percebem que os têm.

Que caso interessante. Interessantíssimo. Ainda mais por conta daquela mulher: Romaine Heilger. Sua figura incomum havia dominado o caso.

Na casa de Paddington, ela lhe parecera uma mulher pálida e tranquila. Mas, no tribunal, destacava-se como uma figura de absoluta importância contra o fundo sombrio. Como uma flor tropical.

Caso fechasse os olhos, era possível visualizá-la, alta e veemente, o corpo primoroso com uma leve inclinação para a frente, abrindo e fechando a mão direita sem se dar conta.

Como são curiosos, os hábitos. Aquele gesto com a mão era um hábito da mulher, supôs ele. Mas tinha visto outra pessoa repeti-lo, e não fazia muito tempo. Quem era? Não fazia muito tempo...

Ao se dar conta da resposta, arfou. *A mulher da pensão Shaw*...

Ele ficou imóvel, a cabeça girava sem parar. Era impossível... impossível... Se bem que Romaine Heilger era atriz.

O Conselheiro do Rei aproximou-se do advogado e lhe deu um tapinha no ombro.

— Já foi dar os parabéns ao nosso homem? Ele escapou por um triz, você sabe. Vá falar com ele.

Mas o homenzinho desvencilhou-se do Conselheiro.

Naquele momento, queria apenas uma coisa: ficar cara a cara com Romaine Heilger.

Só foi vê-la algum tempo depois, e é irrelevante mencionar o local do encontro.

— Então o senhor adivinhou — disse ela, depois que Mayherne confessou suas suspeitas. — Quer saber do rosto? Ah, até que foi fácil! E a luz do lampião a gás era fraca demais para que o senhor notasse a maquiagem.

— Mas... por quê? Por quê?

— Por que eu agi como achei melhor? — Ela abriu um sorriso discreto ao se lembrar da última vez que havia usado aquelas palavras.

— Armar uma comédia tão elaborada assim!

— Meu caro amigo... eu precisava salvá-lo. O testemunho de uma esposa leal não teria convencido o júri, foi o senhor mesmo que disse. Mas eu entendo de psicologia das massas: se meu depoimento fosse arrancado de mim à força e assumisse um aspecto de admissão da minha parte, condenando-me aos olhos da lei, um mecanismo de reação a favor do acusado logo seria acionado.

— E a pilha de cartas?

— Se eu lhe desse apenas uma, a essencial, corria o risco de parecer... como se diz? Uma falcatrua.

— E o homem chamado Max?

— Nunca existiu, meu caro amigo.

— Eu ainda acho — disse o pequeno Mr. Mayherne, magoado —, que poderíamos tê-lo salvado por meios mais... hum... mais convencionais.

— Não me atrevi a arriscar. Veja bem, o senhor *achava* que ele era inocente...

— E a senhora *sabia*? Entendo — disse o pequeno advogado.

— Meu caro Mr. Mayherne — respondeu Romaine —, o senhor não entendeu nada. Eu sabia... que ele era culpado!

O mistério da jarra azul

Publicado originalmente na edição da obra *The Hound of Death* que saiu no Reino Unido pela Oldhams Press em 1933, disponível apenas coletando cupons de uma revista intitulada *The Passing Show*. Posteriormente publicado nos Estados Unidos pela Collins em *The Witness for the Prosecution and Other Stories* em 1948. Foi adaptado para a TV em 1982 na série *The Agatha Christie Hour*.

Jack Hartington analisou a tacada inicial atrapalhada com desânimo. Parado ao lado da bola, olhou de volta para o pino de apoio, calculando a distância. O rosto expressava com clareza o desprezo revoltante que sentia. Suspirou e pegou o taco de ferro, ensaiou duas tacadas agressivas, destruindo no trajeto um dente-de-leão e um tufo de grama, e dirigiu-se com firmeza até a bola.

Quando se tem 24 anos e sua única ambição na vida é melhorar a pontuação no golfe, é difícil ser obrigado a ceder tempo e atenção ao problema que é ganhar dinheiro. Durante cinco dias e meio da semana, Jack se via aprisionado em uma espécie de tumba de mogno na cidade. As tardes de sábado e os domingos eram religiosamente dedicados ao que realmente lhe importava na vida e, por excesso de entusiasmo, ele havia se instalado no pequeno hotel próximo aos campos de golfe do clube Stourton Heath. Acordava todos os dias às seis para encaixar uma horinha de treino antes de pegar o trem das 8h46 até a cidade.

A única desvantagem do plano era que Jack parecia simplesmente incapaz de acertar qualquer coisa àquela hora da manhã. A jogada inicial atrapalhada era seguida por outra malfeita com o taco de ferro. As tacadas que deveriam ser aéreas corriam alegremente pelo gramado, e eram necessárias pelo menos quatro tentativas para arrematar a bola durante as tacadas finais.

Jack suspirou, segurou o taco com firmeza e repetiu para si mesmo as palavras mágicas: *braço esquerdo cruzando pela direita, sem levantar a cabeça.*

Preparou o movimento... e parou, petrificado pelo grito agudo que cortou o silêncio da manhã de verão.

— Assassino! — dizia a voz. — Socorro! Assassino!

Era a voz de uma mulher, e o som foi interrompido por uma espécie de suspiro gorgolejante.

Jack jogou o taco no chão e correu na direção do barulho. Vinha de algum lugar muito próximo. Aquela parte específica do campo era um tanto erma, com poucas casas espalhadas. Na verdade, só havia mesmo uma casa nas proximidades, um chalé pequeno e pitoresco, no qual Jack sempre reparava graças à atmosfera delicada dos tempos antigos que a residência transmitia. Foi na direção daquele chalé que ele correu. A casa estava escondida por trás de um declive coberto por plantações de urze, mas ele o contornou e, em menos de um minuto, estava com as mãos no portãozinho fechado.

Havia uma moça no jardim e, por um instante, Jack chegou à conclusão natural de que havia sido ela quem gritara por socorro. Mas logo mudou de ideia.

Ela carregava nas mãos uma cestinha com plantas e era evidente que havia acabado de se endireitar após colher um punhado de amores-perfeitos. Jack percebeu que o olhar dela era como as próprias flores: aveludado, suave e escuro, em um tom mais violeta que azul. Parecia um amor-perfeito da cabeça aos pés, com um vestido roxo de linho.

A moça encarava Jack com um misto de aborrecimento e surpresa.

— Desculpe o incômodo — disse o jovem —, mas foi você que gritou ainda agora?

— Eu? Não, de forma alguma.

A surpresa foi tão genuína que Jack ficou confuso. A voz era muito suave e bonita, com um leve sotaque estrangeiro.

— Mas você deve ter ouvido — exclamou. — Veio de algum lugar aqui perto.

Ela o encarou.

— Não ouvi absolutamente nada.

Jack encarou-a de volta. Era inacreditável que ela não tivesse ouvido o grito agonizante de socorro. Mas sua calma era tão evidente que ele não conseguia acreditar que estivesse mentindo.

— Veio de um lugar bem perto mesmo — insistiu.

Agora, ela o olhava com suspeita.

— O que dizia? — perguntou.

— Assassino! Socorro! Assassino!

— Assassino, socorro, assassino — repetiu a moça. — Alguém está lhe pregando uma peça, *monsieur*. Quem seria assassinado por aqui?

Jack olhou ao redor, incerto sobre a ideia de descobrir uma pessoa morta naquele jardim. Ainda assim, tinha plena certeza de que o grito que ouviu era verdadeiro, e não um produto de sua imaginação. Observou as janelas do chalé adiante. Tudo parecia normal e tranquilo.

— O senhor quer revistar nossa casa? — perguntou a moça em tom seco.

O ceticismo dela era tão claro que as incertezas de Jack aumentavam ainda mais. Ele deu um passo para trás.

— Me perdoe. Deve ter vindo de algum lugar mais adiante no bosque.

Ele acenou com o boné e foi embora. Olhando por cima do ombro, reparou que a moça havia continuado a colheita com tranquilidade.

Jack passou um certo tempo procurando pelo bosque, mas não encontrou qualquer sinal de que algo estranho ocorrera. No entanto, ainda tinha convicção de que realmente ouvira o grito. No fim das contas, acabou desistindo da busca e apressou-se para tomar o café da manhã e pegar o trem das 8h46 com a margem apertada de alguns segundos, como era de costume. A consciência pesou um pouco durante a viagem. Será que não deveria ter reportado o que ouviu à polícia na mesma hora? O fato de não ter agido de tal maneira devia--se inteiramente à incredulidade da moça das flores. Ela não escondeu que suspeitava de que tudo não passava de invenção. Era provável que a polícia pensasse igual. Ele tinha *mesmo* certeza de que ouvira o grito?

Agora já não tinha mais tanta convicção como antes; consequência natural de tentar recapturar uma lembrança perdida. Será que foi o grito de um pássaro distante que ele havia confundido com a voz de uma mulher?

Rejeitou a ideia, irritado. Era a voz de uma mulher, ele ouvira. Lembrou-se de ter olhado o relógio logo antes de ouvir o grito. Estava quase certo de que eram 7h25 quando escutara o chamado. Seria uma informação relevante para a polícia se, apenas *se*, alguma coisa fosse descoberta.

Voltando para casa à noite, procurou ansioso nos jornais vespertinos para ver se houvera qualquer menção a um crime cometido. Mas não havia coisa alguma, e ele não sabia se ficava aliviado ou decepcionado.

O tempo na manhã seguinte estava úmido, tão úmido que até o golfista mais obstinado veria seu entusiasmo ir por água abaixo. Jack se levantou no último instante possível, engoliu o café da manhã de uma só vez, correu para pegar o trem e novamente examinou, aflito, os jornais. Ainda não havia menção a uma descoberta assombrosa. Nos jornais vespertinos, a mesma história.

— Estranho — falou Jack consigo mesmo —, mas aí está. Talvez tivesse sido só um grupo de meninos agitados brincando no bosque.

Na manhã seguinte, ele saiu cedo. Ao passar pelo chalé, percebeu, de canto de olho, que a moça estava capinando o jardim mais uma vez. Com certeza um hábito. Jack executou uma tacada de aproximação particularmente boa e teve esperança de que ela pudesse ter notado. Enquanto se preparava para a próxima jogada, olhou o relógio.

— Sete e vinte e cinco em ponto — murmurou. — Será que...

As palavras congelaram em seus lábios. De algum lugar atrás dele, surgiu o mesmo grito que tanto o havia assustado no dia anterior. A voz de uma mulher em apuros.

— Assassino! Socorro! Assassino!

Jack voltou correndo. A moça das flores estava parada no portão. Parecia alarmada, e Jack seguiu triunfante em sua direção, exclamando:

— Dessa vez você ouviu, com certeza!

Os olhos dela estavam arregalados e sugeriam um sentimento que Jack não conseguia decifrar, mas ele percebeu que, à medida que se aproximava, ela se afastava e até mesmo olhava para a casa logo atrás, como se pensasse em entrar correndo em busca de abrigo.

Ela balançou a cabeça, encarando-o.

— Não escutei absolutamente nada — disse, confusa.

Era como se ela tivesse lhe acertado uma pancada no meio do rosto. A sinceridade era tão evidente que Jack não poderia duvidar dela. Mas ele não tinha imaginado... não tinha... não tinha...

Ela falou em um tom gentil, quase simpático:

— O senhor está tendo traumas de guerra, não está?

De repente, ele compreendeu o olhar assustado e a maneira como ela olhava para a casa. Ela achava que ele sofria de alucinações.

E então, como um balde de água fria, veio o terrível pensamento: e se ela estivesse certa? Será que ele *realmente* sofria de alucinações? Transtornado com o pavor dessa ideia, virou-se e foi embora aos tropeços, sem proferir uma só palavra. A jovem o observou ir, suspirou, balançou a cabeça e voltou à jardinagem.

Jack esforçou-se para racionalizar os acontecimentos.

— Se eu ouvir aquele grito maldito de novo às 7h25, ficará claro que estou tendo algum tipo de devaneio. Mas não vou ouvir.

Ficou nervoso o dia inteiro e foi se deitar cedo, determinado a pôr os pingos nos is na manhã seguinte.

Como talvez fosse o normal naquelas situações, ele permaneceu acordado durante metade da noite, até que finalmente pegou no sono e acordou tarde. Eram 7h20 quando saiu correndo do hotel em direção ao campo de golfe. Percebeu que não conseguiria chegar no fatídico local às 7h25, mas, se a voz fosse uma alucinação pura e simples, ele a ouviria de qualquer lugar. Continuou correndo, os olhos fixos nos ponteiros do relógio.

Sete e vinte e cinco. De algum lugar distante, emergiu o eco do chamado de uma mulher. Não era possível distinguir as palavras, mas ele estava convicto de que era o mesmo grito que ouvira antes. Vinha do mesmo lugar, em algum ponto nas redondezas do chalé.

Era curioso como aquilo lhe trazia um certo conforto. Poderia ser tudo uma brincadeira, afinal. Apesar de improvável, a própria moça poderia estar pregando uma peça nele. Jack endireitou os ombros com determinação e tirou um taco de golfe da bolsa. Jogaria os poucos buracos que seguiam até o chalé.

A moça estava no jardim, como de costume. Naquela manhã, ela retribuiu o olhar e, quando ele acenou com o boné, respondeu com um bom-dia bem tímido... Ela estava mais encantadora que nunca, pensou.

— Lindo dia, não é? — exclamou Jack, todo alegre, lamentando a banalidade inescapável de sua observação.

— Sim, tem razão, um lindo dia.

— Bom para o jardim, imagino.

A moça abriu um leve sorriso, expondo uma covinha adorável.

— Infelizmente, não. Preciso de chuva para minhas flores. Veja só, estão todas secas.

Jack acatou o convite sugerido pelo gesto e foi até a cerca baixa que separava o quintal do campo de golfe, observando o jardim do outro lado.

— Elas parecem estar bem — constatou com desconforto, já que sentia o olhar de pena da moça enquanto ele falava.

— Nada como o sol, não acha? — disse ela. — Qualquer um pode regar as flores, mas é o sol que lhes dá força e saúde. Vejo que o *monsieur* está bem melhor hoje.

O tom encorajador incomodava Jack imensamente. *Maldição*, pensou. *Acho que ela está tentando me induzir a acreditar que não sou louco.*

— Estou perfeitamente bem — retrucou, irritado.

— Que bom — a moça tratou logo de dizer, procurando tranquilizá-lo.

Jack tinha a irritante sensação de que ela não acreditava nele.

Jogou mais alguns buracos e apressou-se para tomar o café da manhã. Enquanto comia, reparou, não pela primeira vez, na forma como era observado de perto por um homem que se sentava na mesa ao lado. Era um homem de meia-idade, com um rosto forte e poderoso. Tinha uma barba curta e escura e um olhar cinzento penetrante, além de se portar de maneira tranquila e segura — postura que o posicionava como alguém do alto escalão das classes profissionais. Jack sabia que o nome dele era Lavington e já tinha ouvido falar que se tratava de um médico conceituado. Mas, como Jack não era um frequentador da Harley Street, o nome significava pouco ou quase nada para ele.

No entanto, naquela manhã, tinha bastante consciência de estar sendo observado. Será que seu segredo estava escancarado no rosto para que todos vissem? Será que aquele homem, graças ao conhecimento profissional, enxergava algo de errado em sua massa cinzenta?

Jack sentiu calafrios ao pensar naquilo. Seria verdade? Estaria mesmo enlouquecendo? Era tudo alucinação, ou não passava de uma enorme brincadeira?

De repente, pensou em uma forma bem simples de testar uma solução. Até então, ele sempre esteve sozinho em seus jogos. E se alguém fosse junto? Uma de três coisas poderia acontecer. A voz ficaria em silêncio. Os dois ouviriam a voz. Ou apenas ele ouviria.

Naquela noite, ele deu prosseguimento ao plano. Lavington era o homem que queria a seu lado. A conversa fluía com facilidade — era possível que o homem mais velho estivesse aguardando uma abertura como aquela. Era evidente que, por um motivo ou outro, Jack o interessava. Foi com tranquilidade e naturalidade que ele enfim sugeriu que jogassem juntos alguns buracos antes do café da manhã. Combinaram tudo para o dia seguinte.

Chegaram um pouco antes das sete. Era um dia perfeito, calmo e sem nuvens, mas não muito quente. O médico estava jogando bem e Jack, muito mal. A mente dele só pensava na crise iminente. Não parava de olhar disfarçadamente para o relógio. Chegaram à sétima tacada. O chalé ficava entre aquele ponto e o próximo buraco. Eram 7h20.

A moça, como sempre, estava no jardim quando passaram por ali. Ela não olhou para eles.

As duas bolas estavam na área final do gramado: a de Jack mais próxima do buraco e a do médico um pouco mais distante.

— Eu consigo — disse Lavington. — Acho que devo tentar.

Abaixou-se, analisando em qual trajetória deveria lançar a bola. Jack estava imóvel, o olhar fixo no relógio. Eram 7h25 em ponto.

A bola rolou, veloz, pelo gramado, parou na beirada do buraco, hesitou por um instante e caiu.

— Belo arremate — disse Jack. A voz dele parecia áspera e diferente do habitual.

Voltou a deixar o relógio fora de vista com um enorme suspiro de alívio. Nada tinha acontecido. O feitiço fora quebrado.

— O senhor se incomodaria de esperar um minutinho? — perguntou. — Vou acender um cachimbo.

Pararam por um tempo na oitava jogada. Jack encheu o fornilho e acendeu o cachimbo com as mãos, tremendo involuntariamente. Um peso enorme parecia ter saído da cabeça.

— Meu Deus, que dia maravilhoso — constatou, observando as chances dele no jogo com grande alegria. — Vá, Lavington, é sua vez.

Até que aconteceu. No mesmo instante em que o médico executava a tacada. A voz de uma mulher, aguda e agonizante.

— Assassino! Socorro! Assassino!

O cachimbo caiu das mãos trêmulas de Jack ao virar-se na direção do som. Então, ao se lembrar do companheiro, encarou-o sem fôlego.

Lavington estava olhando para o campo adiante, fazendo sombra com a mão sobre o rosto.

— Um pouco fraco, mas acho que passou do banco de areia.

Ele não ouvira coisa alguma.

O mundo parecia girar ao redor de Jack. Ele deu um ou dois passos, cambaleando com força. Quando retomou os sentidos, estava deitado no gramado, com Lavington abaixado a seu lado.

— Pronto, agora relaxe, fique calmo.

— O que aconteceu?

— Você desmaiou, rapaz, ou pelo menos reproduziu uma bela tentativa de desmaio.

— Meu Deus! — exclamou Jack, e depois soltou um grunhido.

— O que houve? Algum problema?

— Eu lhe conto em um instante, mas antes gostaria de fazer uma pergunta.

O médico acendeu o próprio cachimbo e acomodou-se no banco de areia.

— Pergunte o que quiser — disse ele, relaxado.

— O senhor tem me observado nos últimos dias. Por quê?

Os olhos de Lavington cintilaram de leve.

— É uma pergunta estranha. Um gato pode olhar para um rei, não pode?

— Não me enrole, estou falando sério. Por que estava fazendo isso? Tenho um motivo importante para estar perguntando.

A expressão de Lavington ficou séria.

— Responderei com bastante sinceridade. Reconheci em você todos os traços de um homem que sofre com uma pressão severa, e me intrigava saber que tipo de pressão seria essa.

— Posso lhe dizer com facilidade — respondeu Jack em tom amargo. — Estou enlouquecendo.

Ele fez uma pausa dramática, mas, como a afirmação não causou o interesse e a consternação que esperava, repetiu.

— Eu lhe garanto, estou enlouquecendo.

— Muito curioso — murmurou Lavington. — Muito curioso mesmo.

Jack estava indignado.

— Imagino que seja só isso que o senhor pense. Médicos são uns malditos insensíveis.

— Calma, meu jovem, você não está falando coisa com coisa. Para início de conversa, apesar de ter me formado, não exerço a medicina. Estritamente falando, não sou um médico. Quer dizer, não um médico do corpo.

Jack o encarava com intensidade.

— Da mente?

— Sim, de certa forma. Mas, para ser mais preciso, eu me considero um médico da alma.

— Ah!

— Percebo o deboche em seu tom de voz, mas ainda assim precisamos de um termo que denote o princípio ativo que possa ser singularizado e que exista de maneira independente de nosso templo de carne e osso: o corpo. Sabe, é preciso aceitar a alma, meu jovem, ela não é só um termo religioso inventado pelo clero. Podemos chamá-la de mente, subconsciente ou qualquer outro termo que prefira. Você ficou ofendido com meu tom ainda agora, mas posso garantir que de fato achei curioso como um rapaz equilibrado e perfeitamente normal como você sofra com o delírio de que está enlouquecendo.

— Estou ficando louco, sim. Completamente maluco.

— Você vai me perdoar, mas não acredito que esteja.

— Sofro de alucinações.

— Após o jantar?

— Não, pela manhã.

— Impossível — disse o médico, reacendendo o cachimbo que havia se apagado.

— Pois lhe digo que escuto coisas que ninguém mais ouve.

— Uma em cada mil pessoas enxerga as luas de Júpiter. O fato de as outras 999 não enxergarem não é motivo para deixarmos de acreditar na existência delas, tampouco para chamarmos a milésima pessoa de lunática.

— As luas de Júpiter são um fato comprovado pela ciência.

— É bem provável que as alucinações de hoje se tornem os fatos cientificamente comprovados de amanhã.

Apesar de tudo, o pragmatismo de Lavington estava surtindo efeito em Jack. Era imensurável o quanto ele passou a se sentir mais calmo e animado. O médico o observou com atenção por alguns minutos e, então, acenou com a cabeça.

— Melhor assim — disse. — O problema de vocês, jovens, é que têm tanta certeza de que nada pode existir além de suas próprias convicções que acabam perdendo a cabeça quando algo vai de encontro a tais crenças. Conte-me seus argumentos para acreditar que está enlouquecendo e então decidiremos se devemos ou não internar você.

Da forma mais fiel possível, Jack narrou toda a sequência de acontecimentos.

— Mas o que não consigo entender — concluiu — é por que hoje aconteceu às 7h30, cinco minutos atrasado.

Lavington refletiu por um instante. Até que...

— Que horas são agora em seu relógio? — perguntou.

— Sete e quarenta e cinco — respondeu Jack, consultando-o.

— Essa é fácil, então. No meu são 7h40. Seu relógio está cinco minutos adiantado. Esse é um ponto muito interessante e importante... para mim, pelo menos. Na verdade, é indispensável.

— Em que sentido?

Jack estava começando a mostrar interesse.

— Bem, a explicação óbvia é que, no primeiro dia, você *de fato* ouviu algum grito. Pode ter sido uma brincadeira ou não. Nas manhãs seguintes, você se induziu a ouvi-lo exatamente na mesma hora.

— Tenho certeza de que não fiz isso.

— Não de maneira consciente, é claro, mas o subconsciente gosta de pregar peças, entende? De todo modo, porém, essa explicação não funciona. Se esse fosse um caso psicológico, você teria ouvido o grito às 7h25 do seu relógio, nunca teria escutado quando a hora já havia passado, como você achava.

— O que houve, então?

— Bem, é óbvio, não é? Esse grito por socorro ocupa perfeitamente um ponto no tempo e no espaço. O espaço são as redondezas do chalé e o tempo é o horário, 7h25.

— Sim, mas por que sou *eu* quem escuta o grito? Não acredito em fantasmas, nem em nenhuma dessas coisas macabras, barulhos de espírito e todo o resto. Por que logo eu escuto essa desgraça?

— Ah! Isso não podemos desvendar agora. É curioso como muitos dos melhores médiuns surgem de céticos obstinados. Não são os interessados por fenômenos ocultos que testemunham as manifestações. Certas pessoas veem e escutam coisas que outras não conseguem, não sabemos por quê. Em quase todos os casos, elas não queriam ver nem escutar tais coisas e se convencem de que estão sofrendo de alucinações, assim como você. É como a eletricidade. Algumas substâncias são condutoras, e outras, isolantes. Por muito tempo, não sabíamos o porquê disso, tínhamos apenas que nos contentar com o fato. Hoje em dia temos conhecimento. Um dia, sem sombra de dúvida, saberemos por que você consegue ouvir esse grito e eu e a moça, não. Tudo é controlado pelas leis da natureza, não existe o sobrenatural. Descobrir as leis que controlam os supostos fenômenos psíquicos será um trabalho difícil, mas toda pequena informação ajuda.

— Mas o que eu vou *fazer*? — indagou Jack.

Lavington deu uma risadinha.

— Vejo que é pragmático. Bem, meu jovem, você vai tomar um belo café da manhã e seguir para a cidade sem colocar mais preocupações na cabeça sobre aquilo que não entende. Por outro lado, eu vou investigar e ver o que consigo descobrir sobre o chalé ali atrás. É lá que o mistério circula, posso apostar.

Jack levantou-se.

— Certo, senhor. Estou de acordo, mas...

— Sim?

Jack corou, constrangido.

— Tenho certeza de que não há algo de errado com a moça — balbuciou.

Lavington parecia se divertir.

— Você não me falou que era uma moça bonita! Bem, anime-se, imagino que o mistério tenha se iniciado antes do tempo dela.

Jack chegou em casa naquela noite sentindo uma tremenda curiosidade. Àquela altura, já havia depositado toda a confiança em Lavington. O médico tinha ouvido a história com tanta naturalidade, sem parecer nem um pouco surpreso ou perturbado por ela, que Jack ficou impressionado.

Quando desceu para comer, encontrou o novo amigo esperando por ele no saguão, e o médico sugeriu que jantassem juntos.

— Alguma novidade, senhor? — perguntou Jack, ansioso.

— Consegui reunir toda a história do Chalé Florido. Os primeiros inquilinos foram um velho jardineiro e a esposa. O velho morreu e a senhora foi morar com a filha. Depois, a posse passou para um construtor, que modernizou o local com sucesso e o vendeu para um rapaz da cidade, que tinha o intuito de usá-lo nos fins de semana. Há mais ou menos um ano, ele vendeu a propriedade para um casal chamado Turner, Mr. e Mrs. Turner. Parece que eram um casal bem curioso, pelo que pude inferir. Ele era inglês, e todos pareciam supor que a esposa era parcialmente russa, uma mulher muito bonita e singular. Viviam de maneira discreta, não encontravam quem quer que fosse e quase nunca iam além do jardim. Havia rumores de que eles tinham medo de alguma coisa, mas acho que não devemos confiar nisso.

"Até que, um belo dia, eles foram embora de repente; reuniram todos os pertences de manhã cedo e nunca mais voltaram. O agente imobiliário daqui recebeu uma carta de Mr. Turner, endereçada de Londres, dando instruções para que vendesse o local o mais rápido possível. Os móveis foram vendidos e a casa em si foi comprada por um tal de Mr. Mauleverer. Ele só morou ali de fato durante quinze dias; depois, disponibilizou a casa mobiliada para aluguel. Quem mora lá hoje é um professor francês muito doente e a filha. Chegaram há apenas dez dias."

Jack digeriu as informações em silêncio.

— Não vejo como isso ajuda em nossa investigação — disse por fim. — E o senhor?

— Eu quero muito saber mais sobre os Turner — respondeu Lavington em voz baixa. — Eles foram embora bem cedo pela manhã, lembra? Até onde pude averiguar, ninguém de fato os viu saindo. Mr. Turner foi visto desde então, mas não consigo encontrar alguém que tenha notícias de Mrs. Turner.

Jack empalideceu.

— Não pode ser... O senhor não quer dizer que...

— Não se exalte, meu jovem. No momento da morte, a influência que uma pessoa exerce sobre os arredores, principalmente em casos de morte violenta, é muito forte. É possível que as imediações absorvam essa influência e então a transmitam para um receptor com a sintonia adequada. Nesse caso, você.

— Mas por que eu? — murmurou Jack, irritado. — Por que não alguém que pudesse ajudar?

— Você está interpretando essa força como algo inteligente e intencionado, em vez de algo indiscriminado e mecânico. Eu mesmo não acredito em espíritos presos à terra, assombrando um lugar por um motivo específico. Mas o que já vi, repetidas vezes, a ponto de não mais acreditar ser mera coincidência, é uma espécie de agitação oculta rumo à justiça. Uma movimentação subterrânea de forças invisíveis, sempre trabalhando às escuras em busca de um desfecho...

Ele se sacudiu, como se estivesse espantando uma obsessão que o preocupava, e se virou para Jack com um sorriso.

— Vamos encerrar o assunto, pelo menos por hoje — sugeriu.

Jack concordou na mesma hora, mas não achou tão fácil tirar aquilo tudo da cabeça.

Durante o fim de semana, realizou as próprias investigações, mas não obteve informações muito diferentes das que o médico já havia descoberto. Definitivamente não jogaria mais golfe antes do café da manhã.

A próxima peça do quebra-cabeça veio de um encontro inesperado. Voltando para casa certo dia, Jack fora informado de que uma jovem senhorita estava esperando por ele. Para sua grande surpresa, era a moça do jardim, a moça dos amores-perfeitos, como ele sempre a chamava em seus pensamentos. Estava muito nervosa e confusa.

— Perdoe-me, *monsieur*, por procurá-lo dessa forma. Mas preciso lhe contar uma coisa... Eu...

Ela olhou ao redor, insegura.

— Venha aqui — instruiu Jack prontamente, levando-a para a sala de recepção do hotel, que estava vazia, com diversos assentos vermelhos espalhados. — Sente-se, Miss, Miss...

— Marchaud, *monsieur*, Felise Marchaud.

— Sente-se, *Mademoiselle* Marchaud, e conte-me tudo.

Felise obedeceu e sentou-se. Estava usando um vestido verde, com a beleza e o charme de seu rostinho orgulhoso mais evidentes do que nunca. O coração de Jack bateu com mais força quando se sentou ao lado dela.

— Pois bem — explicou Felise. — Estamos aqui há pouco tempo e, desde o começo, ouvimos que a casa, nossa casinha tão linda, é mal-assombrada. Nenhum empregado fica ali. Isso não importa muito. Posso fazer as tarefas domésticas e cozinhar sem muitas dificuldades.

Um anjo, pensou o jovem, encantado. *Ela é maravilhosa*. No entanto, manteve o semblante de atenção e seriedade.

— Nunca acreditei em fantasmas, sempre achei uma bobagem. Até quatro dias atrás. *Monsieur*, há quatro noites seguidas ando tendo o mesmo sonho. Uma mulher linda, alta, muito graciosa, que segura nas mãos uma jarra azul de porcelana. Está angustiada, muito angustiada, e não para de me oferecer a jarra, como se implorasse que eu fizesse algo com ela. Mas que angústia! Ela não consegue falar e eu... não sei o que ela está pedindo. Esse foi o sonho durante duas noites, mas, anteontem, mais coisas surgiram. Ela e a jarra aos poucos desaparecem e, de repente, ouço uma voz aos berros. Sei que é a voz dela, entende? Ah, *monsieur*! As palavras que ela diz são as mesmas que o senhor me contou naquele dia. "Assassino! Socorro! Assassino!" Acordei em pânico. Disse a mim mesma que era só um pesadelo, que as palavras que o senhor me contou não passavam de uma mera coincidência. Mas, na noite passada, o pesadelo voltou. *Monsieur*, o que está acontecendo? O senhor também ouviu. O que vamos fazer?

Felise estava apavorada. As mãozinhas dela se juntaram uma à outra e ela olhava para Jack em súplica. Ele manifestou uma despreocupação que não sentia de fato.

— Está tudo bem, *Mademoiselle* Marchaud. Não há com o que se preocupar. Vou lhe dizer o que gostaria que fizesse. Se você não se importar, por favor, repita toda a história para um amigo meu hospedado aqui, o Dr. Lavington.

Felise se prontificou a seguir a sugestão e Jack foi à procura de Lavington. Depois de alguns minutos, estava de volta com o médico.

Lavington analisou a moça intensamente enquanto Jack apresentava um ao outro. Após algumas palavras reconfortantes, ele logo a tranquilizou e, então, ouviu a história, concentrado.

— Muito curioso — disse ele quando a moça terminou. — Contou isso a seu pai?

Felise negou com a cabeça.

— Não quero preocupá-lo. Ainda está muito doente. — Os olhos dela se encheram de lágrimas. — Afasto dele qualquer coisa que possa causar fortes estímulos ou agitação.

— Entendo — retrucou Lavington, compreensivo. — Estou feliz por ter vindo até nós, *Mademoiselle* Marchaud. Como sabe, Hartington teve uma experiência parecida com a sua. Acho que posso dizer que estamos no caminho certo agora. Não há mais nada que consiga lembrar?

Felise deu um pulo.

— Mas é claro! Como sou tola. É o sentido de toda a história. Veja, *monsieur*, o que encontrei nos fundos do armário. Havia escorregado para trás da prateleira.

Ela lhes mostrou um pedacinho de papel sujo, com uma mulher desenhada em aquarela. Era um esboço, mas dava para ter uma ideia. Retratava uma mulher alta e bonita, com um toque sutilmente estrangeiro na expressão. Estava ao lado de uma mesa, sobre a qual havia uma jarra azul de porcelana.

— Encontrei isso hoje pela manhã — explicou Felise. — *Monsieur le docteur*, esse é o rosto da mulher que vi em meu sonho, e essa é a mesma jarra azul.

— Extraordinário — comentou Lavington. — É evidente que a chave do mistério está na jarra azul. Creio que seja uma jarra chinesa, provavelmente antiga. Parece ter uma padronagem em relevo bem interessante.

— É chinesa mesmo — afirmou Jack. — Já vi uma muito parecida na coleção de meu tio. Ele é um grande colecionador de porcelanato chinês, e me lembro de ter notado uma jarra assim há pouco tempo.

— A jarra chinesa — refletiu Lavington. Ele passou alguns minutos pensativo, até que, de repente, levantou a cabeça com um brilho curioso nos olhos. — Hartington, há quanto tempo seu tio tem essa jarra?

— Há quanto tempo? Não faço ideia.

— Pense. Ele a comprou recentemente?

— Não sei... Sim, acho que sim, agora que parei para pensar. Não tenho muito interesse em porcelanas, mas lembro que ele me mostrou as "aquisições recentes" e essa era uma delas.

— Menos de dois meses atrás? Os Turner deixaram o Chalé Florido há somente dois meses.

— Acredito que sim.

— Seu tio às vezes frequenta bazares do interior?

— Ele está sempre batendo perna em busca de novos bazares.

— Então não é tão improvável presumirmos que tenha comprado essa peça de porcelana em específico na venda dos pertences dos Turner. Uma coincidência curiosa, ou talvez seja o que chamo de agitação oculta rumo à justiça. Hartington, você precisa descobrir agora mesmo onde seu tio comprou a jarra.

Jack ficou desolado.

— Impossível. Tio George está no continente. Eu não saberia nem para onde enviar uma carta.

— Por quanto tempo ele viajará?

— De três semanas a um mês, pelo menos.

Um momento de silêncio se instalou entre eles. Felise permaneceu lá, olhando ansiosa para os dois homens.

— Existe algo que possamos fazer? — perguntou com timidez.

— Há uma coisa — disse Lavington, com uma empolgação comedida. — Inusitada, talvez, mas imagino que vá funcionar. Hartington, você precisa ir atrás dessa jarra. Traga-a para cá e, com a permissão de *mademoiselle*, passaremos uma noite no Chalé Florido, levando conosco a jarra azul.

Jack sentiu um arrepio desconfortante.

— O que o senhor acha que acontecerá? — perguntou, tenso.

— Não faço a menor ideia, mas sinceramente acredito que o mistério será resolvido e o fantasma, dissipado. É bem possível que a jarra tenha um fundo falso e que algo esteja escondido ali dentro. Se nenhum fenômeno se manifestar, teremos que usar nossa própria criatividade.

Felise juntou as mãos.

— É uma ideia maravilhosa — exclamou.

Seus olhos brilhavam com entusiasmo. Jack não sentia tanta empolgação; na verdade, estava apavorado, mas nada o faria admitir o medo diante de Felise. O médico agia como se sua proposta fosse a coisa mais natural do mundo.

— Quando você conseguirá a jarra? — perguntou Felise, virando-se para Jack.

— Amanhã — respondeu, relutante.

Agora, aquela história era um caminho sem volta, mas a lembrança do grito desesperado que o assombrava toda manhã pertencia à categoria de coisas que se deve esquecer, não evocar.

Ele foi até a casa do tio na noite seguinte e pegou a tal jarra. Depois de vê-la novamente, estava mais que convencido de que era idêntica à jarra desenhada no esboço aquarelado. Porém, por mais que examinasse com atenção, não encontrou qualquer sinal de fundo falso.

Eram onze horas quando Jack e Lavington chegaram ao Chalé Florido. Felise estava esperando por eles e abriu a porta com cuidado antes mesmo que eles batessem.

— Entrem — sussurrou. — Meu pai está dormindo lá em cima, não podemos acordá-lo. Fiz um café para vocês.

Ela os guiou até a pequena e aconchegante sala de estar. Havia uma lamparina a álcool em cima de uma grelha e, curvando-se sobre ela, a moça preparou um café perfumado.

Jack desembrulhou as várias camadas de proteção que envolviam a jarra chinesa. Felise se espantou quando os olhos pousaram no objeto.

— Sim, sim! — exclamou, inquieta. — É ela. Reconheceria em qualquer lugar.

Enquanto isso, Lavington fazia os próprios preparativos. Tirou todos os enfeites de uma mesinha e a posicionou no meio da sala. Ao redor dela, dispôs três cadeiras. Depois, pegando a jarra das mãos de Jack, colocou-a no centro da mesa.

— Agora — disse ele —, estamos prontos. Apague as luzes e vamos nos sentar ao redor da mesa na escuridão.

Os dois obedeceram ao comando. A voz de Lavington surgiu no breu.

— Não pensem em nada ou pensem em tudo. Não forcem a mente. É possível que um de nós tenha poderes mediúnicos. Se for verdade, essa pessoa entrará em transe. Lembrem-se, não há o que temer. Expulsem o medo do coração e flutuem... Flutuem...

A voz dele foi sumindo até se calar. Minuto a minuto, o silêncio cultivava possibilidades. Era muito fácil para Lavington pedir que “expulsassem o medo”. Não era nem medo o que Jack sentia; era pânico. E tinha quase certeza de que Felise sentia o mesmo. De repente, ouviu a voz dela, baixa e assustada.

— Algo terrível vai acontecer. Eu sinto.

— Expulsem o medo — repetiu Lavington. — Não lutem contra o que está conosco.

A escuridão se fez mais escura e o silêncio, mais severo. A indefinível sensação de ameaça se aproximava.

Jack sentiu-se asfixiado, sufocado, o ser maligno estava muito próximo...

Até que o perigo passou. Jack estava à deriva, flutuando correnteza abaixo, de olhos fechados. Paz... Escuridão...

Jack se mexeu devagar. A cabeça estava pesada feito chumbo. Onde ele estava?

Luz do sol... Pássaros... Estava deitado, olhando para o céu.

E então, lembrou-se de tudo ao mesmo tempo. A salinha. Os assentos. Felise e o médico. O que havia acontecido?

Ele se sentou, a cabeça latejando de desconforto, e olhou ao redor. Estava jogado em uma pequena área do bosque, não muito longe do chalé. Não havia mais ninguém com ele. Jack pegou o relógio. Para seu espanto, já era 12h30.

Ele se levantou com dificuldade e correu o mais rápido possível na direção do chalé. Deviam ter ficado assustados com sua dificuldade de sair do transe e levaram-no para um local aberto.

Chegando ao chalé, bateu forte na porta. Contudo, não houve resposta, nem sinal de vida nos arredores. Eles deviam ter ido chamar ajuda. Ou então... Jack sentiu um medo indescritível invadir sua mente. O que acontecera aquela noite?

Ele voltou às pressas ao hotel. Estava prestes a fazer perguntas no balcão quando foi interrompido por um tremendo soco nas costelas, que quase o derrubou. Ao se virar, indignado, avistou um velho senhor de cabelos brancos, muito alegre.

— Não esperava por essa, meu garoto? Não esperava mesmo, não é? — disse o sujeito.

— Tio George! Achei que estivesse a quilômetros de distância, em algum lugar da Itália.

— Ah, mas não estava! Cheguei em Dover ontem à noite. Pensei em ir de carro até a cidade e dei uma paradinha por aqui para ver você. E o que é que encontro? Passou a noite toda na rua, hein? Mas que comportamento...

— Tio George — Jack o encarava com firmeza —, tenho uma história extraordinária para lhe contar. Ouso dizer que ficará incrédulo.

— Ouso dizer que não — disse o senhor com uma risada. — Mas dê seu melhor, garoto.

— Antes, tenho que pegar algo para comer — prosseguiu Jack. — Estou faminto.

Seguiram para a sala de jantar e, diante de uma bela refeição, Jack narrou toda a história.

— E sabe Deus onde eles foram parar — concluiu.

O tio parecia à beira de um ataque apoplético.

— A jarra — finalmente conseguiu articular. — A JARRA AZUL! O que aconteceu com ela?

Jack o encarou sem entender nada. Contudo, imerso no turbilhão de palavras que vieram a seguir, começou a compreender. Veio tudo de uma só vez:

— Ming... peça rara... ícone da minha coleção... vale pelo menos dez mil libras... oferecida por Hoggenheimer, o milionário estadunidense... uma das únicas no mundo... desembucha, rapaz, o que você fez com minha JARRA AZUL?

Jack saiu da sala em disparada. Precisava encontrar Lavington. A jovem funcionária no balcão o olhou com frieza.

— O Dr. Lavington foi embora tarde da noite, de carro. Deixou um bilhete para o senhor.

Jack o abriu de uma só vez. Era curto e sucinto.

Meu jovem amigo,
A era do sobrenatural já está no fim? Imagino que não — ainda mais quando fantasiada com modernos jargões científicos. Saudações cordiais de Felise, do pai doente e de mim mesmo. Tivemos doze horas de vantagem, que devem ser suficientes.

Sempre a seu dispor,
Ambrose Lavington,
Médico da Alma.

O estranho caso de Sir Arthur Carmichael

Publicado originalmente na edição da obra *The Hound of Death* que saiu no Reino Unido pela Oldhams Press em 1933, disponível apenas coletando cupons de uma revista intitulada *The Passing Show*. Foi publicado pela primeira vez nos Estados Unidos na coletânea de *The Golden Ball and Other Stories*, 1971.

(Tirado das anotações do falecido Dr. Edward Carstairs, médico e eminente psicólogo.)

Sei muito bem que os estranhos e trágicos acontecimentos registrados neste diário podem ser interpretados de duas maneiras. Minha opinião pessoal, no entanto, não mudou. Se escrevo a história em todos os detalhes é porque me convenceram e, de fato, considero meu dever para com a ciência evitar que fenômenos tão misteriosos e inexplicáveis caiam no esquecimento.

Foi um telegrama de um amigo, Dr. Settle, que me apresentou ao assunto. Ele limitou-se a mencionar o nome de Carmichael, sem entrar em detalhes; mesmo assim, peguei o trem de 12h20 em Paddington e fui para Wolden, em Herefordshire.

O nome dos Carmichael não me era estranho. Cheguei a conhecer o falecido Sir William Carmichael de Wolden, mas fazia onze anos que eu não tinha notícias dele. Sabia que ele tinha um filho, o atual baronete, que já devia ser um rapaz de mais ou menos 23 anos. Lembrava-me de maneira vaga de ter ouvido rumores a respeito de um segundo casamento de Sir William, mas não me foram tão úteis; eram, essencialmente, fofocas depreciativas que envolviam a segunda Lady Carmichael.

Settle me encontrou na estação.

— Agradeço por ter vindo — disse ele, apertando minha mão.

— Não tem de quê. Pelo que entendi, o problema é de minha competência, certo?

— Exatamente.

— Transtornos mentais, então? — arrisquei. — Manifestações incomuns?

Àquela altura, já tínhamos pegado minhas malas e estávamos sentados em uma carruagem de duas rodas a caminho de Wolden, a cerca de três milhas de distância da estação. Settle não respondeu à minha pergunta de imediato, mas, de repente, começou a falar.

— É uma história incompreensível! Temos um jovem de 23 anos, perfeitamente comum em todos os aspectos. Um rapaz agradável, talvez não tão brilhante, talvez um pouco vaidoso, mas, sem dúvida, compatível com seus pares da classe alta inglesa. Certa noite, ele vai dormir nas condições habituais e, na manhã seguinte, é encontrado vagando pela aldeia, incapaz até mesmo de reconhecer os entes queridos.

— Ah! — exclamei, interessado. O caso prometia ser dos bons. — Perda total da memória? E, me diga, quando foi que aconteceu?

— Ontem de manhã. Dia nove de agosto.

— E não há causa aparente? Um choque, por exemplo.

— Nada.

Tive uma suspeita repentina.

— Está escondendo alguma informação?

— N-não.

A hesitação a confirmou.

— Preciso saber de todos os detalhes.

— É uma história que nada tem a ver com Arthur, e sim com... com a casa.

— Com a casa — repeti, espantado.

— Você já lidou com casos semelhantes, não, Carstairs? Já "examinou" casas ditas mal-assombradas. Qual é sua opinião a respeito?

— Nove a cada dez casos não passam de farsas. O décimo, no entanto... pois bem, já vi manifestações absolutamente inexplicáveis do ponto de vista materialista. Eu acredito nas artes ocultas.

Settle concordou com a cabeça. Tínhamos chegado aos portões do parque e meu amigo apontou para a mansão baixa e branca na encosta de uma colina.

— Aquela é a casa — disse ele. — E há *alguma coisa* ali dentro, algo horrível e misterioso. Todos nós sentimos... E olha que não sou supersticioso...

— E que forma essa coisa assume? — perguntei.

Ele manteve os olhos fixos à frente.

— Prefiro não antecipar nada. Veja, se você entrar naquela casa sem ideias preconcebidas e, mesmo assim, vir a coisa... bem...

— Sim — respondi —, é melhor dessa maneira. Mas adoraria saber um pouco mais sobre a família.

— Sir William — começou Settle — foi casado duas vezes. Arthur é filho da primeira esposa. Há nove anos, ele se casou de novo, e a atual Lady Carmichael é um mistério para todos. Ela é só metade inglesa, e suspeito que sangue asiático corra em suas veias.

Ele fez uma pausa.

— Settle — falei —, você não gosta de Lady Carmichael.

Ele admitiu com muita sinceridade.

— Não, não gosto. Sempre achei que havia algo de sinistro nela. Bem, vamos em frente. A segunda esposa deu mais um filho a ele, um menino que hoje tem 8 anos. Sir William morreu há três anos, e Arthur herdou o título e a casa. A madrasta e o meio-irmão continuaram morando com o rapaz em Wolden, mas devo lhe dizer que a propriedade já não é mais a mesma de antes. Quase toda a renda de Sir Arthur vai para a manutenção da casa. Tudo que Sir William pôde deixar para a esposa foram algumas centenas de libras por ano, mas, felizmente, Arthur e a madrasta sempre tiveram uma ótima relação, e o novo baronete concordou de bom grado em deixá-la morar com ele. Então...

— Sim?

— Há dois meses, Arthur ficou noivo de uma bela moça, Miss Phyllis Patterson. — Em voz baixa, acrescentou: — O casamento estava previsto para o próximo mês. Ela mora na casa agora. Você pode imaginar como está angustiada...

Fiz que sim com a cabeça, mas permaneci em silêncio.

Estávamos nos aproximando da casa. À direita, o gramado estendia-se pouco a pouco e, de repente, vi uma cena encantadora: devagar, uma moça caminhava pelo gramado e seguia em direção à casa. Como não usava chapéu, o sol realçava o brilho de seu belo cabelo dourado. Ela carregava uma cesta de rosas enquanto um lindo gato persa de pelo cinzento se enroscava carinhosamente em seus pés.

Lancei um olhar questionador a Settle.

— Aquela é Miss Patterson — disse ele.

— Pobrezinha — comentei —, pobrezinha. Que imagem ela forma, com as rosas e o gato cinza!

Ouvi um som baixinho e logo olhei para o meu amigo. As rédeas tinham escapado de suas mãos e o rosto estava pálido.

— O que houve? — perguntei, assustado.

Ele se recompôs com certa dificuldade.

— Nada — respondeu ele —, nada.

Dali a alguns minutos, finalmente havíamos chegado, e eu o segui até a sala verde, onde o chá era servido.

Assim que entramos, uma mulher de meia-idade, ainda muito atraente, levantou-se e veio em nossa direção com a mão estendida.

— Lady Carmichael, este é meu amigo, Dr. Carstairs.

Não sei explicar o arrepio de repulsa que senti quando segurei a mão daquela dama charmosa e imponente, que movia-se com uma graça sombria e lânguida que me fez lembrar da insinuação de Settle a respeito do suposto sangue asiático.

— Que bom que o senhor veio, Dr. Carstairs — disse ela; a voz baixa e musical —, para tentar nos ajudar neste momento de necessidade.

Dei uma resposta superficial e ela me entregou o chá.

Alguns minutos mais tarde, a moça que eu tinha visto do lado de fora entrou na sala. O gato não estava mais por perto, mas ela ainda carregava a cesta com as rosas. Settle me apresentou e ela se aproximou de mim com entusiasmo.

— Ah! Dr. Carstairs, o Dr. Settle nos falou muito do senhor. Sinto que conseguirá ajudar o pobre Arthur.

Sem dúvida, Miss Patterson era uma moça bonita, por mais que as bochechas fossem pálidas e as olheiras rodeassem os olhos sinceros.

— Minha jovem — falei, a fim de tranquilizá-la —, não há por que se desesperar. Casos de amnésia ou de dupla personalidade não costumam durar muito. O paciente pode voltar ao normal a qualquer momento.

Ela negou com a cabeça.

— Não acho que seja um caso de dupla personalidade — disse. — *Esse* não é mais Arthur, de forma alguma. Não tem *nada* a ver com ele. Não é *ele*. Eu...

— Phyllis, querida — disse Lady Carmichael suavemente —, aqui está seu chá.

Algo na maneira como ela olhou para a jovem me disse que a senhora não nutria qualquer simpatia pela futura nora.

Miss Patterson recusou o chá e eu perguntei, para quebrar o gelo:

— Não vai dar um pouco de leite ao gatinho?

Ela me olhou de forma estranha.

— O... gatinho?

— Sim, aquele que estava com a senhorita lá no jardim...

Fui interrompido por um estardalhaço. Lady Carmichael havia derrubado o bule e a água quente se espalhava por todo o chão. Enquanto eu tentava remediar a situação, Phyllis

Patterson lançou um olhar questionador para Settle, que, por sua vez, se levantou.

— Gostaria de ver o paciente agora, Carstairs?

Eu o segui no mesmo instante. Miss Patterson veio conosco. Chegamos ao andar de cima e Settle tirou uma chave do bolso.

— De vez em quando, ele sai perambulando por aí — explicou. — É por isso que, quando estou fora, costumo trancar a porta.

Ele girou a chave na fechadura e nosso pequeno grupo entrou.

O rapaz estava sentado bem perto da janela, onde os últimos raios de sol batiam, dourados e oblíquos. Estava imóvel e curvado, mas todos os músculos pareciam relaxados. A princípio, achei que não tivesse notado nossa presença. Depois, porém, percebi que, por trás das pálpebras imóveis, ele nos observava de perto. Quando encontrou meu olhar, o rapaz piscou, mas seguiu parado.

— Veja, Arthur — disse Settle, animado. — Miss Patterson e um amigo meu vieram visitá-lo.

O rapaz se limitou a piscar. Pouco depois, no entanto, eu o peguei nos observando outra vez, furtiva e secretamente.

— Não quer seu chá? — perguntou Settle, ainda bem animado, como se estivesse falando com uma criança.

Ele pôs um copo de leite na mesa. Surpreso, arqueei as sobrancelhas, e Settle sorriu.

— É engraçado — comentou —, mas a única coisa que ele toma é leite.

Depois de alguns instantes, sem a menor pressa, Sir Arthur saiu de sua pose encolhida e caminhou devagar até a mesa. Na mesma hora, notei que seus movimentos eram muito silenciosos. Ele não fazia qualquer barulho ao caminhar. Quando chegou à mesa, alongou-se de um jeito extraordinário, posicionando uma perna à frente e esticando a outra para trás. Prolongou o exercício o máximo possível e, em seguida, bocejou. Eu nunca tinha visto alguém bocejar daquela maneira! Parecia envolver todo o rosto.

O rapaz, então, passou a se concentrar no leite, inclinando-se até os lábios encostarem na bebida.

Settle respondeu à minha pergunta silenciosa.

— Ele não usa as mãos. Parece ter regredido a um estado primitivo. Bem estranho, não?

Senti Phyllis Patterson se encolher discretamente a meu lado e, por isso, pousei a mão no braço dela.

Por fim, o leite acabou e Arthur Carmichael voltou a se alongar. Depois, com os mesmos passos silenciosos, ele voltou para perto da janela e ali se encolheu de novo, piscando para nós.

Miss Patterson conduziu-nos ao corredor. A moça tremia da cabeça aos pés.

— Ah! Dr. Carstairs — exclamou. — Aquela coisa ali dentro *não é* ele, não é Arthur! Eu sinto, eu sei disso…

Balancei a cabeça com pesar.

— O cérebro nos prega peças estranhas, Miss Patterson.

Confesso que o caso me intrigou. Nunca tinha visto algo parecido. Por mais que eu não conhecesse o jovem Carmichael, seu jeito de se mover e de piscar me lembrava de algo ou alguém que eu não conseguia definir.

Naquela noite, tivemos um jantar tranquilo, e Lady Carmichael e eu assumimos a tarefa de não deixar a conversa morrer. Quando as damas se retiraram, Settle me perguntou o que eu tinha achado da anfitriã.

— Devo confessar — respondi —, que não gostei nem um pouco dela, embora não saiba explicar por quê. Você tinha razão, há sangue asiático naquelas veias, e acrescentaria ainda que ela tem poderes ocultos. É uma mulher de extraordinário magnetismo.

Settle parecia prestes a dizer alguma coisa, mas acabou se segurando. Depois de alguns minutos, limitou-se a comentar:

— Ela é muito apegada ao filhinho.

Após o jantar, retornamos à sala verde. Tínhamos acabado de tomar um café e falávamos, com certa dificuldade, sobre os acontecimentos do dia, quando o gato começou a miar do lado de fora da porta, querendo muito entrar. Como ninguém parecia se importar e eu adoro animais, acabei me levantando algum tempo depois.

— Será que posso abrir a porta para o coitadinho? — perguntei a Lady Carmichael.

Ela empalideceu, mas me respondeu com um leve aceno de cabeça, que interpretei como consentimento. Sem mais delongas, fui até a porta e a abri. Do lado de fora, porém, o corredor estava vazio.

— Que estranho — comentei —, eu poderia jurar ter ouvido um gato.

Enquanto voltava a me sentar, percebi que todos me observavam atentamente, o que me deixou meio desconfortável.

Fomos cedo para a cama. Settle me acompanhou até o quarto.

— Tem tudo de que precisa por aqui? — perguntou ele, dando uma olhada ao redor.

— Tenho, sim, obrigado.

Ele hesitou um pouco na porta, como se quisesse dizer alguma coisa que estava entalada na garganta.

— Aliás — comentei —, você me disse que havia algo de estranho na casa, certo? Mas, até agora, não notei nada.

— Você diria que é uma casa alegre?

— Não, de forma alguma, dadas as circunstâncias. É evidente que a sombra de uma dor profunda paira sobre o lugar. Mas, no que diz respeito ao sobrenatural, eu diria que não há com o que se preocupar.

— Boa noite — disse Settle, de repente. — E bons sonhos.

E, de fato, eu sonhei mesmo. O gato de Miss Patterson parecia ter deixado uma marca em minha mente, pois, durante a noite inteira, não fiz coisa alguma além de sonhar com o pobre animal.

A certa altura, acordei assustado e entendi o motivo de tantos sonhos felinos. A criatura não parava de miar, bem na frente do quarto. Era impossível dormir com aquela barulheira. Acendi uma vela e fui abrir a porta, mas o corredor estava deserto. Os miados, no entanto, persistiam. Outra ideia me ocorreu: o animal podia estar preso em algum lugar e não conseguia sair. À minha esquerda, o corredor terminava no quarto de Lady Carmichael; segui, então, para a direita, mas já tinha dado alguns passos quando ouvi o som atrás de mim. Virei-me de supetão e o miado se repetiu, com bastante nitidez, à minha *direita*.

Estremeci, provavelmente por conta de uma corrente de ar no corredor, e tratei logo de voltar ao quarto. Depois daquilo, tudo ficou em silêncio, e em pouco tempo peguei no sono. Quando acordei, já era mais um glorioso dia de verão.

Enquanto me vestia, vi pela janela a criatura que havia perturbado minha noite de sono. O gato cinzento movia-se, lento e furtivo, pelo gramado; parecia querer atacar um bando de pássaros que gorjeavam e exibiam as asas não muito longe dali.

Então, um fato curioso aconteceu. O gato passou entre os pássaros, quase roçando o pelo nas penas, e nenhum deles saiu voando para longe. Não dava para entender; aquela cena parecia absurda.

Fiquei tão impressionado que não pude deixar de mencionar o ocorrido no café da manhã.

— A senhora tem um gato muito estranho, sabia? — comentei com Lady Carmichael.

Ouvi uma xícara bater no pires e percebi que Phyllis Patterson me olhava fixamente, com a boca entreaberta e a respiração acelerada.

Houve um momento de silêncio e, depois, Lady Carmichael disse, em um tom que mostrava seu incômodo:

— Não há gato por aqui. Eu nunca tive gato.

Era evidente que eu tinha cometido uma gafe, então tratei de mudar o rumo da conversa.

No entanto, o assunto me intrigava. Por que será que Lady Carmichael afirmara não haver gato na casa? Talvez o animal pertencesse a Miss Patterson e ela o escondesse. Lady Carmichael podia ser uma daquelas pessoas que nutrem uma estranha antipatia por felinos, algo tão comum hoje em dia. Não parecia uma explicação convincente, mas, naquele momento, tive que me contentar com ela.

A condição de nosso paciente não havia mudado. Daquela vez, fiz um exame minucioso e tive a chance de analisá-lo mais de perto que na noite anterior. Sugeri que ele passasse o máximo de tempo possível com a família. Esperava, assim, poder observá-lo quando estivesse mais relaxado, mas também perceber, graças à repetição das ações cotidianas, o ressurgimento de um vislumbre de inteligência. O comportamento dele, no entanto, não mudou. Por mais que se mostrasse dócil e tranquilo e parecesse distraído, Arthur estava, na verdade, alerta e vigilante. Uma coisa decerto me pegou de surpresa: o intenso carinho que ele demonstrava pela madrasta. Ignorava por completo Miss Patterson, mas sempre dava um jeitinho de se sentar o mais perto possível de Lady Carmichael. Além disso, certa vez o vi roçar a cabeça no ombro dela, em uma manifestação tola de amor.

O caso me preocupava. Eu tinha a sensação de que a chave do mistério estava diante de meu nariz, mas não conseguia enxergar.

— É um caso estranhíssimo — comentei com Settle.

— Sim — disse ele —, e muito... sugestivo. — Ele me lançou um olhar esquisito, furtivo, e perguntou: — Diga-me, Sir Arthur não o lembra de algo?

As palavras me causaram certo desconforto. Acabei me recordando da impressão que tive no dia anterior.

— Lembrar de quê? — questionei.

Ele balançou a cabeça.

— Talvez seja apenas coisa de minha cabeça — murmurou.

E não acrescentou mais nada.

O caso era puro mistério. Eu ainda estava obcecado pela ideia de ter deixado passar uma pista vital, talvez o cerne de toda a trama. Além disso, até as coisas de pouca importância estavam envoltas em uma aura enigmática naquela casa. Refiro-me à questão do gato cinzento. Por algum motivo, não parava de pensar naquilo, a ponto de afetar meus nervos. Eu sonhava com gatos e imaginava ouvi-los o tempo inteiro. De vez em quando, vislumbrava o animal ao longe, e o fato de estar ligado a um mistério me perturbava profundamente. Certa tarde, movido por um impulso repentino, pedi informações a um criado.

— Será que você poderia me dizer alguma coisa a respeito do gato que ando vendo?

— Gato, senhor? — perguntou ele, surpreso, mas educado.

— Não havia... ou melhor, não há... um gato por aqui?

— Lady Carmichael *tinha* um gato, senhor. Um animal de estimação magnífico. Mas foi necessário sacrificá-lo. Uma pena, era um belo animal.

— Um gato cinza? — perguntei, devagar.

— Isso mesmo, senhor. Um gato persa.

— E você disse que foi sacrificado?

— Sim, senhor.

— Tem certeza absoluta de que foi mesmo sacrificado?

— Ah, sim! Certeza absoluta, senhor. Lady Carmichael não permitiu que o procedimento fosse feito pelo veterinário; ela mesma cuidou de tudo. Faz pouco menos de uma semana. Ele está enterrado debaixo daquela faia, senhor. — E, com isso, o criado se retirou, deixando-me a sós com minhas próprias reflexões.

Por que Lady Carmichael havia afirmado com todas as letras que nunca tivera um gato?

Algo me dizia que era um detalhe importante. Assim que encontrei Settle, chamei-o para um canto e falei:

— Settle. Gostaria de lhe fazer uma pergunta. Você já viu ou ouviu um gato nesta casa?

A pergunta não o surpreendeu. Pelo contrário, parecia que, de certa forma, esperava aquilo.

— Já ouvi, sim — disse ele. — Mas nunca vi.

— Nem no primeiro dia? No gramado com Miss Patterson?

Ele me olhou diretamente nos olhos.

— Vi Miss Patterson atravessando o gramado. Nada mais.

Comecei a entender.

— Então — falei —, o gato…?

Ele fez que sim.

— Eu queria ver se você, sem saber de nada, ouviria o que todos nós ouvimos.

— Todos vocês ouvem, então?

Ele fez que sim mais uma vez.

— Que estranho — murmurei, pensativo. — Nunca tinha ouvido falar de uma casa sendo assombrada por um gato.

Contei a Settle o que o criado havia me informado e ele pareceu surpreso.

— Isso é novidade. Não sabia de nada.

— Mas o que significa? — indaguei, sem forças.

Ele balançou a cabeça.

— Só Deus sabe! Mas uma coisa é certa, Carstairs: estou com medo. A voz daquela coisa é ameaçadora.

— Ameaçadora? — disparei. — Para quem?

Ele abriu os braços.

— Não sei dizer.

Foi só naquela noite, depois do jantar, que compreendi o significado das palavras de meu amigo. Estávamos na sala verde, como na noite de minha chegada, quando de repente ouvimos um miado alto e persistente do outro lado da porta. Mas, daquela vez, havia uma nota de raiva na voz do animal. Tratava-se de um miado feroz e prolongado. E, quando cessou, o gancho de latão do lado de fora foi atingido por uma patada furiosa.

Settle tomou um susto.

— Não é possível que não seja real! — exclamou.

Ele correu para abrir a porta, mas não havia nada ali.

Em seguida, voltou de cara amarrada. Phyllis estava pálida e trêmula; Lady Carmichael, por sua vez, estava branca feito cera. Somente Arthur, encolhido como uma criança, com a cabeça apoiada no joelho da madrasta, parecia calmo e inabalável.

Miss Patterson me segurou pelo braço e, juntos, subimos.

— Ah, Dr. Carstairs! — exclamou. — O que é aquilo? O que significa?

— Ainda não sabemos, minha jovem — respondi. — Mas pretendo descobrir. Não tenha medo, estou convencido de que a senhorita não corre perigo.

Ela me lançou um olhar desconfiado.

— Acha mesmo?

— Tenho certeza — respondi, com convicção, ao me lembrar da maneira como o gato se enroscara nos pés dela. A ameaça não se destinava à jovem.

Quando fui me deitar, demorei um pouco a adormecer. Algum tempo depois, no entanto, caí em um sono inquieto, do qual despertei com um sobressalto. Ouvi o som de algo sendo rasgado ou arranhado violentamente. Pulei da cama e fui às pressas para o corredor. Settle fez o mesmo do quarto dele. O som vinha de algum lugar à nossa esquerda.

— Está ouvindo, Carstairs? — exclamou ele. — Está ouvindo?

Em um piscar de olhos, chegamos à porta do quarto de Lady Carmichael. Nada passara por nós, mas, de qualquer maneira, o barulho já havia cessado. A chama de nossas velas iluminava a superfície brilhante da porta de Lady Carmichael e nós nos entreolhamos.

— Você sabe o que era aquilo? — sussurrou ele.

Assenti com a cabeça.

— Eram as garras de um gato arranhando e destroçando alguma coisa.

Estremeci, baixei a vela e exclamei:

— Veja isso, Settle!

Eu me referia a uma cadeira encostada na parede; o assento estava arranhado e rasgado em longas tiras...

Examinamos a cadeira mais de perto e, por fim, Settle declarou:

— Garras de gato. — Ele prendeu a respiração e, em seguida, prosseguiu: — Sem sombra de dúvida. — Depois, Settle olhou da cadeira para a porta fechada. — Agora sabemos a quem se destina a ameaça: Lady Carmichael!

Naquela noite, não consegui mais pregar os olhos. As coisas haviam chegado a um ponto em que era impossível continuar de braços cruzados. Até onde eu sabia, só uma pessoa tinha a chave para compreendermos a situação: Lady Carmichael, que, na minha opinião, parecia saber mais do que gostaria de admitir.

Na manhã seguinte, ao descer para o café, ela estava pálida como a morte, e mal tocou na comida. Eu tinha certeza de que fazia um esforço sobre-humano para não desmoronar. Após a refeição, pedi para dar uma palavrinha com ela e fui direto ao assunto.

— Lady Carmichael, tenho motivos para acreditar que a senhora corre grave perigo.

— É mesmo? — perguntou ela, sem demonstrar um pingo de preocupação.

— Nesta casa — prossegui —, existe uma coisa... uma presença evidentemente hostil à senhora.

— Mas que bobagem — murmurou ela, em tom debochado. — Como se eu acreditasse nesse tipo de besteira...

— A cadeira do lado de fora de seu quarto — observei, seco — foi despedaçada na noite passada.

— Jura? — Ela ergueu as sobrancelhas e fingiu surpresa, mas eu notei que não tinha lhe contado uma novidade. — Uma brincadeirinha de mau gosto, suponho.

— Não se trata disso — rebati, abalado. — E gostaria que a senhora me dissesse... para seu próprio bem... — Fiz uma pausa.

— Que lhe dissesse o quê? — questionou.

— Qualquer coisa que possa nos ajudar a esclarecer o assunto — respondi em tom sério.

Ela começou a rir.

— Não sei de nada — afirmou. — Nada, nada mesmo.

Nenhum alerta conseguiu fazê-la mudar de ideia. Mesmo assim, eu estava *convencido* de que Lady Carmichael sabia muito mais que qualquer um de nós e tinha a chave de todo o mistério. Persuadi-la a falar é que parecia impossível.

Decidi, no entanto, tomar todas as precauções, já que estava convencido de que um perigo real e iminente a sondava. Naquela noite, antes de Lady Carmichael ir para a cama, Settle e eu fizemos uma varredura completa do quarto e estabelecemos turnos para vigiar o corredor.

Fiquei com o primeiro, durante o qual não ocorreram incidentes, e Settle veio me substituir às três. Como estava exausto por conta da noite anterior, tão mal dormida, caí no sono no mesmo instante. E tive um sonho curioso.

Sonhei que o gato cinzento estava sentado ao pé da cama e me encarava com um olhar suplicante. Então, com a facilidade dos sonhos, entendi que a criatura queria que eu fosse atrás dela. Deixei que me guiasse escada abaixo para irmos ao outro lado da casa, onde fomos parar em um cômodo que evidentemente era a biblioteca. O gato parou em um canto, ergueu as patas dianteiras e tocou uma das prateleiras inferiores; depois, voltou a me encarar com súplica nos olhos.

E, naquele momento, gato e biblioteca sumiram. Quando acordei, já havia amanhecido.

O turno de Settle havia transcorrido sem incidentes, mas, assim que lhe contei do sonho, ele demonstrou o maior interesse. Pedi que me levasse à biblioteca e descobri que cada detalhe coincidia com o que eu tinha visto no sonho. Reconheci até o ponto de onde o animal havia me lançado aquele último olhar infeliz.

Passamos um tempo parados perto da estante, perplexos. De repente, tive uma ideia e fui ler o título do livro que o gato havia sinalizado. No entanto, percebi que havia um espaço vazio naquela fileira.

— Alguém tirou um livro daqui — comentei com Settle.

Ele se inclinou para conferir com os próprios olhos.

— Ora, ora — disse. — Um pedaço do livro ausente acabou ficando preso naquele prego ali dos fundos.

Com muito cuidado, ele retirou o fragmento de papel. Era minúsculo, mas continha duas palavras significativas: "O gato…".

Nós nos entreolhamos.

— Chego a ficar arrepiado — comentou Settle. — Que horror, que coisa estranha…

— Daria tudo para descobrir que livro está faltando aqui — falei. — Você acha que existe alguma maneira de descobrirmos?

— Talvez haja um catálogo em algum lugar, e Lady Carmichael…

Balancei a cabeça.

— Lady Carmichael não vai lhe dizer coisa alguma.

— Você acha?

— Tenho certeza. Enquanto especulamos no escuro, ela já sabe de *tudo*. Mas, por razões pessoais, não quer se manifestar. Prefere correr um risco terrível a abrir a boca.

O dia transcorreu sem grandes acontecimentos, mas, para mim, parecia a calma antes da tempestade. E, lá no fundo, tive a estranha sensação de que estávamos perto de encontrar a solução do problema. No momento, eu tateava no escuro, mas os fatos estavam diante de meus olhos, e bastaria um pequeno raio de luz para iluminá-los e revelar seu significado.

E, então, a luz surgiu! Da maneira mais estranha!

Estávamos sentados, como de costume, na sala verde após o jantar. Ninguém falava nada, e o silêncio era tanto que todos ouvimos quando um ratinho passou correndo pelo chão — e foi naquele momento que tudo aconteceu.

Arthur Carmichael deu um longo salto da cadeira onde estava e disparou atrás do rato. A criatura havia desaparecido atrás de um lambri, e ali Arthur se agachou, alerta, enquanto tremia da cabeça aos pés, impaciente.

Foi horrível! Eu nunca havia experimentado um momento de medo mais intenso que aquele. Paralisado, percebi que não havia mais mistério algum no comportamento do rapaz. Os passos silenciosos, o olhar vigilante... A resposta brilhou em minha mente e eu a rejeitei. Era inconcebível, mas já não dava mais para ignorar.

Não me lembro exatamente do que aconteceu a seguir. A coisa toda me pareceu confusa e irreal. Só sei que todos subimos as escadas e nos despedimos sem fazer contato visual, quase como se temêssemos encontrar a confirmação de nossos medos.

Settle assumiu o primeiro turno diante da porta de Lady Carmichael e ficou de me acordar às três. Meus pensamentos já não eram mais assombrados pelo perigo que ela corria, e sim pela fantástica e impossível teoria que eu havia formulado. Tentei me convencer de que aquilo era impossível, mas, fascinada, minha mente se recusava a deixar o assunto de lado.

Então, de repente, o silêncio da noite foi interrompido pelo grito de Settle, que chamava por mim. Fui ao corredor às pressas.

Ele socava, com todas as forças, a porta do quarto de Lady Carmichael.

— Que o diabo a carregue! — exclamou. — Ela trancou a porta!

— Mas...

— A *coisa* está lá dentro! Com ela! Não está ouvindo?

Um som inconfundível atravessava a porta trancada: era um gato que miava, furioso. Em seguida, ouviu-se um grito terrível, e outro... Era a voz de Lady Carmichael.

— A porta! — gritei. — Precisamos arrombá-la. Se esperarmos um minuto a mais, pode não dar mais tempo.

Assim, pegamos impulso e nos arremessamos de ombro contra a porta, que tombou com um estrondo e quase nos levou junto.

Lady Carmichael estava deitada na cama, coberta de sangue. Não consigo me lembrar da última vez que tinha visto uma cena tão horrível. O coração ainda batia, mas os ferimentos eram terríveis, o pescoço estava destroçado. Tremendo, sussurrei:

— As garras... — Um arrepio carregado de horror e superstição me percorreu da cabeça aos pés.

Cuidei dos ferimentos com o máximo de destreza e sugeri a Settle que talvez fosse melhor não comentarmos com ninguém de onde vieram todos aqueles machucados, muito menos com Miss Patterson. Escrevi um telegrama solicitando uma enfermeira qualificada e pedi que fosse enviado assim que o correio abrisse.

Àquela altura, a aurora se esgueirava pela janela. Observei o gramado lá embaixo e disse a Settle, de súbito:

— Arrume-se e me encontre lá fora. Lady Carmichael ficará bem.

Pouco tempo depois, estávamos no jardim.

— O que você vai fazer?

— Desenterrar o corpo do gato — respondi, sucinto. — Preciso ter certeza...

Encontrei uma pá no galpão e, debaixo da grande faia, colocamos as mãos na massa. Por fim, nossa escavação valeu a pena, apesar de não ter sido uma descoberta agradável. O animal estava morto havia uma semana, mas vi o que queria ter visto.

— É esse o gato — falei. — O mesmo gato que vi no dia em que cheguei aqui.

Settle torceu o nariz. Ainda dava para sentir um cheiro amargo de amêndoas.

— Ácido prússico — disse ele.

Eu concordei.

— O que acha disso? — perguntou Settle, curioso.

— O mesmo que você!

Minha hipótese não era exclusiva. Settle também havia chegado à mesma conclusão.

— É impossível — murmurou. — Impossível! Vai contra todas as leis da ciência... e da natureza. — Então, ele parou de falar e estremeceu. — Aquele rato ontem à noite — comentou. — Mas... ah! Não é possível!

— Lady Carmichael — falei — é uma mulher muito estranha. Ela tem poderes ocultos, hipnóticos. Os antepassados vieram do Oriente. Sabe-se lá que uso ela fez desses poderes com uma criatura tão frágil e amável como Arthur Carmichael. E lembre-se, Settle: enquanto Arthur permanecer agindo feito um imbecil irremediável e submisso à madrasta, a propriedade inteira será praticamente dela e do filho. Você mesmo me contou que ela adora a criança. E Arthur ia se casar!

— Mas o que devemos fazer, Carstairs?

— Não há nada a se fazer — falei. — Nossa missão é ficar entre Lady Carmichael e quem quer que queira se vingar dela.

Lady Carmichael foi melhorando aos poucos. As feridas sararam por conta própria, como era de se esperar, mas as cicatrizes daquele terrível ataque a acompanhariam até o fim da vida.

Nunca me senti mais inútil. A força que havia nos derrotado ainda estava à solta, invicta. Por mais que parecesse adormecida, sabíamos que só estava aguardando o momento certo para voltar a agir. Enquanto isso, eu havia decidido que, assim que Lady Carmichael estivesse bem a ponto de poder se mudar, ela precisaria deixar Wolden. Havia a possibilidade de que a terrível manifestação não fosse conseguir acompanhá-la. E, assim, os dias passaram.

Marquei a mudança de Lady Carmichael para o dia 18 de setembro. Na manhã do dia 14, porém, uma crise inesperada aconteceu.

Eu estava na biblioteca discutindo certos detalhes do caso de Lady Carmichael com Settle quando uma criada entrou correndo.

— Ah, senhor! — exclamou ela. — Venha, depressa! Mr. Arthur caiu no lago. Ele pisou no barco, mas acabou se desequilibrando e caiu! Vi tudo da janela.

Nem titubeei; saí correndo da biblioteca e Settle veio logo atrás. Phyllis, que tinha ouvido a história inteira do lado de fora da porta, correu conosco.

— Não há com o que se preocupar! — exclamou ela. — Arthur sabe nadar muito bem.

Mas tive um mau pressentimento e apertei o passo. Não havia qualquer sinal de agitação na superfície do lago. Vazio, o barco boiava preguiçosamente, e não se via Arthur em lugar nenhum.

Settle tirou o casaco e as botas.

— Vou entrar — falou. — Vá para o outro barco e veja se consegue pescar alguma coisa com aquele croque. O lago não é muito fundo.

Passamos uma eternidade procurando, em vão. Os minutos se passavam. E então, quando estávamos prestes a entregar os pontos, encontramos o corpo de Arthur Carmichael, que parecia sem vida, e o trouxemos para a terra.

Enquanto eu viver, vou me lembrar da agonia e da desesperança estampadas no rosto de Phyllis.

— Não está... não está... — Os lábios se recusavam a articular a terrível palavra.

— Não, não, minha cara! — exclamei. — Nós o traremos de volta, não tenha medo.

Mas, lá no fundo, eu não tinha mais esperanças. Ele ficara debaixo d'água por meia hora. Pedi a Settle que fosse buscar cobertores e outros itens indispensáveis e tentei eu mesmo fazer respiração boca a boca.

Nós nos empenhamos ao máximo durante mais de uma hora, mas Arthur não deu sinal de vida. Fiz um gesto para que Settle ocupasse meu lugar e, então, caminhei até Phyllis.

— Sinto dizer — falei com toda a delicadeza —, não há mais nada que possamos fazer por ele.

Por um instante, ela ficou imóvel, mas logo se atirou sobre o corpo sem vida.

— Arthur! — gritou Phyllis, desesperada. — Arthur! Volte para mim! Arthur... volte... volte!

A voz da moça ecoava no silêncio. De repente, toquei o braço de Settle.

— Veja! — falei.

O rosto do rapaz havia recuperado um pouco da cor e, então, senti o coração dele.

— Continue com a respiração — exclamei. — Ele está recuperando os sentidos!

Os segundos pareciam voar. Em pouquíssimo tempo, Arthur abriu os olhos.

Então, de repente, percebi a diferença. *Aqueles eram olhos inteligentes, olhos humanos...*

Olhos que pousaram em Phyllis.

— Olá, Phil! — murmurou ele. — É você? Achei que só viesse amanhã.

Ela não conseguia falar, mas sorriu para o rapaz. Ele começou a olhar em volta, cada vez mais perplexo.

— Ora, onde é que eu estou? E... estou em frangalhos! O que foi que aconteceu comigo? Olá, Dr. Settle!

— Você quase se afogou, foi isso que aconteceu — retrucou Settle em tom sombrio.

Sir Arthur fez uma careta.

— Eu sempre ouvi dizer que era terrível voltar de uma experiência desse tipo! Mas como aconteceu? Eu estava sonâmbulo?

Settle balançou a cabeça.

— Precisamos levá-lo para dentro da casa — comentei, dando um passo à frente.

O rapaz me encarou, sem entender nada, e Phyllis me apresentou.

— Este é o Dr. Carstairs, que veio passar uns dias conosco.

O rapaz se escorou entre nós e o carregamos em direção à casa. De repente, ele levantou a cabeça, como se uma ideia tivesse lhe ocorrido.

— Ei, doutor, eu estarei bem até o dia 12, certo?

— Dia 12? — perguntei lentamente. — Doze de agosto?

— Isso mesmo... sexta que vem.

— Hoje é dia 14 de setembro — disse Settle, abrupto.

Sir Arthur não conseguiu disfarçar o choque.

— Mas... mas hoje é dia 8 de agosto, não? Será que andei doente?

Phyllis interveio sem perder tempo, falando em um tom bem suave:

— Sim, você andou muito doente.

Ele franziu a testa.

— Não consigo entender. Eu me sentia muito bem quando fui para a cama ontem à noite. Quer dizer, não foi de fato ontem à noite. Mas cheguei a sonhar, me lembro de alguns sonhos. — Ele franziu ainda mais a testa enquanto tentava organizar os pensamentos. — Era algo... o que era mesmo? Algo terrível. Fizeram alguma coisa terrível comigo e eu fiquei desesperado, com muita raiva. Depois, sonhei que era um gato. Sim, um gato! Engraçado, não? Mas o sonho não era nem um pouco engraçado. Estava mais para... horrível! Mas não consigo lembrar. Quando tento pensar, as memórias me escapam.

Pousei a mão no ombro dele.

— Não tente pensar, Sir Arthur — falei em tom solene. — Contente-se em esquecer.

Ele me lançou um olhar intrigado e assentiu. Ouvi Phyllis suspirar, aliviada. Tínhamos chegado na casa.

— Aliás — disse Sir Arthur, sem mais nem menos —, onde está a mãe?

— Ela também andou... doente — respondeu Phyllis, após um momento de hesitação.

— Ah, pobre mãe! Onde ela está? No quarto? — Ele parecia genuinamente preocupado.

— Sim — respondi —, mas seria melhor não incomod...

As palavras morreram em meus lábios. A porta da sala se abriu e Lady Carmichael surgiu diante de nós, envolta em um robe.

Ela olhava para Arthur sem desviar a atenção e, se alguma vez testemunhei uma expressão de culpa e pavor absolutos, só podia ser aquela. O rosto, contorcido de medo, não retinha mais qualquer traço humano. Ela levou a mão à garganta.

Arthur caminhou na direção de Lady Carmichael com uma afeição infantil.

— Olá, mãe! Então quer dizer que a senhora também andou doente, é? Caramba, eu sinto muito.

Ela começou a se encolher diante do rapaz, arregalando os olhos. Então, de repente, com o grito de uma alma condenada, tombou para trás e caiu em direção à porta aberta.

Corri e me inclinei sobre ela. Em seguida, fiz sinal para que Settle se aproximasse.

— Seja discreto — falei. — Leve-o ao andar de cima e depois desça. Lady Carmichael está morta.

Ele voltou depois de alguns minutos.

— O que houve? — indagou. — Qual foi a causa?

— Choque. O choque de ver Arthur Carmichael, o *verdadeiro* Arthur Carmichael, voltar à vida! Ou podemos chamar, como eu prefiro, de justiça divina!

— Você quer dizer que... — Ele hesitou.

Eu o olhei nos olhos para que Settle entendesse.

— Uma vida por outra.

— Mas...

— Ah, eu sei bem que um estranho acidente permitiu que o espírito de Arthur Carmichael retornasse ao corpo. Mas isso não significa que ele não tenha sido assassinado.

Settle me olhou com um pouco de medo.

— Com ácido prússico? — perguntou em voz baixa.

— Isso mesmo — respondi. — Com ácido prússico.

Nem Settle, nem eu chegamos a divulgar nossa hipótese. Ninguém levaria a sério. Em uma visão um pouco mais ortodoxa, Arthur Carmichael sofrera de uma simples perda de memória, Lady Carmichael dilacerara o pescoço durante um ataque momentâneo de histeria e a aparição do gato cinzento era pura imaginação.

Em minha opinião, porém, dois fatos são inconfundíveis. Um deles é a cadeira destruída no corredor. E o outro é ainda mais significativo. O catálogo da biblioteca foi encontrado e, após incansáveis buscas, provou-se que o livro desaparecido era um antigo e curioso volume a respeito da metamorfose de seres humanos em animais!

E outra coisa. Felizmente, Arthur não sabe de nada. Phyllis guardou o segredo daquelas semanas a sete chaves, e tenho certeza de que jamais o revelará ao marido que tanto ama e que voltou dos mortos graças ao chamado de sua voz.

O Chamado das Asas

Publicado originalmente na edição da obra *The Hound of Death* que saiu no Reino Unido pela Oldhams Press em 1933, disponível apenas coletando cupons de uma revista intitulada *The Passing Show*. Foi publicado pela primeira vez nos Estados Unidos na coletânea *The Golden Ball and Other Stories*, 1971.

A primeira vez que Silas Hamer o ouviu foi em uma típica noite de inverno em fevereiro. Ele havia jantado na casa de Bernard Seldon, o psiquiatra, e, agora, caminhava na companhia de Dick Borrow. Borrow não era de ficar quieto daquela maneira, e Silas Hamer lhe perguntou, com certa curiosidade, no que ele estava pensando. A resposta foi inesperada.

— Estava pesando que, de todos os homens que vimos hoje, apenas dois podem se dizer felizes. E esses dois, por incrível que pareça, somos eu e você.

"Incrível" era a palavra certa, pois era difícil imaginar dois homens mais diferentes entre si que Richard Borrow, o dedicado pároco de East End, e Silas Hamer, o sujeito elegante e complacente cuja fortuna não era mistério para ninguém.

— É estranho, sabe? — refletiu Borrow. — Acho que você é o único milionário feliz que eu conheço.

Hamer ficou em silêncio por alguns instantes e, quando falou, o tom havia mudado.

— Durante a infância, fui um menininho miserável que vendia jornais nas ruas. Naquela época, eu queria exatamente o que tenho agora: o luxo e o conforto que o dinheiro proporciona, não o poder. O que eu queria era dinheiro, não para esfregá-lo na cara de todo mundo, mas para gastá-lo sem nem pensar duas vezes... comigo mesmo! Como pode ver, sou bem franco quanto a isso. Dizem que dinheiro não compra tudo. É verdade. Mas pode comprar tudo o que eu quero e, por isso, já me sinto satisfeito. Sou um materialista, Borrow, um materialista de cabo a rabo!

As luzes da grande via pública iluminavam as feições de Hamer e atestavam a veracidade de suas palavras. A figura elegante era reforçada pelo casaco com acabamento de pele, e a luz branca dos postes destacava as grossas dobras de carne sob o queixo. Em contraste com ele, Dick Borrow tinha um rosto magro e ascético e um olhar ao mesmo tempo intenso e distraído.

— É *você* — disse Hamer com bastante ênfase — que não consigo entender.

Borrow sorriu.

— Eu vivo no meio da miséria, da necessidade, da fome… todos os males do corpo! Uma visão predominante me sustenta. É bem difícil de entender, a menos que se acredite em visões, mas imagino que não seja seu caso.

— Não acredito naquilo que não posso ver, ouvir e tocar.

— Exato. Essa é a diferença entre nós. Bem, até mais, então. Chegou a hora de ser tragado pela terra!

Eles haviam chegado à estação de metrô que fazia parte do trajeto de Borrow.

Hamer seguiu em frente sozinho. Estava feliz por ter dispensado o motorista e escolhido voltar para casa a pé. O ar estava um gelo, mas seus sentidos tinham plena noção do calor que o casaco de pele proporcionava.

Ele parou por um instante no meio-fio antes de atravessar a rua. Um grande ônibus vinha se arrastando em sua direção. Hamer, que tinha todo o tempo do mundo, esperou que passasse. Caso atravessasse a rua na frente do ônibus, teria que correr, e a ideia não o agradava nem um pouco.

A seu lado, totalmente embriagado, um pobre miserável da escória da raça humana rolou da calçada. Hamer ouviu um grito, ouviu o ônibus frear em vão e, depois... se viu olhando para a pilha inerte de trapos no meio da rua feito um tolo. Ele ficou horrorizado.

Uma multidão se materializou como em um passe de mágica, rodeando dois policiais e o motorista do ônibus. Mas, ao mesmo tempo horrorizado e fascinado, Hamer só tinha olhos para aquele embrulho sem vida que um dia havia sido um homem — um homem como ele! Hamer estremeceu como se alguém o ameaçasse.

— Não se culpe, não, chefia — disse um sujeito mal-encarado ao lado dele. — Não havia nada a ser feito. A hora dele tinha chegado.

Hamer o encarou. A ideia de que pudesse fazer qualquer coisa para salvar aquele homem nem sequer passara por sua cabeça. Afinal, era um absurdo. Se ele tivesse cometido a tolice de correr para atravessar a rua, poderia, naquele momento... Mas Hamer interrompeu aquela linha de raciocínio e se afastou da multidão. Trêmulo e dominado por um pavor indescritível, ele se viu forçado a admitir que estava com *medo*, muito medo da morte... a morte que vinha rápida e impiedosa, sem fazer distinção entre ricos e pobres...

Ele apertou o passo, mas esse novo terror o acompanhava, envolvendo-o em um abraço gelado.

Hamer ficou surpreso consigo mesmo, já que, por natureza, não era um homem covarde. Cinco anos antes, tal medo não lhe teria feito nem cócegas. Por outro lado, a vida ainda não era um mar de rosas naquele tempo... Sim, era isso. O apego à vida era a chave do mistério. Agora, ele estava no auge da vontade de viver; nesse caso, a única ameaça possível seria a morte, a destruidora!

Ele se afastou da avenida iluminada e entrou em uma passagem escura, situada entre muros altos, que servia de atalho para a praça onde ficava sua casa. Uma casa repleta de obras de arte inestimáveis.

Os ruídos da avenida que deixou para trás foram diminuindo até sumirem; agora, o baque surdo dos próprios passos era o único som audível.

Então, de repente, ele ouviu. Veio da escuridão à frente. Sentado contra o muro havia um homem tocando flauta. Era só mais um entre os inúmeros músicos de rua, é claro, mas por que tinha escolhido aquele lugar em específico? Àquela hora da noite, a polícia... Hamer parou de matutar ao notar, em choque, que o homem não tinha pernas. Havia duas muletas apoiadas no muro ao lado dele. Instantes depois, Hamer se deu conta de que aquilo não era uma flauta, mas um instrumento estranho que emitia notas muito mais agudas e límpidas.

O homem continuou tocando, alheio à presença de Hamer. Mantinha a cabeça inclinada para trás, como se o som da própria música lhe causasse um enorme deleite, e as notas fluíam com naturalidade, atingindo tons cada vez mais altos...

Era uma melodia estranha; na verdade, estritamente falando, não poderíamos chamar de melodia. Era sempre a mesma passagem, que lembrava o lento floreio dos violinos em *Rienzi*, repetido à exaustão. De tom em tom, de harmonia em harmonia, o som se elevava a uma beleza e liberdade sem limites.

Hamer nunca tinha ouvido nada parecido. Era uma música estranha, inspiradora, elevava a alma e... Quando deu por si, estava agarrado a uma saliência no muro ao lado. Só sabia de uma coisa: *precisava ficar abaixado*, a todo custo, precisava *ficar abaixado*...

De repente, percebeu que a música havia parado. O homem sem pernas estava buscando as muletas e ele, Silas Hamer, agarrava-se feito um lunático a um pilar de pedra, pela simples — absurda! — razão de que parecia levitar. Era como se a música o levantasse do chão...

Ele riu. Que ideia louca! É claro que os pés não haviam subido nem um centímetro, mas que estranha alucinação! Em seguida, o rápido *tap-tap* das muletas na calçada lhe disse que o homem estava indo embora. Hamer o seguiu com o olhar até ele ser engolido pela escuridão. Que sujeito esquisito!

Hamer seguiu em frente mais devagar; não conseguia tirar da cabeça a estranha sensação que experimentara ao não sentir mais o chão sob os pés. Era impossível...

Então, movido por um impulso, ele deu meia-volta e correu atrás do homem. Não podia ter ido tão longe; Hamer o alcançaria em um piscar de olhos.

Assim que avistou a figura mutilada que se arrastava pelo beco, gritou:

— Ei, um minuto!

O homem parou e permaneceu imóvel até Hamer alcançá-lo. O poste de luz posicionado bem acima da cabeça revelava com clareza todas as feições do sujeito. Silas Hamer prendeu a respiração, surpreso: aquele era o rosto mais bonito que já tinha visto. Ele poderia ter qualquer idade; certamente não era mais um menino, mas a juventude era a característica predominante. Juventude e vigor, em uma intensidade ardente!

Hamer se viu em apuros; não sabia como dar início à conversa.

— Desculpe — disse ele, todo sem jeito —, gostaria de saber o que você estava tocando ainda agora.

O homem sorriu. Com aquele sorriso, o mundo inteiro parecia se encher de alegria...

— Era uma música antiga, muito antiga... Composta há anos... há séculos.

Ele falava com absoluta pureza de pronúncia e enfatizava todas as sílabas. Estava óbvio que não era inglês, mas Hamer não conseguia identificar sua nacionalidade.

— Você não é inglês, certo? De onde vem?

O homem abriu mais um largo sorriso.

— Do outro lado do mar, senhor. Eu vim... faz muito tempo, muito tempo mesmo.

— Você deve ter sofrido um acidente grave. É recente?

— Já faz algum tempo, senhor.

— Que azar, ter perdido as duas pernas...

— Acabou sendo bom — disse o homem com muita tranquilidade. Então, voltou-se para Hamer com uma expressão solene e acrescentou: — Eram ruins.

Hamer deu um xelim ao homem e se afastou. Estava intrigado e um tanto inquieto. "Eram ruins." Que comentário esquisito! Era evidente que havia sido operado por conta de algum tipo de doença, mas... que resposta estranha!

Hamer voltou para casa pensativo. Tentou, em vão, esquecer-se do incidente e, na cama, quando estava prestes a adormecer, ouviu um relógio próximo bater uma hora. Uma só batida e, depois, silêncio. Mas o silêncio foi quebrado por um som bem baixo e familiar, que Hamer reconheceu no mesmo instante. Sentiu o coração disparar. Era o homem que havia encontrado na passagem quem tocava, e não muito longe dali...

As notas fluíam alegremente, o lento floreio estava de volta, o mesmo trechinho repetia-se à exaustão...

— Não é normal — murmurou Hamer —, essa música não é normal. É como se tivesse asas...

E, conforme as notas subiam, Hamer subia junto. Daquela vez, ele não resistiu e se deixou levar. Para cima, para cima... As ondas sonoras levavam-no para as alturas, livres e triunfantes.

Mais alto, mais alto: já haviam ultrapassado os limites da audição humana, mas, mesmo assim, não paravam de subir. Será que atingiriam o objetivo final, a altura absoluta?

Ele subia...

Mas algo começou a puxar Hamer para baixo. Algo grande, pesado e insistente. A coisa o puxava sem dó nem piedade, para baixo, cada vez mais baixo...

Deitado na cama, ele olhava para a janela à frente. Então, com falta de ar, esticou um braço. O gesto lhe custou um esforço incrível. A maciez da cama era opressiva, assim como as pesadas cortinas, que bloqueavam a luz e o ar. O teto parecia esmagá-lo. Sufocado, Hamer se moveu com lentidão debaixo das cobertas, mas o peso do próprio corpo lhe parecia a parte mais insuportável de todas...

— Preciso de seu conselho, Seldon.

Seldon afastou a cadeira alguns centímetros da mesa. Já havia se perguntado qual seria o motivo daquele jantar a dois. Mal tinha visto Hamer desde o inverno e, naquela noite, percebeu que o amigo parecia misteriosamente mudado.

— A questão é a seguinte — disse o milionário. — Estou preocupado comigo mesmo.

Do outro lado da mesa, Seldon abriu um sorriso.

— Você me parece muito bem.

— Não se trata de saúde física. — Hamer ficou em silêncio por um instante e, em seguida, acrescentou em voz baixa: — Acho que estou enlouquecendo.

O psiquiatra levantou a cabeça, subitamente interessado. Serviu-se de uma taça de vinho do porto com muita tranquilidade e então perguntou baixinho, olhando nos olhos do amigo:

— O que o faz acreditar nisso?

— Algo que aconteceu comigo. Algo inexplicável, inacreditável. Não pode ser verdade, então devo estar enlouquecendo.

— Conte-me, sem pressa, o que foi que aconteceu — disse Seldon.

— Não acredito no sobrenatural — começou Hamer. — Nunca acreditei. Mas essa coisa que... Bem, é melhor contar tudo do início. Tudo começou no inverno passado, na noite em que jantei com você.

Então, Hamer lhe contou, de forma bem resumida, da caminhada de volta para casa e dos estranhos acontecimentos que se seguiram.

— E foi assim que tudo começou. Não consigo lhe explicar direito a sensação, mas era maravilhosa! Diferente de tudo que eu já havia sentido ou sonhado. Bem, desde então, essa mesma sensação tem se repetido. Não todas as noites, mas acontece vez ou outra. A música, a impressão de levitar, o voo cada vez mais alto... e, depois, a força terrível que intervém e me arrasta para o chão, e a dor, a dor física de despertar. É como descer de uma montanha; sabe a dor de ouvido que dá? Bem, é a mesma coisa, só que pior. E ainda por cima tem o *peso*, uma sensação insuportável de peso. É como ser esmagado...

Antes de prosseguir, Hamer fez uma pausa.

— Os criados acham que estou louco. Eu não aguentava mais o teto e as paredes, então pedi que organizassem para mim um canto no alto da casa, a céu aberto, sem nenhuma mobília nem tapete, nada que pudesse me atrapalhar. Mas, mesmo assim, as casas ao redor não aliviam a situação. O que eu quero é o campo, um lugar onde eu possa respirar... — Ele olhou para Seldon. — Bem, o que me diz? Existe alguma explicação?

— Hum... Muitas explicações — disse Seldon. — Você foi hipnotizado, ou hipnotizou a si mesmo. Seus nervos deram defeito. Ou pode ser apenas um sonho.

Hamer balançou a cabeça.

— Nenhuma dessas explicações se aplica ao meu caso.

— Existem outras — prosseguiu Seldon lentamente —, mas menos ortodoxas.

— Mas *você* as aceita?

— De forma geral, sim, aceito! Há muitas coisas que não entendemos e para as quais não existe uma explicação comum. Temos um longo caminho a percorrer e, na minha opinião, é melhor manter a mente aberta.

— O que você me aconselha a fazer? — perguntou Hamer, após um instante de silêncio.

Seldon inclinou-se para ele, de súbito.

— Existem várias opções. Você pode sair de Londres e ir para o campo. Assim, os sonhos devem sumir.

— Eu não tenho como fazer isso — retrucou Hamer, sem titubear. — Cheguei ao ponto de não conseguir mais viver sem eles. Não quero viver sem eles.

— Ah! Foi o que desconfiei. Outra alternativa é ir atrás desse sujeito. Você já o imagina como uma espécie de criatura mitológica, dotada de poderes sobrenaturais. Converse com ele. Quebre o feitiço.

Hamer balançou a cabeça de novo.

— Por que não?

— Tenho medo — respondeu, sem rodeios.

Seldon fez um gesto impaciente.

— Não se deixe influenciar! Mas, diga-me, como é a música que deu início a tudo isso?

Hamer cantarolou as notas e Seldon as ouviu de testa franzida.

— Parece um trecho da abertura de *Rienzi*. Há realmente algo de estimulante na melodia, como se tivesse asas. Mas, como pode ver, não é suficiente para me tirar do chão! Agora, diga-me mais uma coisa: esses seus voos acontecem sempre da mesma maneira?

— Não, não. — Hamer inclinou-se para a frente, ansioso. — Eles vão se desenvolvendo. A cada vez, eu vejo um pouco mais. É difícil explicar. Veja bem, sempre tenho consciência de chegar a certo ponto: a música me leva até lá. Não diretamente, mas em uma sucessão de *ondas*, cada uma delas mais alta que a anterior, até chegarmos a um limite impossível de ultrapassar. É ali que fico, até ser arrastado de volta. Não é um lugar, está mais para um *estado*. Bem, depois das primeiras vezes, percebi que havia outras coisas ao meu redor, esperando que eu as notasse. Pense em um gatinho. Ele tem olhos, mas, a princípio, não consegue enxergar direito. Precisa aprender a ver. Pois bem, comigo aconteceu a mesma coisa. Olhos e ouvidos mortais não eram suficientes, mas havia algo correspondente a eles que eu ainda não tinha desenvolvido... algo em outro plano. Sentidos incorpóreos. Pouco a pouco, fui desenvolvendo essas faculdades. Comecei a ver luzes, ouvir sons, distinguir cores... Era tudo muito vago e sem forma. Eu sabia que havia coisas ali, além das que via ou ouvia. A primeira coisa que vi foi uma luz, uma luz que se tornava cada vez mais deslumbrante... depois dela, veio a areia, largas faixas de areia avermelhada. E, aqui e ali, longos cursos d'água que pareciam canais.

Seldon respirou fundo.

— *Canais!* Que interessante. Prossiga.

— Mas essas coisas não tinham importância. Importantes eram aquelas que eu ainda não conseguia enxergar, mas já ouvia... Era um som semelhante ao bater de asas. Não sei dizer por quê, mas havia algo de glorioso naquilo! Não existe algo igual em nosso mundo. Depois, veio mais um momento de glória: *eu as vi*! As asas! Ah, Seldon, as asas!

— Mas de quem eram as asas? De homens... anjos... pássaros?

— Não sei. Ainda não consegui distinguir. Mas aquela cor! *Cor de asa*... não temos algo parecido por aqui. É uma cor maravilhosa.

— Cor de asa? — repetiu Seldon. — Como é?

Hamer jogou as mãos para o alto, impaciente.

— Como é que eu faço para explicar? Como se explica a cor azul para uma pessoa cega? É uma cor que você nunca viu... Cor de asa!

— Tudo bem, e depois?

— Depois? Isso é tudo. Por enquanto, não vi mais nada. Mas cada retorno é mais doloroso que o anterior. Não consigo entender. Estou convencido de que meu corpo não sai da cama. No lugar para onde vou, não tenho uma essência material. Por que, então, sinto tanta dor? — Seldon balançou a cabeça em silêncio. — O retorno é um verdadeiro pesadelo para mim. É como ser puxado e depois esmagado, e cada membro, cada nervo dói, meus ouvidos parecem prestes a explodir. Depois, o peso fica insuportável, é como se eu estivesse em uma prisão. Anseio por luz, ar, espaço... especialmente *espaço* para poder respirar! E liberdade.

— E quanto a todas aquelas outras coisas das quais você tanto gostava?

— Isso é que é o pior. Ainda gosto muito de todas elas, se bobear até mais. Mas todas essas coisas... conforto, luxo, prazer... parecem me levar na direção oposta à das asas. Surgiu, portanto, uma luta constante, e não faço ideia de como isso vai terminar.

Seldon ficou em silêncio. A história que ouvira era verdadeiramente fantástica. Seria tudo fruto da imaginação, uma alucinação, ou poderia ter de fato um fundo de verdade? E, no caso de ser verdade, por que justo *Hamer*? Hamer, o materialista, aquele que amava a carne e negava o espírito, parecia ser o menos apto a ter visões de outro mundo.

Do outro lado da mesa, Hamer o observava ansioso.

— Suponho — disse Seldon —, que não haja o que fazer a não ser esperar. Esperar e ver o que acontece.

— Não posso! Acredite em mim, não posso! E sua resposta prova que você não entendeu. Essa luta entre tendências opostas está me rasgando ao meio. É uma batalha terrível entre duas forças muito poderosas... entre... — Ele hesitou.

— Entre a carne e o espírito? — sugeriu Seldon.

Hamer franziu a testa e o encarou.

— Pode-se dizer que sim. Enfim, é insuportável... Não consigo me libertar...

Bernard Seldon balançou a cabeça mais uma vez. Estava cara a cara com o inexplicável. Depois de um tempo, arriscou uma última sugestão.

— Se eu fosse você, iria atrás do homem.

Mas, enquanto voltava para casa, murmurou consigo mesmo:

— *Canais*... curioso.

Na manhã seguinte, Silas Hamer saiu de casa determinado a seguir o conselho de Seldon e ir atrás do homem sem pernas.

Mesmo assim, lá no fundo, estava convencido de que a busca seria em vão e que o homem devia ter desaparecido, como se a terra o tivesse engolido.

Os prédios escuros de cada lado da passagem bloqueavam a luz do sol, dando à rua um ar de mistério. Mas, em um ponto no meio do caminho, havia uma rachadura no muro que deixava entrar um raio de luz. E ali, sentado no chão, estava o homem!

O instrumento estava apoiado no muro ao lado das muletas e o homem fazia desenhos na rua com giz colorido. Dois deles já estavam completos: cenas selvagens de beleza encantadora, cujas árvores e cujo riacho pareciam reais.

E, mais uma vez, Hamer se viu imerso em dúvidas. Seria aquele homem um simples músico de rua, um artista urbano? Ou seria mais que isso?

De repente, o milionário perdeu as estribeiras e gritou, furioso:

— Quem é você? Pelo amor de Deus, quem é você?

O homem o olhou nos olhos e sorriu.

— Por que não responde? Vamos, desembuche!

Então, ele notou que o homem desenhava com incrível rapidez sobre uma lajota. Hamer acompanhou o movimento com os olhos... Com algumas pinceladas rápidas, árvores gigantes ganharam forma. Então, sentado em uma pedra, havia um homem que tocava um instrumento de tubos. Um homem com um rosto de estranha beleza... *e pernas de bode*.

A mão dele fez um rápido movimento. O homem seguia sentado na pedra, mas as pernas de bode haviam sumido. Mais uma vez, ele olhou nos olhos de Hamer.

— Eram ruins — disse.

Fascinado, Hamer não parava de encará-lo. O rosto diante dele era igual ao do desenho, mas infinitamente mais bonito. Era como se uma intensa e requintada alegria de viver o tivesse purificado.

Hamer deu meia-volta e saiu correndo da passagem em direção à luz do sol. Não parava de repetir para si mesmo:

— É impossível. Impossível. Estou louco... não passa de um sonho!

Mas aquele rosto o assombrava. O rosto de Pã...

Ele foi ao parque e sentou-se em um banco. Por conta do horário, não havia quase ninguém pela área. Aqui e ali, algumas babás repousavam com crianças à sombra das árvores; ainda mais raras eram as figuras de homens, geralmente vagabundos, deitados sobre o gramado feito ilhas no mar.

As palavras "pobre vagabundo" englobavam, para Hamer, a própria essência da miséria. Mas naquele dia, de repente, ele passou a invejá-los...

Eles lhe pareciam as únicas criaturas verdadeiramente livres. A terra abaixo deles, o céu acima da cabeça, o mundo para vagar... nada os prendia, nada os acorrentava.

De repente, em um piscar de olhos, Hamer se deu conta de que aquilo que o aprisionava de forma tão impiedosa era o que ele prezava e venerava acima de tudo: a riqueza! Sempre havia considerado a riqueza a maior força da terra e, agora, envolto em sua armadura dourada, notava a veracidade das próprias palavras. Era o dinheiro que o escravizava.

Mas seria isso mesmo? Ou será que havia uma verdade mais profunda que ele não tinha percebido? Seu carcereiro era o dinheiro ou o apego a ele? Hamer se viu acorrentado em grilhões forjados por ele mesmo; a culpa não era da riqueza em si, mas do amor à riqueza.

Naquele momento, Hamer enxergou com muita clareza as duas forças que o dilaceravam: o materialismo que o envolvia e o cercava e, em contraste, o chamado imperioso que ele havia apelidado de Chamado das Asas.

E, enquanto uma das forças buscava a luta e o tormento, a segunda evitava a violência e limitava-se a chamar; chamar sem cessar. Hamer a ouvia com tanta clareza que era como se falasse com ele.

— Não há acordo que se faça comigo — parecia dizer a força. — Pois eu estou acima de todas as coisas. Caso siga meu chamado, terá que abrir mão de tudo e cortar os laços com as forças que o prendem. Só quem é livre poderá me seguir...

— Não posso — exclamou Hamer. — Não posso...

Algumas pessoas viraram a cabeça para olhar aquele homem falando sozinho.

Então, o que se exigia dele era um sacrifício; o sacrifício daquilo que lhe era mais caro, daquilo que Hamer considerava uma parte de si mesmo.

Uma parte de si mesmo... Foi então que ele se lembrou do homem sem pernas.

— Que bons ventos o trazem aqui? — perguntou Borrow.

De fato, a igrejinha no East End não era um lugar muito familiar para Hamer.

— Já ouvi muitos sermões em que os sacerdotes explicam o que fariam se tivessem mais dinheiro — disse o milionário. — Pois bem, vim para lhe dizer o seguinte: agora você terá esse dinheiro.

— Muito generoso de sua parte — respondeu Borrow, com certa surpresa. — Então quer dizer que está planejando fazer uma grande doação?

Hamer abriu um sorriso seco.

— Eu diria que sim. Cada pêni em minha conta.

— *O quê?*

Hamer expôs os detalhes de maneira fria e burocrática. Borrow sentia a cabeça girar.

— Você... você quer dizer que dedicará toda a sua fortuna para ajudar os pobres de East End e me nomeará como administrador da operação?

— Exato.

— Mas por quê... *por quê?*

— Não sei explicar — respondeu Hamer lentamente. — Você se lembra da conversa que tivemos sobre visões em fevereiro passado? Pois bem, digamos que eu tive uma visão.

— Esplêndido! — Borrow inclinou-se para a frente com brilho nos olhos.

— Não há nada de esplêndido nisso — disse Hamer com severidade. — Não dou a mínima para os pobres de East End. O que eles precisam é de uma boa sacudida! *Eu* também era pobre e consegui dar a volta por cima. Mas preciso me livrar do dinheiro, e não confio em nenhuma daquelas associações ridículas que existem aos montes. Em você eu confio. Use o dinheiro para alimentar corpos e almas... de preferência o primeiro. Sei muito bem o que é passar fome, mas faça o que quiser com a doação.

— Nunca ouvi falar de uma situação dessas — balbuciou Borrow.

— Já está tudo acertado — prosseguiu Hamer. — Os advogados resolveram a papelada e eu assinei o que precisava assinar. Posso garantir que passei os últimos quinze dias dedicado somente a isso. Livrar-se de uma fortuna é quase tão difícil quanto acumulá-la.

— Mas você... guardou *alguma coisa* para si mesmo, certo?

— Nem um pêni sequer — disse Hamer alegremente. — Quer dizer... não é bem assim. Tenho dois *pence* no bolso — concluiu com uma risada.

Ele se despediu do amigo, que ainda estava perplexo, e foi embora, seguindo pelas vielas fedorentas da região. As palavras que antes dissera com tanta alegria agora o assombravam, com uma dolorosa sensação de perda. "Nem um pêni sequer!" Da vasta fortuna, não lhe restava absolutamente nada. Agora, só tinha o medo: medo da pobreza, da fome e do frio. O sacrifício era amargo.

Por outro lado, ao menos, o peso opressivo das coisas havia diminuído. Hamer não estava mais acorrentado ao chão. O rompimento dos grilhões o machucara, é claro, mas a perspectiva de liberdade estava ali para lhe dar força. As necessidades materiais podiam ofuscar um pouco o Chamado, mas não o matavam, pois o que é imortal não pode morrer.

Havia um toque de outono no ar e o vento soprava frio. Hamer começou a tremer e, então, sentiu uma pontada de fome; tinha se esquecido de almoçar. Aquela sensação o aproximou do futuro que o aguardava. Era difícil de acreditar que tivesse aberto mão de tudo: das facilidades, do conforto, do calor! O corpo protestou, impotente. E então, mais uma vez, experimentou a conhecida sensação de liberdade e leveza.

Hamer hesitou. Estava perto da estação de metrô e tinha dois *pence* no bolso. Ocorreu-lhe a ideia de gastar o dinheiro indo ao parque onde, quinze dias antes, tinha visto os vagabundos relaxando. Fora isso, não tinha planos para o futuro, e começava a acreditar que estava mesmo louco — ninguém em sã consciência teria feito o que ele fizera. Mas, se Hamer era louco, então a loucura era a coisa mais linda do mundo.

Sim, ele iria ao verde do parque, e o fato de chegar lá de metrô tinha um valor simbólico. O metrô representava, aos olhos de Hamer, todo o horror de uma vida enterrada e abandonada. Ele queria libertar-se para sempre da prisão e subir livre em meio à vasta vegetação e às árvores que escondiam a ameaça das casas.

O elevador o conduziu rapidamente ao andar de baixo. O ar era pesado e sem vida. Hamer se posicionou na pontinha da plataforma, afastado da multidão. À esquerda, estava a boca do túnel, de onde o trem sairia serpenteando. Hamer sentia que aquele ambiente como um todo tinha um quê de maligno. Não havia ninguém perto dele, exceto um rapaz corcunda caído em um banco e imerso, ao que parecia, em um estupor alcoólico.

Ao longe, ouvia-se o rugido fraco, mas ameaçador, do trem. O rapaz se levantou do banco e se arrastou para perto de Hamer, à beira da plataforma, de onde espiava o túnel.

E então... aconteceu tão rápido que nem parecia ser verdade: o rapaz perdeu o equilíbrio e caiu.

Centenas de pensamentos inundaram o cérebro de Hamer. Ele visualizou um amontoado humano sendo atropelado por um ônibus e ouviu uma voz rouca que dizia: "Não se culpe, não, chefia. Não havia nada a ser feito". E, de repente, Hamer se deu conta de que apenas ele conseguiria salvar *aquela* vida. Não havia mais ninguém por perto e o trem se aproximava... Tudo isso atravessou sua mente na velocidade da luz. Ele se sentia calmo e lúcido.

Hamer tinha apenas um breve segundo para decidir e, naquele momento, sentiu que o medo da morte era inabalável. Ele estava apavorado. Além disso, quais eram as chances de ser bem-sucedido? Não seria um desperdício de duas vidas?

Para os espectadores aterrorizados do outro lado da plataforma, entre a queda do rapaz e o salto do homem atrás dele não houve nem um segundo de hesitação. Em seguida, o trem saiu do túnel a toda velocidade, sem a menor chance de parar a tempo.

Hamer pegou o rapaz nos braços em um piscar de olhos. Não tinha intenção de bancar o herói; o corpo trêmulo apenas respondia ao comando daquele estranho espírito que exigia o sacrifício. Com um último esforço, ele catapultou o rapaz para a plataforma e, no processo, acabou caindo.

E, subitamente, o medo se foi. O mundo material não o detinha mais. Hamer se viu livre de seus grilhões. Por um instante, imaginou ter ouvido a flauta alegre de Pã. E então, cada vez mais perto e mais alto, eclipsando todos os outros sons, o rumor de inúmeras asas o cercou e o abraçou...

A última sessão

Publicado originalmente na edição da obra *The Hound of Death* que saiu no Reino Undido pela Oldhams Press em 1933, disponível apenas coletando cupons de uma revista intitulada *The Passing Show*. Apareceu pela primeira vez nos Estados Unidos em *Double Sin and Other Stories*, de 1961. Foi adaptado para a BBC Radio 4 em 2010.

Raoul Daubreuil atravessou o rio Sena cantarolando uma melodia. Era um jovem francês bem-apessoado de mais ou menos 32 anos, rosto agradável e um bigodinho preto. Engenheiro de profissão. Lá pelas tantas, chegou à rua Cardonet e entrou no número 17. A moça da portaria olhou para ele de trás da guarita e o cumprimentou com um "bom-dia" de má vontade, ao qual ele respondeu com um sorriso. Logo em seguida, subiu as escadas até o apartamento no terceiro andar. Enquanto esperava que abrissem a porta, voltou a cantarolar. Raoul Daubreuil estava de excelente humor naquela manhã. Quem atendeu a porta foi uma francesa já de idade, cujo rosto enrugado se iluminou com um sorriso ao reconhecer o visitante.

— Bom dia, *monsieur.*

— Bom dia, Elise — disse Raoul.

Enquanto entrava no vestíbulo, Raoul tirou as luvas.

— A *madame* está esperando por mim, certo? — perguntou sem se virar.

— Ah, sim, está mesmo, *monsieur.*

Elise fechou a porta da frente e se voltou para ele.

— Se não se incomodar de passar ao pequeno *salon*, *monsieur*, a *madame* se juntará ao senhor em alguns minutos. No momento, está descansando.

Raoul ergueu a cabeça bruscamente.

— Ela não se sente bem?

— *Bem!*

Elise bufou e, depois, afastou-se para abrir a porta do *salon*. Raoul entrou e ela o seguiu.

— *Bem!* — prosseguiu. — Como é que a coitadinha poderia estar bem? *Sessões, sessões* e mais *sessões espíritas*! Não é certo, não é natural, não foi para isso que o bom Deus nos fez. Na minha opinião, e digo isso com toda a sinceridade, é como negociar com o diabo.

Raoul lhe deu um tapinha no ombro para tranquilizá-la.

— Calma, Elise, calma. Não se preocupe assim. A senhora enxerga o diabo em tudo que não lhe é familiar, não está certo.

Elise balançou a cabeça, desconfiada.

— Pense o que quiser, *monsieur* — murmurou —, mas eu não gosto dessas coisas. Veja a *madame*: ela está a cada dia mais pálida, mais magra, isso sem falar das dores de cabeça!

Ela ergueu as mãos e prosseguiu:

— Ah, não, esse negócio de mexer com espíritos não é nada bom. E que espíritos? Todos os bons estão no paraíso, e os outros vão para o purgatório.

— Sua visão acerca da vida após a morte é de uma simplicidade surpreendente, Elise — disse Raoul ao se sentar na poltrona.

A velhinha se empertigou.

— Sou uma boa católica, *monsieur*.

Dito isso, fez o sinal da cruz, caminhou até a porta e então parou, com a mão na maçaneta.

— Quando vocês se casarem, *monsieur* — disse ela, em tom de súplica —, pretendem levar tudo isso adiante?

Raoul abriu um sorriso afetuoso.

— A senhora é boa e fiel, Elise — comentou ele. — E muito dedicada à sua patroa. Não se preocupe, quando ela for minha esposa, será o fim desse "negócio de mexer com espíritos", como a senhora diz. Madame Daubreuil não fará mais sessões espíritas.

Elise ficou radiante.

— É verdade o que o senhor diz? — perguntou ela, ansiosa.

Raoul assentiu, solene.

— Sim — respondeu, mais para si mesmo que para ela. — Sim, tudo isso vai acabar. Simone tem um dom maravilhoso, que tem explorado sem impedimentos, mas, agora, já fez a parte dela. Como a senhora muito bem observou, Elise, a cada dia ela fica mais pálida e magra. A vida de médium é cansativa e desgastante, porque exige grande tensão. Mesmo assim, Elise, sua patroa é a melhor médium de Paris... ou melhor, de toda a França. Gente do mundo inteiro vem atrás dela porque sabem que, com Simone, não há trapaças nem truques.

Elise bufou.

— Trapaças! Ah, não, de forma alguma. *Madame* seria incapaz de enganar até um bebê recém-nascido, mesmo que quisesse.

— Ela é mesmo um anjo — disse o jovem francês com fervor. — E farei tudo que for humanamente possível para que seja feliz. A senhora acredita em mim?

Elise se empertigou e respondeu com singela dignidade.

— Estou a serviço de *madame* há muitos anos, *monsieur*. Com todo respeito, posso dizer que a amo. Se eu desconfiasse que o senhor não a adorasse do jeito que ela merece... *eh bien, monsieur!* Eu faria picadinho do senhor.

Raoul começou a rir.

— Muito bem, Elise! A senhora é uma amiga fiel, e espero que me aprove, agora que lhe disse que *madame* abrirá mão dos espíritos.

Ele esperava que a velhinha recebesse o comentário bem-humorado com uma risada, mas ela se manteve muito séria.

— E se os espíritos não estiverem dispostos a abrir mão *dela*, *monsieur*?

Raoul a encarou.

— Hã? Como assim?

— E se os espíritos não estiverem dispostos a abrir mão *dela*? — repetiu Elise.

— Achei que a senhora não acreditasse em espíritos, Elise.

— Não acredito mesmo — teimou Elise. — É tolice acreditar nessas coisas. Mas...

— Mas...?

— É difícil explicar, *monsieur*. Veja bem, eu sempre acreditei que esses autodeclarados médiuns não passavam de vigaristas se aproveitando dos pobres sofredores que perderam entes queridos. Mas *madame* não é assim. *Madame* é boa. *Madame* é honesta e... — Ela baixou a voz e falou em tom de assombro: — *Coisas acontecem*. Não há truque algum nas sessões dela, as coisas acontecem, e é disso que tenho medo. Uma certeza eu tenho, *monsieur*: isso não é certo. Vai contra a natureza e *le bon Dieu*... e *alguém vai ter que pagar*.

Raoul levantou-se da poltrona e, aproximando-se dela, deu-lhe um tapinha no ombro.

— Acalme-se, minha cara Elise — disse com um sorriso. — Vou lhe dar uma notícia ótima: hoje será a última sessão, depois não haverá mais nenhuma.

— Então *haverá* uma hoje? — perguntou a velhinha, desconfiada.

— A última, Elise, a última.

Elise balançou a cabeça, desconsolada.

— *Madame* não está bem... — começou a dizer.

Mas as palavras foram interrompidas quando a porta se abriu e uma mulher loira, esbelta e graciosa entrou no *salon*. A expressão facial remetia a uma Madona de Botticelli. O rosto de Raoul se iluminou e Elise retirou-se do recinto, rápida e discretamente.

— Simone!

Raoul pegou as mãos brancas e compridas da mulher e se inclinou para beijá-las, uma de cada vez. Ela murmurou o nome dele, bem baixinho.

— Raoul, meu querido.

Ele beijou as mãos de Simone outra vez e, em seguida, fixou o olhar nos olhos dela.

— Simone, como você está pálida! Elise me disse que você estava descansando; não está doente, está, minha amada?

— Não, não estou doente... — Ela hesitou.

Raoul a levou até o sofá e sentou-se ao lado dela.

— Conte-me o que é, então.

A médium abriu um sorriso sem graça.

— Você vai me achar uma tola — murmurou ela.

— Eu? Achar você uma tola? Jamais.

Simone desvencilhou as mãos das dele e passou alguns segundos completamente imóvel, olhando para o tapete. Em seguida, comentou, em voz baixa e nervosa:

— Estou com medo, Raoul.

Raoul esperou que a mulher continuasse, mas, à medida que o silêncio se prolongava, ele a incentivou:

— Do que você tem medo?

— Estou com medo, só isso.

— Mas...

O jovem olhou para ela, perplexo, e Simone reagiu àquele olhar de imediato.

— Sim, eu sei que é absurdo, mas é como me sinto. Estou com medo, e ponto final. Não sei de quê, nem por quê, mas estou obcecada pela ideia de que algo terrível vai me acontecer a qualquer momento... algo terrível.

Os olhos de Simone fitavam o nada e Raoul abraçou-a com carinho.

— Minha querida — disse ele —, você não pode se entregar. A vida de médium é mesmo cansativa e você precisa descansar. Descansar e relaxar.

Ela lhe lançou um olhar agradecido.

— Sim, Raoul, você tem razão. É disso mesmo que preciso: descansar e relaxar.

Simone fechou os olhos e se recostou no braço dele.

— E ser feliz — murmurou Raoul no ouvido da médium.

Ele a puxou mais para perto. Ainda de olhos fechados, Simone respirou fundo.

— Sim — murmurou ela —, sim. Quando você me abraça, eu me sinto segura. Esqueço da vida, da terrível vida de médium. Em parte, você entende, Raoul, mas nem você sabe de fato o que significa.

Ele a sentiu enrijecer e percebeu que Simone encarava fixamente o vazio.

— Eu me sento no escuro e espero. A escuridão é terrível, Raoul, porque é a escuridão do vazio, do nada. E mergulhar nela é uma escolha deliberada. Depois, não sei de mais nada, não sinto mais nada e, por fim, lenta e dolorosamente, vem o despertar do sono, acompanhado pelo cansaço… um cansaço terrível.

— Eu sei — murmurou Raoul —, eu sei.

— Estou exausta — disse Simone com um suspiro. E, ao dizer essas palavras, seu corpo parecia mole.

— Mas você é maravilhosa, Simone.

Ele apertou as mãos da jovem, tentando animá-la.

— Você é única. É a maior médium que o mundo já conheceu.

Ela balançou a cabeça em protesto e abriu um meio sorriso.

— É sim, é verdade — insistiu Raoul.

Em seguida, tirou duas cartas do bolso.

— Veja só, esta aqui é do professor Roche da *Salpêtrière*, e esta é do Dr. Genir de Nancy. Ambos imploram para que você os atenda de tempos em tempos.

— Ah, não!

Simone levantou-se de supetão.

— Não vou atendê-los, não vou. As sessões precisam terminar. Você prometeu, Raoul!

Raoul a encarou com espanto enquanto a médium cambaleava e olhava para ele como se fosse uma criatura encurralada. O jovem se levantou e pegou a mão dela.

— É verdade, é verdade — disse ele. — Não haverá mais sessões. É que eu sinto muito orgulho de você, Simone, por isso mencionei as cartas.

Ela lhe lançou um rápido olhar de canto de olho, desconfiada.

— Você não vai mais me pedir para continuar as sessões?

— Não, de jeito algum — disse Raoul —, a menos que você mesma queira, de tempos em tempos, receber esses velhos amigos...

Mas ela logo o interrompeu, agitada.

— Não, não, nunca mais. É perigoso, acredite em mim. Eu sinto.

Ela pressionou as mãos na testa por um minuto e, em seguida, foi até a janela.

— Prometa-me que nunca mais vai me pedir — disse Simone em voz baixa, por cima do ombro.

Raoul a seguiu e pôs as mãos sobre os ombros da médium.

— Minha querida — respondeu com ternura —, prometo que, depois de hoje, você nunca mais fará qualquer sessão.

Ele a sentiu se sobressaltar.

— Hoje... — murmurou ela. — Ah, sim. Eu tinha me esquecido de Madame Exe.

Raoul consultou o relógio.

— Ela deve chegar a qualquer momento. Mas talvez, Simone, caso não esteja se sentindo bem...

Simone mal parecia ouvi-lo; estava perdida nos próprios pensamentos.

— Ela é uma mulher estranha, Raoul, estranhíssima. Ela me inspira uma... uma espécie de pavor.

— Simone!

Havia um tom de reprovação na voz dele que ela logo percebeu.

— Sim, sim, eu sei. Para você, bem como para todos os franceses, uma mãe é sagrada, e é uma grosseria de minha parte pensar assim de uma mulher que sofre pela perda de uma filha. Mas... não sei explicar. Ela é tão grande, tão sombria, e as mãos… Você já reparou nas mãos dela, Raoul? São mãos tão grandes e fortes quanto as de um homem. Ah!

Ela estremeceu e fechou os olhos. Raoul baixou o braço e disse, com certa frieza:

— Eu realmente não consigo entender você, Simone. Era de se esperar que você, como mulher, sentisse compaixão por uma pobre mãe privada da única filha.

Simone reagiu com um gesto de impaciência.

— Ah, é você que não entende, meu caro! Ninguém tem controle sobre esse tipo de coisa. Assim que a vi pela primeira vez, senti… — Ela abriu os braços. — *Medo!* Você se lembra de como hesitei antes de fazer uma sessão com ela? Não sei por quê, mas tive certeza de que ela me traria azar.

Raoul deu de ombros.

— Mas aconteceu o oposto — observou ele em tom seco. — As sessões foram um sucesso, o espírito da pequena Amelie conseguiu controlar você no mesmo instante e as materializações foram surpreendentes. O professor Roche tinha que ter estado presente na última.

— Materializações — repetiu Simone em voz baixa. — Como você sabe, Raoul, não faço ideia do que acontece enquanto estou em transe… Conte-me, as materializações são realmente tão extraordinárias?

Ele fez que sim, entusiasmado.

— Nas primeiras sessões, a imagem da criança era visível em uma espécie de névoa — ele explicou —, mas, na última…

— O que tem a última?

Ele respondeu em voz baixa.

— Simone, a criança que vimos da última vez era de carne e osso. Cheguei até a tocá-la, mas, ao perceber como o toque lhe causava uma forte dor, não permiti que Madame Exe fizesse o mesmo. Tive medo de que ela perdesse as estribeiras e trouxesse consequências desastrosas para você.

Simone voltou-se para a janela mais uma vez.

— Quando despertei, estava completamente destruída — murmurou ela. — Raoul, você tem certeza, certeza absoluta, de que isso está *certo*? Você sabe a opinião de Elise, não? Para ela, eu estou negociando com o diabo.

Simone deu uma risada insegura.

— Você sabe minha opinião — disse Raoul, muito sério. — Quando entramos em contato com o desconhecido, sempre há perigo envolvido, mas a causa é nobre, já que estamos agindo em prol da ciência. Na história do mundo, sempre houve mártires do conhecimento, pioneiros que se sacrificaram para que outros pudessem seguir seus passos em segurança. Já faz dez anos que você trabalha em nome da ciência, à custa de muita tensão emocional. Agora, seu dever está cumprido e, de hoje em diante, você está livre para ser feliz.

Ela lhe lançou um sorriso afetuoso e recuperou a calma. Depois, olhou de relance para o relógio.

— Madame Exe está atrasada — murmurou. — Talvez não venha.

— Acho que virá, sim — disse Raoul. — O relógio está um pouco adiantado, Simone.

Simone começou a caminhar pela sala, arrumando enfeites aqui e ali.

— Às vezes, eu me pergunto quem é essa Madame Exe — comentou ela. — De onde ela vem, quem são seus parentes? É estranho não sabermos nada da vida dela.

Raoul deu de ombros.

— As pessoas costumam ser discretas quando procuram um médium. É uma precaução elementar.

— Imagino que sim — concordou Simone, indiferente.

Um vasinho de porcelana que ela estava segurando escapuliu de seus dedos e se espatifou nos ladrilhos da lareira. Ela se virou para Raoul, alarmada.

— Viu só? — murmurou. — Eu não estou bem. Raoul, você me acharia uma covarde se eu… dissesse a Madame Exe que não posso atendê-la hoje?

O misto de espanto e tristeza no rosto do jovem a fez corar.

— Você prometeu, Simone… — disse ele com suavidade.

Ela recuou em direção à parede.

— Não vou atendê-la, Raoul. Não vou.

E, mais uma vez, Simone estremeceu diante da terna reprovação nos olhos do jovem.

— Não é no dinheiro que eu estou pensando, Simone. Mas há de se convir que a quantia oferecida por aquela mulher na última sessão era exorbitante… simplesmente exorbitante.

Ela o interrompeu com ar de desafio.

— Há coisas mais importantes que dinheiro.

— Claro! — concordou ele com um sorriso afetuoso. — É isso mesmo que estou dizendo. Pense bem: Madame Exe é uma mãe que perdeu a única filha. Se você não está de fato doente, se é apenas um capricho de sua parte… por que negar a uma mulher rica o desejo dela, por que negar a uma mãe a chance de ver a filha pela última vez?

A médium abriu os braços, perdendo as esperanças.

— Ah, como você me tortura — murmurou ela. — Mas você tem razão. Vou fazer o que diz, mas agora eu sei do que tenho medo: é da palavra "mãe".

— Simone!

— Existem certas forças elementares e primitivas, Raoul. A civilização destruiu a maior parte delas, mas a maternidade ocupa o mesmo lugar que ocupava no início dos tempos. Nos animais, nos seres humanos, o sentimento é o mesmo. Não existe algo no mundo que seja mais forte que o amor de uma mãe por um filho. É um amor impiedoso, que desconhece as leis e destrói, sem nenhum remorso, tudo que se interpõe em seu caminho. — Ofegante, ela fez uma pausa e se virou para Raoul com um breve sorriso apaziguador. — Só estou dizendo tolices hoje, sei disso.

Ele a segurou pelas mãos.

— Vá se deitar por uns minutinhos — encorajou. — Descanse até ela chegar.

— Muito bem. — Ela sorriu para o jovem e retirou-se da sala.

Raoul passou alguns minutos perdido em pensamentos. Em seguida, foi até a porta, abriu-a e atravessou o pequeno corredor. Chegou a uma sala do outro lado, mais ou menos semelhante à que acabara de deixar, mas no cantinho havia um recesso que abrigava uma grande poltrona. Pesadas cortinas de veludo preto haviam sido dispostas de modo a fechar o recesso. Elise estava arrumando o recinto. Perto do recesso, havia distribuído duas cadeiras e uma mesinha redonda. Em cima da mesa havia um tamborim, uma corneta, alguns papéis e lápis.

— A última vez — murmurou Elise, com uma satisfação sombria. — Ah, *monsieur*, eu gostaria que já tivesse acabado.

Naquele momento, ouviu-se o som agudo da campainha.

— Aí está ela, aquela brutamontes — comentou a velha criada. — Por que não vai à igreja rezar pela alma da filhinha e acender uma vela para Nossa Senhora? Deus sabe o que é melhor para nós.

— Vá atender a porta, Elise — disse Raoul peremptoriamente.

Ela olhou feio para o jovem, mas obedeceu. Em poucos minutos, já estava de volta com a visita.

— Vou avisar à patroa que a senhora está aqui, *madame*.

Raoul aproximou-se para apertar a mão de Madame Exe e, naquele momento, lembrou-se das palavras de Simone: "Tão grande, tão sombria...".

Ela era *mesmo* uma mulher grande, e os trajes pretos de luto tinham um quê de excêntrico no caso dela.

— Acho que estou um pouco atrasada, *monsieur* — disse, com a voz muito profunda.

— Só alguns minutinhos — respondeu Raoul com um sorriso. — Madame Simone está descansando. Sinto informar que ela não está bem. Está muito nervosa e esgotada.

A mão da mulher, que já estava prestes a ser recolhida, de repente apertou a de Raoul.

— Mas ela fará a sessão, certo? — perguntou, de maneira brusca.

— Ah, sim, *madame*.

Madame Exe suspirou aliviada e afundou-se em uma poltrona, soltando um dos véus pretos que a envolviam.

— Ah, *monsieur*! — murmurou ela. — O senhor não pode imaginar, não pode conceber a alegria que essas sessões me proporcionam. Minha pequenina! Minha Amelie! Poder vê-la, poder ouvi-la, talvez... até tocá-la.

Raoul respondeu de modo rápido e decidido:

— Madame Exe... como posso explicar? Em hipótese alguma a senhora deve ignorar minhas orientações. Caso contrário, o perigo seria gravíssimo.

— Perigo para mim?

— Não, *madame* — disse Raoul —, para a médium. Há uma explicação científica para os fenômenos que ocorrem durante uma sessão, e vou tentar apresentá-la de maneira simples, sem recorrer a termos técnicos. Para se manifestar, o espírito usa a substância física do médium; a senhora já viu o vapor que sai dos lábios de Madame Simone. Essa matéria condensa e assume a aparência física do morto. Acreditamos que esse ectoplasma seja a matéria orgânica do médium. Esperamos conseguir, um dia, provar essa hipótese através de comparações cuidadosas de peso e outros parâmetros. No entanto, a maior dificuldade é a seguinte: qualquer tipo de manipulação do fenômeno pode acarretar grande perigo à vida do médium. Em outras palavras, tocar na materialização pode resultar em sua morte.

Madame Exe o ouvira com muita atenção.

— Interessantíssimo, *monsieur*. Mas diga-me: não chegará o dia em que a materialização estará tão evoluída que conseguirá se separar da pessoa que a gerou, ou seja, o médium?

— É uma teoria fantástica, *madame*.

Ela insistiu:

— Mas, de acordo com os fatos, seria ou não possível?

— Até onde sabemos, totalmente impossível.

— Mas no futuro... talvez?

A chegada de Simone o salvou de responder à pergunta. A jovem estava pálida e abatida, mas era evidente que havia recuperado o autocontrole. Ela se aproximou para apertar a mão de Madame Exe, mas Raoul notou o leve arrepio que a atravessou.

— Lamento saber que não está se sentindo bem, *madame* — disse Madame Exe.

— Não é nada — respondeu Simone, um tanto quanto brusca. — Podemos começar?

A jovem foi até o recesso e sentou-se na poltrona. De repente, Raoul também sentiu um arrepio.

— Você não está em condições! — exclamou ele. — Acho melhor cancelarmos a sessão. Madame Exe vai entender.

— *Monsieur!*

Madame Exe levantou-se, indignada.

— É melhor não, é melhor não, estou certo disso.

— Madame Simone me prometeu uma última sessão.

— É verdade — concordou Simone em voz baixa —, e estou pronta para cumprir minha promessa.

— Espero que sim, *madame* — disse a outra mulher.

— Não sou de quebrar promessas — retrucou Simone em tom frio. — Não se preocupe, Raoul — acrescentou com gentileza. — Afinal de contas, é a última vez. A última vez, graças a Deus!

Ao sinal dela, Raoul fechou as pesadas cortinas pretas. Fechou também as persianas das janelas, para que a sala ficasse imersa na semiescuridão. Em seguida, indicou uma das cadeiras para Madame Exe e preparou-se para se sentar na outra. Madame Exe, porém, hesitou.

— Peço que me perdoe, *monsieur*. Acredito piamente em sua integridade, bem como na de Madame Simone. Entretanto, para tornar meu testemunho ainda mais significativo, tomei a liberdade de trazer isto.

Madame Exe tirou um rolo de corda de dentro da bolsa.

— *Madame!* — exclamou Raoul. — Isso é um insulto!

— Uma precaução.

— Repito: é um insulto.

— Não compreendo sua objeção, *monsieur* — disse Madame Exe em tom frio. — Se não há truque algum, o senhor não tem o que temer.

Raoul riu com desdém.

— Posso lhe garantir que não tenho o que temer, *madame*. Pode amarrar minhas mãos e meus pés, se quiser.

O discurso não surtiu o efeito que ele esperava, pois Madame Exe limitou-se a murmurar, sem emoção:

— Obrigada, *monsieur*.

Em seguida, avançou na direção dele com o rolo de corda.

De repente, por trás da cortina, Simone gritou:

— Não, não, Raoul, não deixe que ela faça isso!

Madame Exe deu uma risada desdenhosa e observou, em tom sarcástico:

— *Madame* está com medo.

— Sim, estou com medo.

— Preste atenção no que diz, Simone! — exclamou Raoul. — Ao que parece, Madame Exe acredita que somos charlatães.

— Preciso ter certeza — disse Madame Exe, severa.

Assim, ela executou sua tarefa com todo cuidado. Raoul estava imobilizado na cadeira.

— Está de parabéns pelos nós, *madame* — observou o jovem, em tom irônico, quando a mulher terminou. — Está satisfeita agora?

Madame Exe não respondeu. Apenas deu uma volta pela sala e examinou de perto os painéis das paredes. Em seguida, trancou a porta que dava para o corredor, removeu a chave e voltou à cadeira.

— Agora sim — disse ela, em uma voz indescritível —, estou pronta.

Os minutos se passavam. Por trás da cortina, a respiração de Simone tornava-se cada vez mais pesada e difícil. De repente, não havia mais som algum, mas logo se ouviu uma série de grunhidos. Depois, o silêncio voltou a reinar por um breve instante, quebrado pelo súbito rufar do tamborim. A corneta foi arrancada da mesa e jogada no chão. Houve uma risadinha irônica e as cortinas do recesso se abriram discretamente. Da fresta, vislumbrava-se a figura da médium com a cabeça caída sobre o peito. De repente, Madame Exe prendeu a respiração: uma corrente de névoa saía ondulando da boca de Simone. A névoa condensou e, pouco a pouco, assumiu a forma de uma garotinha.

— Amelie! Minha pequena Amelie! — sussurrou a mulher com a voz rouca.

A imagem obscura foi se tornando cada vez mais clara. Raoul mal podia acreditar no que estava vendo. Nunca presenciara uma materialização tão bem-sucedida. Diante dele havia uma criança real, uma criança de carne e osso.

— *Maman!* — disse a voz suave de uma garotinha.

— Minha filha! — exclamou Madame Exe. — Minha filha!

Ela quase se levantou da cadeira.

— Cuidado, *madame* — advertiu Raoul.

A materialização abriu caminho através das cortinas, bem devagar. Era uma criança. Estava bem ali, parada e de braços abertos.

— *Maman!*

— Ah! — gritou Madame Exe.

Mais uma vez, ela fez menção de se levantar da cadeira.

— *Madame* — exclamou Raoul —, a médium…

— Preciso tocá-la! — gritou Madame Exe com a voz rouca. Em seguida, deu um passo à frente.

— Pelo amor de Deus, *madame*, controle-se! — gritou Raoul.

Àquela altura, estava realmente alarmado.

— Sente-se já.

— Minha pequenina, eu preciso tocá-la.

— *Madame*, eu ordeno que se sente!

Raoul tentava a todo custo se desvencilhar das amarras, mas Madame Exe tinha feito um excelente trabalho; era impossível sair dali. Uma terrível sensação de desastre iminente tomou conta dele.

— Em nome de Deus, *madame*, sente-se! — pediu Raoul, aos berros. — Lembre-se da médium.

Madame Exe não lhe deu ouvidos. Era uma mulher transformada, cujo rosto brilhava de êxtase e de alegria. Ela estendeu a mão e tocou a pequena figura parada entre as cortinas escuras. A médium deixou escapar um grunhido terrível.

— Meu Deus! — gritou Raoul. — Meu Deus! É terrível. A médium...

Madame Exe virou-se para ele com uma risada cruel.

— O que me importa a médium? Eu quero minha filha.

— Você enlouqueceu!

— É minha filha, já lhe disse. Minha! Sangue de meu sangue! Minha pequenina voltou do mundo dos mortos e está aqui, viva, respirando.

Raoul entreabriu os lábios, mas não havia palavras. Mas que mulher horrível! Implacável, selvagem, movida apenas pela paixão. Os lábios da criança se abriram e, pela terceira vez, ela pronunciou a palavra:

— *Maman!*

— Venha, minha pequenina — exclamou Madame Exe.

E, com um gesto brusco, tomou a criança nos braços. Do outro lado da cortina, ouviu-se um grito prolongado, da mais intensa dor.

— Simone! — gritou Raoul. — Simone!

O jovem mal notou Madame Exe passar correndo por ele, abrir a porta e se retirar escada abaixo.

Do outro lado das cortinas, ainda dava para ouvir o grito de dor. Era um grito como Raoul jamais tinha ouvido, e que finalmente morreu em um gorgolejo terrível. Em seguida, um corpo caiu no chão com um baque.

Raoul tentava com todas as forças se livrar das amarras. Em meio à fúria, fez o impossível; arrebentou a corda. Enquanto lutava para se levantar, Elise entrou correndo.

— *Madame!* — gritou.

— Simone! — exclamou Raoul.

Juntos, os dois correram até as cortinas e as abriram.

Raoul quase caiu para trás.

— Meu Deus! — murmurou. — Vermelho, vermelho por toda parte...

Atrás dele, Elise falou, com a voz ríspida e trêmula:

— Então, *madame* está morta. Acabou. Mas, diga-me, *monsieur*, o que aconteceu? *Por que* madame *encolheu? Por que está da metade do tamanho normal? O que foi que se passou aqui dentro?*

— Eu não sei — respondeu Raoul. E, então, começou a gritar: — Eu não sei. Eu não sei mesmo. Mas acho que estou enlouquecendo. Simone! Simone!

SOS

Publicado originalmente na edição da obra *The Hound of Death* que saiu no Reino Unido pela Oldhams Press em 1933, disponível apenas coletando cupons de uma revista intitulada *The Passing Show*. Posteriormente publicado nos Estados Unidos pela Collins em *The Witness for the Prosecution and Other Stories* em 1948.

— Ah! — disse Mr. Dinsmead com satisfação.

Ele deu alguns passos para trás e examinou a mesa com aprovação. A luz das chamas das velas iluminava a simples toalha branca, as facas, os garfos e os demais utensílios de mesa.

— Está tudo pronto? — perguntou Mrs. Dinsmead, hesitante. Era uma mulher baixinha e monótona, de rosto pálido, cabelos ralos penteados para trás e gestos sempre nervosos.

— Sim, está tudo pronto — disse o marido, numa espécie de cordialidade feroz.

Ele era um homem grande, de ombros caídos e rosto largo e avermelhado. Tinha olhinhos profundos que brilhavam sob as sobrancelhas grossas e uma mandíbula enorme, desprovida de barba.

— Limonada? — sugeriu Mrs. Dinsmead, falando quase em um sussurro.

O marido balançou a cabeça, negando.

— Chá. Muito melhor em todos os aspectos. Veja como está o tempo, não para de chover e de ventar. Nada como uma bela xícara de chá quentinho para uma noite como esta.

Ele deu uma piscadela brincalhona e voltou a inspecionar a mesa.

— Um bom prato de ovos, carne em conserva, pão e queijo. É disso que eu gostaria para o jantar, Mãe. Charlotte está na cozinha, pronta para ajudá-la.

Mrs. Dinsmead se levantou, enrolando o novelo de lã com todo o cuidado.

— Ela se tornou uma moça muito bonita — murmurou a mulher. — Meiga e bonita.

— Ah! — disse Mr. Dinsmead. — A cara da mãe! Agora, não perca mais tempo, vá.

Ele perambulou pela sala por alguns minutos, cantarolando baixinho. Então, aproximou-se da janela e olhou para fora.

— Que tempinho ruim — murmurou consigo mesmo. — Acho que não teremos visitas hoje à noite.

Em seguida, também se retirou da sala.

Cerca de dez minutos mais tarde, Mrs. Dinsmead entrou com um prato de ovos fritos. As duas filhas vieram logo atrás, trazendo o restante da refeição. Mr. Dinsmead e o filho, Johnnie, chegaram por último. O pai sentou-se à cabeceira da mesa.

— Ó, Deus, nós vos agradecemos pelo alimento etc. e tal — disse ele jocosamente. — E bendito seja o homem que inventou os enlatados. O que faríamos nós, a milhas de distância da aldeia, se não tivéssemos uma latinha de vez em quando? Ainda mais quando o açougueiro se esquece de passar por aqui.

Então, ele se pôs a cortar a carne com destreza.

— Às vezes me pergunto quem foi que teve a ideia de construir uma casa assim, isolada do mundo — comentou a filha Magdalen, mal-humorada. — Nunca vemos uma alma viva por aqui.

— Não — respondeu o pai. — Nenhuma alma viva.

— Não consigo entender por que o senhor a comprou, pai — disse Charlotte.

— Não consegue, meu bem? Pois bem, eu tive meus motivos… tive meus motivos.

Ele procurou os olhos da esposa, mas ela franziu a testa.

— E ainda é mal-assombrada — acrescentou Charlotte. — Eu não dormiria sozinha aqui por nada neste mundo.

— Quanta bobagem — disse o pai. — Eu nunca vi nada por aqui. Vocês já viram? Tenha a santa paciência.

— Talvez eu nunca tenha *visto* nada, mas...

— Mas o quê?

Charlotte não respondeu, mas estremeceu de leve.

A chuva começou a cair mais forte e sacudiu a janela, o que fez Mrs. Dinsmead derrubar a colher em cima da bandeja com um tinido.

— Não está nervosa, está, Mãe? — perguntou Mr. Dinsmead. — Não passa de uma noite de tempo ruim, só isso. Não se preocupe, estamos seguros ao lado da lareira, e ninguém de fora virá nos incomodar. Ora, seria um milagre se alguém desse as caras por aqui hoje. E milagres não acontecem. — Então, com uma espécie de satisfação muito peculiar, repetiu para si mesmo: — Não, milagres não acontecem.

Ele tinha acabado de dizer aquelas palavras quando alguém bateu na porta. Mr. Dinsmead parecia petrificado.

— Mas não é possível — murmurou, boquiaberto.

Mrs. Dinsmead soltou um gritinho e se enrolou no xale. Magdalen corou e inclinou-se para falar com o pai.

— O milagre aconteceu. É melhor ir lá abrir a porta para o nosso visitante.

Vinte minutos mais cedo, Mortimer Cleveland havia parado o carro debaixo do aguaceiro para inspecioná-lo. Era muito azar: dois furos no pneu em menos de dez minutos. E, agora, ali estava ele, encalhado no meio daquelas planícies desertas de Wiltshire, enquanto a noite caía e não havia nenhuma perspectiva de abrigo. Ninguém mandou pegar um atalho. Ah, por que não tinha permanecido na estrada principal? Agora, estava perdido naquela estrada de chão batido, sem saber se havia ou não alguma aldeia por perto.

Ele olhou perplexo à sua volta e viu uma luz fraca em uma encosta não muito longe dali. No segundo seguinte, a névoa a escondera, mas, com um pouco de paciência, conseguiu vê-la outra vez. Depois de matutar por alguns instantes, Cleveland deixou o carro e subiu a encosta.

Em pouco tempo, livrou-se da neblina e percebeu que a luz vinha da janela de um chalezinho. Ali, pelo menos, encontraria um abrigo. Mortimer Cleveland apertou o passo e curvou a cabeça contra a fúria do vento e da chuva, que pareciam fazer de tudo para detê-lo.

Cleveland era, à sua maneira, uma espécie de celebridade, mesmo que o público em geral ignorasse seu nome e seus sucessos. Ele era uma autoridade na área da ciência da mente e havia escrito dois excelentes livros a respeito do subconsciente. Era também membro da Sociedade de Pesquisas Psíquicas e um estudioso do ocultismo, desde que contribuísse para sua linha de pesquisa e interessasse às suas conclusões.

Por natureza, era sensível aos ambientes de modo peculiar e, com a prática — deliberada —, havia aperfeiçoado ainda mais esse dom. Quando por fim chegou ao chalé e bateu na porta, sentiu uma agitação repentina, um aumento de interesse, como se seus sentidos tivessem, de repente, se aguçado.

Ele tinha captado o burburinho lá dentro com nitidez, mas, assim que bateu na porta, o silêncio reinou na casa. Em seguida, ouviu o som de uma cadeira sendo empurrada para trás e, no minuto seguinte, a porta foi aberta por um garoto de cerca de 15 anos. Cleveland olhou por cima dos ombros do jovem e avistou a cena que acontecia do lado de dentro.

Parecia a pintura de um mestre holandês — uma mesa redonda cheia de comida, a família reunida em volta dela, algumas velas acesas e a luz da lareira. O pai, um homem grande, estava sentado de um lado da mesa. Do lado oposto, havia uma mulher baixinha, de cabelos grisalhos e semblante assustado. De frente para a porta, olhando diretamente para Cleveland, havia uma garota. Seus olhos alarmados encaravam os dele, enquanto a mão segurava uma xícara, parada a meio caminho dos lábios.

Cleveland logo se deu conta de que se tratava de uma beleza extraordinária. O cabelo, de um ruivo-dourado, emoldurava seu rosto como um véu, e os olhos, bem separados um do outro, eram do mais puro cinza. A boca e o queixo lembravam os de uma antiga Madona italiana.

Por um momento, ninguém falou nada. Então, Cleveland entrou na sala e explicou o que havia acontecido. Depois de terminar a história, o silêncio da família se prolongou de maneira inexplicável. Por fim, como se lhe custasse muito, o pai se levantou.

— Entre, senhor... Mr. Cleveland, certo?

— Esse é meu nome — respondeu Mortimer com um sorriso.

— Claro, claro. Entre, Mr. Cleveland. Tempinho horroroso lá fora, não? Venha para perto da lareira. Johnnie, por favor, feche a porta. Não fique aí feito um dois de paus a noite toda.

Cleveland seguiu em frente e acomodou-se num banquinho de madeira perto do fogo. O rapaz, Johnnie, fechou a porta.

— Eu me chamo Dinsmead — disse o outro homem, agora bem mais simpático. — Essa é minha esposa, e as duas moças são minhas filhas, Charlotte e Magdalen.

Pela primeira vez, Cleveland viu o rosto da jovem que estivera de costas para ele e notou que, de uma forma totalmente diferente, era tão bonita quanto a irmã. O cabelo era bem escuro, e o rosto, pálido feito mármore. Seu nariz era aquilino, mas delicado, e os lábios estavam franzidos. Era um tipo de beleza fria, austera, quase proibitiva. Quando o pai a apresentou, ela curvou a cabeça e encarou o hóspede com um olhar intenso, como se quisesse sondá-lo, como se pretendesse avaliá-lo segundo seus critérios juvenis.

— Gostaria de beber alguma coisa, hein, Mr. Cleveland?

— Obrigado — disse Mortimer. — Uma xícara de chá cairia muito bem.

Mr. Dinsmead hesitou por um instante e, em seguida, pegou as cinco xícaras que estavam em cima da mesa, esvaziando-as uma a uma em um receptáculo.

— O chá esfriou — disse ele bruscamente. — Você faz mais um pouco, Mãe?

Mrs. Dinsmead levantou-se no mesmo instante e saiu apressada, levando o bule. Mortimer teve a impressão de que ela estava feliz por poder sair da sala.

O chá fresco logo foi servido, e o hóspede inesperado se viu diante de um belo prato com iguarias.

Mr. Dinsmead falava pelos cotovelos. Era um homem expansivo, cordial, loquaz. Contou tudo da própria vida ao visitante. Não fazia muito tempo que havia se aposentado, após muitos anos trabalhando no ramo da construção, e estava bastante satisfeito. Ele e a esposa precisavam de um pouco de ar puro, já que nunca haviam morado no campo. Acabaram escolhendo a pior época do ano, é claro, pois outubro e novembro não eram meses de tempo bom, mas eles não queriam esperar. "Sabe como é, senhor, a vida é uma caixinha de surpresas."Assim, decidiram comprar aquele chalé, a oito milhas de distância de qualquer habitação e a dezenove milhas de qualquer coisa semelhante a uma cidade. Mas eles não reclamavam, de jeito nenhum. As moças achavam um pouco chato, mas ele e a esposa apreciavam a tranquilidade.

E assim, o monólogo fluiu, deixando Mortimer quase que hipnotizado pela facilidade de comunicação do anfitrião. Nada de muito interessante — tratava-se de uma família como outra qualquer. Entretanto, assim que cruzara a soleira, Mortimer havia detectado algo diferente, uma tensão sutil que emanava de uma daquelas cinco pessoas. Mas qual delas? Não, aquilo era uma bobagem dele, seus nervos estavam à flor da pele! Aquelas pessoas ficaram assustadas com a aparição repentina, só isso.

Cleveland mencionou a questão de não ter onde dormir, mas foi logo interrompido por uma resposta na ponta da língua:

— O senhor vai ter que ficar conosco, Mr. Cleveland. Não há pousada por perto e, como falei, a habitação mais próxima fica a milhas de distância. Nós podemos lhe oferecer um quarto e, por mais que meus pijamas possam ficar um tanto folgados, ora, é melhor do que nada! Pela manhã, suas roupas já estarão secas.

— Muita gentileza de sua parte.

— De forma alguma — disse o anfitrião em tom cordial. — Como falei antes, o tempinho lá fora está horroroso. Magdalen, Charlotte, subam e arrumem o quarto.

As duas moças deixaram a sala. Pouco depois, já dava para ouvir a movimentação no andar de cima.

— É compreensível que duas moças tão atraentes quanto as suas filhas achem chato viver aqui — comentou Cleveland.

— São bonitas mesmo, não? — respondeu Mr. Dinsmead, com orgulho paternal. — Não puxaram muito a mãe nem a mim. Somos um casal simples, mas muito apegado. Não é verdade, Maggie? Hein?

Mrs. Dinsmead abriu um sorriso tímido. Ela voltara a tricotar e era muito habilidosa com as agulhas.

Algum tempo depois, as jovens anunciaram que o quarto estava pronto. Com um último agradecimento, Mortimer disse que gostaria de se recolher aos aposentos.

— Vocês colocaram uma garrafa de água quente na cama? — perguntou Mrs. Dinsmead, subitamente consciente de seu orgulho de anfitriã.

— Sim, mãe, duas.

— Muito bem — disse Dinsmead. — Agora subam com ele, meninas, e vejam se precisa de mais alguma coisa.

Magdalen subiu a escada à frente do hóspede, erguendo a vela para iluminar o caminho. Charlotte a seguiu.

O quarto era aconchegante, pequeno e com o teto inclinado. A cama parecia confortável, e os poucos móveis — um tantinho empoeirados — eram de mogno velho. Na pia, havia uma grande jarra de água quente, e um pijama rosa de tamanho considerável fora colocado em cima de uma cadeira. A cama já estava preparada.

Magdalen foi até a janela para se certificar de que a trava estava bem fechada. Charlotte verificou as amenidades de banho pela última vez e, então, as irmãs pararam diante da porta.

— Boa noite, Mr. Cleveland. Tem certeza de que não lhe falta algo?

— Tenho, sim. Obrigado, Miss Magdalen. Sinto vergonha por ter dado todo esse trabalho a vocês. Boa noite.

— Boa noite.

E, com isso, elas saíram e fecharam a porta. Mortimer Cleveland ficou a sós e se despiu devagar, concentrado em seus pensamentos. Depois de vestir o pijama rosa de Mr. Dinsmead, pegou as próprias roupas molhadas e as colocou do lado de fora da porta, por ordens do anfitrião. Do andar de baixo, dava para ouvir o rumor da voz de Dinsmead.

Mas que homem tagarela! Ele lhe parecia um tipo esquisito — e, por falar nisso, a família inteira era meio estranha. Ou seria apenas sua imaginação?

Cleveland voltou lentamente para o quarto e fechou a porta. Ficou um tempo parado perto da cama, perdido em pensamentos. E, de repente, levou um susto.

A mesa de mogno ao lado da cama estava coberta de poeira — e, escritas na poeira, havia três letras bem nítidas: SOS.

Mortimer mal podia acreditar no que os olhos estavam vendo, mas era a confirmação das sensações que tivera. Ele estava certo, no fim das contas. Havia algo de errado naquela casa.

SOS. Um pedido de ajuda. Mas quem havia escrito a mensagem? Magdalen ou Charlotte? As duas haviam passado por ali antes de se retirarem do quarto. Qual mão havia, em segredo, pousado na mesa e escrito as três letras?

Ele se lembrou do rosto das duas moças. Magdalen, morena e indiferente, e Charlotte, do jeito que a tinha visto pela primeira vez: olhos grandes e assustados, que escondiam algo de indefinível lá no fundo...

Cleveland foi mais uma vez até a porta e a abriu. O rumor da voz de Mr. Dinsmead já havia desaparecido. O silêncio pairava sobre a casa.

Ele pensou com seus botões: *Hoje, já não posso mais fazer nada. Amanhã... bem. Veremos.*

Cleveland acordou cedo. Desceu a escada, cruzou a sala de estar e seguiu em direção ao jardim. Depois da chuva da noite anterior, o dia havia amanhecido lindo. Mais alguém tinha acordado cedo. No final do jardim, Charlotte estava debruçada sobre a cerca, contemplando a paisagem ondulada. Enquanto se aproximava da moça, ele sentiu o pulso acelerar. Desde o início, estivera secretamente convencido de que Charlotte havia escrito a mensagem. Quando chegou perto dela, a jovem virou-se para ele e lhe falou um bom-dia. Os olhos eram francos e infantis, sem nenhum vestígio de segredo.

— Um belo dia, de fato — disse Mortimer com um sorriso. — O tempo mudou da água para o vinho.

— É verdade.

Mortimer quebrou um galho de uma árvore próxima e se pôs a desenhar, distraído, no caminho arenoso a seus pés. Em seguida, traçou um S, depois um O, e, por último, outro S, observando a jovem com atenção. No entanto, ela não deu nenhum sinal de compreensão.

— Você sabe o que essas letras representam? — perguntou ele abruptamente.

Charlotte franziu a testa.

— Não são as letras que os navios transmitem quando estão em apuros?

Mortimer fez que sim.

— Alguém escreveu isso na mesa ao lado da minha cama ontem à noite — disse ele em voz baixa. — Pensei que pudesse ter sido *você*.

Ela o encarou com olhos arregalados, atônita.

— Eu? Ah, não.

Então, ele estava errado. A decepção o atingiu feito um golpe doloroso. Estivera tão certo daquilo, tão certo... A intuição de Mortimer não era de falhar assim.

— Tem certeza? — insistiu ele.

— Ah, tenho, sim.

Então, eles caminharam lentamente de volta para a casa. Charlotte parecia distraída com alguma coisa e respondia às observações dele com comentários ao acaso. De repente, ela disse, em voz baixa e apressada:

— É estranho o senhor ter mencionado aquelas letras, SOS. Não fui eu que as escrevi, é claro, mas... poderia muito bem ter sido eu.

Ele parou de andar e olhou para ela. A moça prosseguiu:

— Parece bobagem, sei disso, mas eu ando com medo, morrendo de medo. Aí, quando o senhor surgiu ontem à noite, parecia até que estava atendendo a um pedido.

— Do que você tem medo? — perguntou ele, sem perder tempo.

— Não sei.

— Não sabe.

— Acho que é... da casa. Desde que nos mudamos para cá, esse medo só vem crescendo cada vez mais. Todo mundo parece diferente, de certa forma. Meu pai, minha mãe, Magdalen, todos eles parecem ter mudado.

Mortimer não respondeu de imediato e, antes que tivesse a chance, Charlotte prosseguiu:

— Sabia que há rumores de que esta casa é mal-assombrada?

— O quê? — disse ele, de repente mais interessado.

— Sim. Já faz alguns anos que um homem assassinou a esposa dentro da casa. Só ficamos sabendo depois de nos mudarmos para cá. Meu pai diz que é bobagem acreditar em fantasmas, mas eu... eu não sei.

Os pensamentos de Mortimer estavam a mil.

— Conte-me — disse ele, em tom profissional —, o assassinato aconteceu no quarto em que eu dormi ontem à noite?

— Não sei de nenhum detalhe — respondeu Charlotte.

— Agora que penso a respeito... — murmurou Mortimer, mais para si mesmo. — Pode ser que sim.

Charlotte o encarou sem entender nada.

— Miss Dinsmead — disse Mortimer em tom gentil —, você já teve motivos para acreditar que tem habilidades mediúnicas?

Ela o olhou sem piscar.

— Acho que você *sabe* que escreveu SOS na mesa ontem à noite — disse Mortimer em voz baixa. — Inconscientemente, é claro. Um crime sempre acaba contaminando a atmosfera, por assim dizer. Uma mente sensível como a sua pode ser levada a agir dessa forma. Você tem reproduzido as sensações e as impressões da vítima. Há muitos anos, *ela* deve ter escrito SOS naquela mesa, e você, sem ter consciência disso, reproduziu o gesto ontem à noite.

O rosto de Charlotte se iluminou.

— Entendi — respondeu ela. — O senhor acha que essa é a explicação?

Então, uma voz chamou a moça de dentro da casa e ela entrou, deixando Mortimer sozinho no jardim. Enquanto andava de um lado para o outro, não pôde deixar de pensar: estava satisfeito com a própria explicação? Ela dava conta de todos os fatos? Era capaz de explicar a tensão que ele havia sentido ao entrar naquela casa na noite anterior?

Talvez, mas ele ainda tinha a estranha sensação de que aquelas pessoas não gostaram de sua chegada. Mortimer pensou alto:

— Não posso me deixar levar pela explicação paranormal. Talvez se aplique a Charlotte, mas não aos demais. Minha chegada foi uma perturbação para todos eles, exceto para Johnnie. Seja lá qual for o problema, não tem nada a ver com Johnnie.

Mortimer tinha certeza. Era estranho estar tão certo daquilo, mas só lhe restava aceitar.

Naquele instante, o próprio Johnnie saiu do chalé e se aproximou do hóspede.

— O café da manhã está na mesa — anunciou ele, todo sem jeito. — Gostaria de entrar?

Mortimer notou que os dedos do rapaz estavam manchados. Johnnie sentiu que o hóspede havia percebido e deu uma risada triste.

— Eu vivo fazendo experimentos químicos, sabe? Meu pai, de vez em quando, fica uma fera. Ele quer que eu trabalhe com construção, mas minha paixão é a química e as pesquisas.

Então, Mr. Dinsmead surgiu na janela em frente a eles: grande, jovial e sorridente. Assim que o viu, a desconfiança e a antipatia de Mortimer se reacenderam. Mrs. Dinsmead já estava sentada à mesa e lhe deu bom-dia com a mesma voz inexpressiva de sempre; por algum motivo incompreensível, ele sentiu mais uma vez que a mulher tinha medo dele.

Magdalen foi a última a entrar. Ela o cumprimentou com um breve aceno de cabeça e se sentou de frente para ele.

— Dormiu bem? — perguntou ela, de repente. — A cama estava confortável?

A moça o olhava muito séria, e Mortimer logo percebeu a decepção que ela pareceu sentir quando ele respondeu que sim. O que esperava que ele dissesse?

Mortimer voltou-se para o anfitrião.

— Ao que parece, seu filho se interessa por química! — comentou cordialmente.

De repente, ouviu-se um estardalhaço. Mrs. Dinsmead havia deixado cair a xícara de chá.

— Caramba, Maggie, caramba — disse o marido.

Mortimer sentiu um tom de reprovação na voz do homem, de advertência. Mas, instantes depois, Mr. Dinsmead virou-se para o hóspede e se pôs a falar com desenvoltura a respeito das vantagens do ramo da construção e da importância de não permitir que os jovens se sintam com o rei na barriga.

Após o café da manhã, ele foi sozinho ao jardim para fumar. Já era hora de deixar o chalé. Passar a noite para se proteger da chuva era uma coisa, mas, para estender a estadia, precisaria arrumar uma desculpa. E qual desculpa seria essa? A ideia de ir embora não o atraía.

Enquanto matutava, Mortimer pegou um caminho que levava ao outro lado da casa. Seus sapatos tinham sola de borracha-crepe e, portanto, quase não faziam barulho. Ao passar pela janela da cozinha, ouviu a voz de Dinsmead do lado de dentro. As palavras daquele homem chamaram imediatamente sua atenção.

— É uma dinheirama, uma dinheirama mesmo.

Mrs. Dinsmead respondeu, mas a voz era muito baixa para que Mortimer fosse capaz de entender. Em seguida, Dinsmead disse:

— Quase 60 mil libras, segundo o advogado.

Mortimer não tinha intenção de ouvir escondido, mas acabou por dar meia-volta e refazer todo o caminho, pensativo. A menção ao dinheiro parecia cristalizar a situação. As 60 mil libras se encaixavam em alguma parte daquela história, o que só confirmava e piorava as coisas.

Magdalen saiu da casa, mas a voz do pai chamou-a de volta quase na mesma hora, então ela obedeceu. Lá pelas tantas, o próprio Dinsmead juntou-se ao hóspede.

— Um dia tão bom que chega a ser raro — disse, cordialmente. — Espero que seu carro não tenha escangalhado de vez.

"Quer descobrir quando eu vou embora", pensou Mortimer.

Em voz alta, agradeceu mais uma vez a Mr. Dinsmead pela hospitalidade providencial.

— Não há de quê, não há de quê — disse o anfitrião.

Magdalen e Charlotte deixaram a casa de braços dados e caminharam até um banco rústico não muito longe dali. Juntos, o cabelo escuro e o ruivo dourado faziam um contraste agradável, e, movido por um impulso, Mortimer disse:

— Suas filhas não são nada parecidas, Mr. Dinsmead.

O outro homem, que, no momento, acendia o cachimbo, sobressaltou-se e deixou cair o fósforo.

— O senhor acha? — perguntou ele. — É, suponho que não sejam mesmo.

Mortimer teve um lampejo de intuição.

— Não são ambas suas filhas, certo?

Dinsmead olhou para ele, hesitou por um instante e, por fim, decidiu falar:

— Muito perspicaz de sua parte, senhor. Não, uma delas foi adotada quando bebê e nós a criamos como se fosse nossa filha de sangue. Ela mesma não faz ideia da verdade, mas terá que saber em breve. — Ele suspirou.

— Por uma questão de herança? — sugeriu Mortimer em voz baixa.

O anfitrião lhe lançou um olhar desconfiado e decidiu que a melhor saída era ser honesto. Ele adotou uma atitude tão franca e aberta que beirava a agressividade.

— É estranho que o senhor diga isso.

— Pareço até um telepata, não é? — disse Mortimer com um sorriso.

— A questão é a seguinte: nós a acolhemos para ajudar a mãe... mas não de graça, já que na época eu estava apenas começando no ramo da construção. Alguns meses atrás, reparei num anúncio no jornal e me pareceu que a criança em questão era Magdalen. Procurei os advogados responsáveis pelo assunto e conversamos um bocado. Eles ficaram desconfiados, como era de se imaginar, mas já está tudo esclarecido. Eu a levarei a Londres na semana que vem, mas ela ainda não sabe de nada. O pai, ao que parece, era um desses judeus bem ricos. Só ficou sabendo da existência da filha poucos meses antes de morrer. Contratou agentes para tentar rastreá-la e lhe deixou toda a sua fortuna para quando fosse encontrada.

Mortimer ouviu tudo com muita atenção. Não havia motivo para duvidar do relato de Mr. Dinsmead, que explicava a beleza extravagante de Magdalen e, talvez, o comportamento indiferente dela. No entanto, por mais que a história em si pudesse ser verdadeira, faltava algum detalhe.

Mas Mortimer não pretendia despertar as suspeitas do outro. Pelo contrário, ele precisava fazer de tudo para evitá-las.

— Uma história interessantíssima, Mr. Dinsmead — comentou. — Meus cumprimentos a Miss Magdalen. Com a herança e a beleza, ela tem um grande futuro pela frente.

— Tem mesmo — concordou o pai calorosamente. — E ela também é uma ótima moça, Mr. Cleveland, uma joia rara.

Ele havia pronunciado aquelas palavras com uma afeição genuína.

— Bem — disse Mortimer —, acho melhor ir andando. Eu lhe agradeço mais uma vez, Mr. Dinsmead, pela hospitalidade providencial.

Acompanhado pelo anfitrião, ele entrou para se despedir de Mrs. Dinsmead, que olhava pela janela, de costas para eles, e não os ouviu entrar.

— Mr. Cleveland quer cumprimentá-la, pois já está de saída — disse Mr. Dinsmead em tom jovial.

Ao ouvir a voz do marido, ela tomou um susto e se virou na mesma hora, deixando cair algo que segurava. Mortimer agachou-se para pegar o objeto caído e descobriu que era uma escultura em miniatura de Charlotte, feita em um estilo muito comum cerca de vinte e cinco anos antes. Mortimer repetiu a ela os agradecimentos que já fizera ao marido e percebeu, mais uma vez, a expressão de medo e os olhares furtivos que lançava em direção a ele.

As duas moças não estavam por perto, mas Mortimer não queria dar a impressão de estar interessado nelas. Àquela altura, ele já havia formulado uma teoria que logo se provaria correta.

Ele estava a menos de uma milha da casa, a caminho de onde havia estacionado o carro, quando os arbustos que ladeavam a trilha se abriram e Magdalen apareceu.

— Eu precisava ver o senhor — disse ela.

— Já estava esperando — respondeu Mortimer. — Foi você que escreveu o SOS na mesa do meu quarto ontem à noite, não foi?

Magdalen fez que sim com a cabeça.

— Por quê? — perguntou Mortimer, gentil.

A moça virou-se de lado e começou a arrancar folhas de um arbusto.

— Não sei — disse ela. — Sinceramente, não sei.

— Diga-me — insistiu Mortimer.

Magdelen deu um longo suspiro.

— Sou uma pessoa prática, não sou do tipo que imagina coisas ou vê problema onde não tem. Sei que o senhor acredita em fantasmas e espíritos. Eu não acredito, e quando digo que há algo de muito estranho naquela casa — disse ela, apontando para a colina —, me refiro a algo tangível. Não se trata apenas de um eco do passado. Tem acontecido desde que nos mudamos para lá. A cada dia, a situação piora: meu pai está diferente, minha mãe está diferente, Charlotte está diferente.

Mortimer a interrompeu para perguntar:

— Johnnie está diferente?

— Não — respondeu Magdalen, apreciando a pergunta. — Agora que penso a respeito, Johnnie não está diferente. Ele é o único que não foi afetado. Ontem à noite, durante o chá, ele estava perfeitamente normal.

— E você? — perguntou Mortimer.

— Eu estava com medo... morrendo de medo, feito uma criancinha, mas sem saber por quê. E meu pai estava... esquisito. É a melhor definição possível: ele estava esquisito. Falava de milagres, e então eu rezei... de fato rezei para que um milagre acontecesse, e logo depois *o senhor* bateu na porta.

Ela se interrompeu, de súbito, e o encarou.

— Imagino que deva me achar louca — disse, em tom desafiador.

— Não — respondeu Mortimer —, pelo contrário: você me parece extremamente lúcida. Pessoas lúcidas pressentem o perigo quando ele se aproxima.

— O senhor não entende — disse Magdalen. — Eu não temo por mim mesma.

— Por quem, então?

Mais uma vez, Magdalen balançou a cabeça, intrigada.

— Não sei.

Em seguida, prosseguiu:

— Eu escrevi o SOS movida por um impulso. Tive a impressão absurda de que os outros não me deixariam falar com o senhor. Eu não sei o que pretendia pedir ao senhor. Não sei.

— Não se preocupe. Eu vou ajudá-la.

— O que o senhor pode fazer?

Mortimer abriu um meio sorriso.

— Posso pensar.

Ela lhe lançou um olhar desconfiado.

— Sim — falou Mortimer —, pensar é um jeito eficaz de se resolver problemas, mais do que se imagina. Conte-me, por acaso alguém disse uma palavra ou frase que tenha lhe chamado a atenção logo antes do jantar noite passada?

Magdalen franziu a testa.

— Acho que não. Meu pai disse que Charlotte é a cara da minha mãe e deu uma risada bem esquisita, mas... não há nada de estranho nisso, certo?

— Certo, não há — disse Mortimer lentamente —, só que Charlotte não se parece com sua mãe.

Ele passou alguns minutos perdido em pensamentos e, ao erguer a cabeça, percebeu que Magdalen o observava, incerta.

— Vá para casa e não se preocupe. Deixe comigo.

Ela obedeceu e seguiu pela trilha que levava ao chalé. Mortimer, por sua vez, caminhou mais alguns metros e se deitou na relva verde. Então, fechou os olhos, abandonou todo tipo de pensamento ou esforço racional e permitiu que uma série de imagens emergisse livremente em sua consciência.

Johnnie! Era sempre Johnnie quem invadia seus pensamentos. Johnnie, o rapaz inocente, livre da rede de suspeitas e intrigas, mas que, mesmo assim, era o pivô em torno do qual toda aquela história girava. Mortimer lembrou-se da xícara que Mrs. Dinsmead havia derrubado no café da manhã. O que causara aquela agitação? Seria por conta do comentário que ele fizera a respeito da paixão do rapaz por química? Naquele momento, não havia notado a reação de Mr. Dinsmead, mas agora ele o visualizava claramente, segurando a xícara de chá a meio caminho dos lábios.

Aquilo o fez se lembrar de Charlotte e da primeira vez que a viu. Ela o encarava por cima da borda da xícara. E, logo em seguida, outra memória emergiu. Mr. Dinsmead esvaziando as xícaras de chá uma atrás da outra e dizendo: “O chá esfriou”.

Mortimer se lembrava do vapor que subia das xícaras. O chá não podia ter esfriado tanto assim, afinal.

Algo começou a se agitar em sua mente. A lembrança de alguma coisa que ele havia lido recentemente, não devia fazer mais de um mês. Era o relato do envenenamento de uma família inteira por conta do descuido de um rapaz. Um pacote de arsênico deixado na despensa havia escorrido sobre o pão na prateleira de baixo. Mortimer havia lido aquela notícia no jornal. Era possível que Mr. Dinsmead também tivesse lido.

As peças iam começando a se encaixar...

Meia hora mais tarde, Mortimer Cleveland se levantou de maneira repentina.

Já era noite novamente no chalé. Para o jantar, ovos *poché* e carne de porco enlatada para todos. Naquele momento, Mrs. Dinsmead vinha da cozinha trazendo o grande bule. A família sentou-se ao redor da mesa.

— Que diferença em relação ao tempo que fazia ontem — disse Mrs. Dinsmead, olhando de relance para a janela.

— É verdade — respondeu Mr. Dinsmead —, hoje tudo está tão calmo que dá para ouvir até um alfinete caindo no chão. Mas vamos, Mãe, sirva-nos o chá, sim?

Mrs. Dinsmead encheu as xícaras e as distribuiu. Tinha acabado de pousar o bule quando deu um grito e pôs a mão no coração. Mr. Dinsmead virou a cadeira e seguiu a direção do olhar aterrorizado da esposa. Mortimer Cleveland estava parado na porta.

Ele deu um passo à frente e pediu desculpas com os olhos.

— Receio tê-la assustado — disse. — Precisei voltar.

— Precisou voltar — gritou Mr. Dinsmead, muito vermelho e com as veias à mostra. — Precisou voltar por quê, posso saber?

— Para uma xícara de chá — respondeu Mortimer.

Com um gesto rápido, tirou algo do bolso e pegou uma das xícaras da mesa, despejando um pouco do chá no pequeno tubo de ensaio que segurava na mão esquerda.

— O que... o que você está fazendo? — perguntou Mr. Dinsmead, surpreso. O rosto dele ficou branco feito uma cera, o tom vermelho desaparecera como em um passe de mágica. Mrs. Dinsmead soltou um gritinho agudo e assustado.

— Imagino que leia o jornal, não é mesmo, Mr. Dinsmead? Tenho certeza que sim. Às vezes, lemos relatos de famílias inteiras envenenadas. Alguns se recuperam, outros, não. No caso que aqui vemos, *uma pessoa não se recuperaria*. Uma primeira explicação seria a carne enlatada que vocês estão comendo, mas, supondo que o médico seja um homem cauteloso, que não acredite facilmente na teoria da comida enlatada... Há um pacote de arsênico na sua despensa. Na prateleira de baixo, uma caixa de chá. Há um buraco muito conveniente na prateleira superior. Não seria natural imaginar que o arsênico acabou contaminando o chá por mero acidente? Seu filho, Johnnie, poderia ser culpado pela falta de cuidado, nada mais.

— Eu… eu não sei o que está querendo dizer — gaguejou Dinsmead.

— Eu acho que sabe. — Mortimer pegou uma segunda xícara e encheu um novo tubo de ensaio. Colocou uma etiqueta vermelha em um e uma azul no outro.

— O tubo vermelho — prosseguiu — contém o chá da xícara de Charlotte, e o outro, o de Magdalen. Posso apostar que no primeiro encontrarei quatro ou cinco vezes mais arsênico do que no segundo.

— Está louco! — disse Dinsmead.

— Ah, de forma alguma! Não estou nada louco. O senhor me contou hoje mesmo, Mr. Dinsmead, que Magdalen não é sua filha. E mentiu: ela é sua filha, *sim*. Charlotte é a criança adotada, tão parecida com a mãe que, quando estive com a escultura em miniatura dessa mulher em minhas mãos, acreditei que fosse a própria Charlotte. O senhor, porém, queria que sua filha biológica herdasse a fortuna e, como seria impossível esconder Charlotte e impedir que alguém que conhecesse a mãe percebesse a verdade por trás da semelhança entre elas, o senhor decidiu… Bem, decidiu colocar uma pitada de arsênico no fundo da xícara de chá.

Mrs. Dinsmead soltou uma gargalhada repentina, balançando para a frente e para trás em um ataque histérico.

— Chá! — guinchou ela. — Foi isso que ele disse. Chá, não limonada.

— Feche o bico! — rugiu o marido, furioso.

Mortimer viu Charlotte o encarando, de olhos arregalados, do outro lado da mesa. Então, ele sentiu uma mão sobre o braço. Magdalen o arrastou até que os outros não pudessem ouvi-los.

— Esses... — Ela apontou para os frascos. — O papai. O senhor não...

Mortimer a segurou pelo ombro.

— Minha jovem — disse ele —, você não acredita no passado. Eu, sim. Acredito na atmosfera desta casa. Se seu pai não tivesse vindo até aqui, talvez... *talvez* não fosse capaz de orquestrar esse plano. Guardarei comigo os dois tubos de ensaio para proteger Charlotte, tanto agora quanto no futuro. Não farei nada além disso, como forma de gratidão, digamos, àquela mão que escreveu SOS.

Notas sobre
O cão da morte

O conto "O cão da morte" foi publicado pela primeira vez na edição da *Oldhams Press* em 1933, disponível apenas coletando cupons de uma revista intitulada Passing Show. Foi incluído na coleção americana *The Golden Ball and Other Stories* em 1971 e adaptado para o rádio em 2010 pela BBC.

Embora seja um conto com elementos do ocultismo, "O cão da morte" poderia ser considerado ficção científica, um gênero pelo qual Agatha Christie demonstrou grande interesse quando entrevistada por Nigel Dennis, em 1956.

O trecho "Mas os milagres estavam em alta naqueles tempos: você deve se lembrar da questão dos anjos na Batalha de Mons e tudo mais", em "O cão da morte", faz referência ao "Anjo de Mons", uma das várias histórias de aparições sobrenaturais que circulavam na época. Segundo essa história, um dos combatentes teria invocado anjos para proteger o Exército britânico dos alemães durante a Batalha de Mons, na Bélgica, em 1914.

No conto "A lâmpada", o personagem Mr. Winburn cita um trecho de *Os Rubaiyat* como conselho à filha. *Os Rubaiyat* é uma seleção de poemas, originalmente atribuídos a Omar Caiam (1048-1131), um poeta, matemático e astrônomo persa, e traduzidos para o inglês por Edward Fitzgerald.

Este livro foi impresso pela Lis Gráfica,
em 2023, para a HarperCollins Brasil.
A fonte usada no miolo é Cheltenham, corpo 9,5/13,4pt.
O papel do miolo é pólen bold 70g/m²,
e o da capa é couché 150g/m² e offset 150g/m².